O MELHOR DA AMIZADE

Lucinda Berry

O MELHOR DA AMIZADE

*Um thriller hipnotizante que explora os sentimentos
que são postos à prova em momentos extremos.*

TRADUÇÃO
Alda Lima

FARO
EDITORIAL

Diretor editorial **PEDRO ALMEIDA**
Coordenação editorial **CARLA SACRATO**
Assistente editorial **LETÍCIA CANEVER**
Preparação **TUCA FARIA**
Revisão **BARBARA PARENTE e PATRINI FERREIRA**
Capa, projeto gráfico e diagramação **VANESSA S. MARINE**

DADOS INTERNACIONAIS DE CATALOGAÇÃO NA PUBLICAÇÃO (CIP)
JÉSSICA DE OLIVEIRA MOLINARI CRB-8/9852

Berry, Lucinda
    O melhor da amizade / Lucinda Berry ; tradução de Alda Lima. -- São Paulo : Faro Editorial, 2023.
    256 p.

    ISBN 978-65-5957-273-1
    Título original: The best of friends

    1. Ficção norte-americana I. Título II. Lima, Alda

23-0359   CDD 813.6

ÍNDICES PARA CATÁLOGO SISTEMÁTICO:
I. FICÇÃO NORTE-AMERICANA

1ª edição brasileira: 2023
Direitos de edição em língua portuguesa, para o Brasil, adquiridos por FARO EDITORIAL
Avenida Andrômeda, 885 - Sala 310
Alphaville — Barueri — SP — Brasil
CEP: 06473-000
www.faroeditorial.com.br

Para as sobreviventes de violência doméstica.

PRÓLOGO

Um estrondo me assusta e olho para o meu marido, Paul, imediatamente irritada.

— Estão soltando fogos de artifício no Village de novo esta noite?

Neste minuto, começamos a ver o último episódio de *Succession*. Quando não presto muita atenção, fico perdida. Só que não dá para prestar atenção com fogos de artifício explodindo pela próxima meia hora.

Paul dá de ombros, afastando os cabelos castanhos da testa e prendendo-os atrás das orelhas.

— Que eu saiba, não. Pensei que tivessem acabado, depois do último feriado.

O Village é um shopping ao ar livre no centro da nossa unida comunidade e vive organizando eventos. A maioria deles termina em fogos de artifício.

— É bom mesmo que não.

Esperei a semana toda por esta noite. Embora Paul e eu trabalhemos juntos, não ficamos sozinhos há quase quinze dias. Sou tomada por uma onda de desejo. É difícil acreditar que ainda sinto atração por ele depois de mais de vinte anos juntos, mas meu marido é mais sexy hoje do que quando estávamos na escola.

— É...

Uma nova explosão ecoa pelos ares, interrompendo-o.

— Isso *realmente* pareceu um tiro.

Sinto o frio subir pela espinha. Minha boca fica seca na hora. Faço menção de me levantar, mas Paul me puxa de volta para o sofá.

— Foi um tiro, não foi?

Ele balança a cabeça.

— Tenho certeza de que não, mas se acalme e espere um segundo antes de começar a correr pela casa toda como uma doida.

— Devemos pegar o Reese?

Gesticulo para o andar de cima. Mandamos o nosso filho mais novo, Reese, passar a noite no quarto; o mais velho, Sawyer, foi dormir na casa do Caleb, seu melhor amigo.

— Não, ele está bem. O Reese não deve ter escutado nada com aqueles fones de ouvido, então duvido que se assuste. — Paul passa o braço pelos meus ombros. — É por isso que precisamos nos manter longe das redes sociais. Ficar lendo esse lixo todo deixa qualquer um ansioso.

Meu marido espera alguns segundos antes de apertar *play* no controle remoto e me puxar de volta para ele no sofá. Estamos na metade da recapitulação da série quando ouvimos o som das sirenes se aproximando.

Então, nós dois ficamos de pé.

— Reese! — grita Paul. — Desça já aqui!

Nosso filho não responde.

— Eu vou buscá-lo — avisa ele, dando meia-volta e subindo as escadas de dois em dois degraus, fazendo barulho.

As luzes vermelhas e azuis piscam pelas janelas da sala de estar. As ambulâncias e viaturas viram à esquerda, na direção da rua atrás da nossa.

A rua atrás da nossa.

Sawyer.

Corro até a mesa da sala de jantar, pego o meu celular e logo encontro o seu número na minha lista de favoritos. Espero tocar, mas a ligação cai direto na caixa postal. Eu ligo de novo.

Mesma coisa.

Os passos de Reese e Paul ecoam no andar de cima. O som abafado das suas vozes percorre a casa enquanto espero a gravação do Sawyer terminar para deixar um recado:

— Sawyer, querido, é a sua mãe. Espero que um de vocês tenha ouvido aquele barulho lá fora. Achamos que foram tiros, e agora há um monte de ambulâncias e viaturas indo na sua direção. Tomem cuidado, tá? Apenas tomem cuidado. Por favor, querido. E me ligue.

Aperto o botão de encerrar a chamada conforme mais sirenes se aproximam e Paul volta com Reese. O olhar do meu filho, que esqueceu o fone de videogame pendurado no pescoço, parece transtornado.

— Estou indo lá para ver como eles estão — digo, passando pelos dois.

— Indo aonde? Do que você está falando?

— O Sawyer não atende, e todas as viaturas seguem na direção da rua do Caleb, Paul. — Calço os sapatos e abro a porta da frente. — Só quero ter certeza de que eles estão bem.

— Você não pode ir lá fora! — Paul me encara.

— E se for um atirador louco? — pergunta Reese ao mesmo tempo.

Eu os ignoro e saio antes de fechar bem a porta. Três viaturas da polícia disparam pela rua e viram a esquina à esquerda, como as outras. Começo a correr. Os moradores estão saindo das suas casas, caminhando pela calçada, e eu passo apressada por eles.

Deus, por favor, não deixe nada acontecer ao meu bebê.

Virando a esquina. Quase lá. Meus pulmões queimam.

Por favor, Deus.

As viaturas cercam a casa do Caleb. Eu as vejo por toda parte. O quarteirão inteiro está iluminado. Corro o mais rápido possível, empurrando a multidão reunida fora da residência até estar quase no jardim da frente.

— Senhora, não pode se aproximar mais! — grita um policial.

— O meu filho!

Aponto para a casa dos Schultz e vejo oficiais com "SWAT" estampado nas costas desenrolando uma fita amarela para cercá-la.

— O meu filho está lá dentro!

Tento contorná-lo, mas o homem dá um passo na minha frente, esticando os braços para os lados a fim de formar uma barreira com o corpo.

— Desculpe, mas não posso deixar a senhora passar. — O seu rosto está sério, inflexível.

— Por favor, ele está naquela casa...

O policial balança a cabeça.

— Terá que esperar e falar com o meu supervisor.

Eu não posso esperar. Não há tempo. Sinto a adrenalina disparar pelas minhas veias. Giro nos calcanhares e saio correndo na direção oposta.

Os fundos. Vou dar a volta. Cortar pela casa dos Hammonds.

Por favor, Deus, ajude o meu bebê; que ele esteja bem.

Duas viaturas bloqueiam a entrada da garagem dos Hammonds. Avanço escondida por trás das palmeiras e dos arbustos até alcançar a varanda, me sentindo uma fugitiva. Subo os degraus correndo e bato na porta. Eloise abre imediatamente, o seu roupão escuro amarrado na cintura.

— Kendra? — Ela arqueia as sobrancelhas. — O que faz aí fora?

— Eloise, por favor, precisa me deixar passar pela sua casa e pelo seu quintal — começo, sem fôlego, o meu coração martelando no peito.

O rosto dela se enche de medo.

— Não pode passar pelo nosso quintal. A polícia nos mandou ficar em casa e não fazer nada. Precisamos trancar as portas e esperar mais instruções.

— O Sawyer está lá. — O meu desespero permeia cada palavra. — Ele ia passar a noite na casa do Caleb.

Ela cobre a boca com a mão.

— Meu Deus... Sinto muito, Kendra.

— É por isso que preciso ir até lá.

— Você não pode. É perigoso — diz a mulher, balançando a cabeça.

— Eu preciso. — E a empurro contra o batente, passando por ela.

Alguém me segura por trás. Braços musculosos ao meu redor.

— Não posso permitir que faça isso. — Uma voz grave e rouca. O mesmo policial de antes.

— Por favor, o meu filho! Preciso ver o meu filho! — Eu me contorço nos braços dele. As lágrimas escorrem pelo meu rosto.

O *walkie-talkie* do policial ganha vida.

— Médico-legista no local em cinco. Perímetro isolado — crepita o aparelho.

Por favor, Deus, faça com que o meu bebê esteja bem.

UM

LINDSEY

Fecho a lata de lixo e jogo o prato na pia. Sinto raiva demais para conseguir comer. O meu celular está sobre a bancada de granito, onde o deixei após receber a mensagem da Dani. A tela há muito já escureceu – levei tempo demais para responder –, mas o que eu deveria dizer? Nós combinamos de não envolver advogados. Isso fazia parte do plano.

Apenas um dia se passou desde o funeral. Como ela pôde? Deve ser mais fácil para ela pensar em advogados e coisas assim quando o seu filho, Caleb, está seguro na cama esta noite, em casa, ileso.

O cachorro crava as unhas na minha panturrilha.

— Saia de cima de mim! — esbravejo, fazendo-o recuar como se tivesse levado um tapa, enfiando o rabo entre as pernas e se encolhendo ao lado dos meus pés. — Saia!

Eu aponto para a sala de estar. Suas orelhas desabam e ele se esgueira por baixo da mesa da cozinha para se esconder. Tento sentir culpa, mas estou cansada demais. Eu devia ter ficado no hospital com Jacob, mas meu marido, Andrew, disse que era importante eu passar mais tempo com os nossos outros filhos.

Olho para a sala de estar, a planta aberta criando um fluxo perfeito de um cômodo para o outro. Wyatt, deitado no sofá, assiste ao futebol na TV de tela plana acima da lareira. Embora seja abril e estejamos na Califórnia, ele acendeu o fogo, como se, de alguma forma, o calor fosse nos isolar do que está acontecendo ao nosso redor. Concentrado no jogo, ele se mantém alheio à bagunça que a sua irmã caçula, Sutton, está fazendo com os livros de colorir e o giz de cera no chão. Na certa, ela está sujando o tapete sob a mesinha de centro com o vermelho, como faz sempre que pode. É o que ela mais gosta de fazer quando não estou olhando. Solto um suspiro irritado. A Sutton tem mais personalidade que os dois irmãos adolescentes juntos, mas não posso brigar com ela esta noite.

Normalmente, Jacob estaria lá com eles, vidrado no jogo como o Wyatt ou esparramado no chão ao lado da Sutton; mas ele não está. Os seus enfermeiros devem estar se preparando para a troca de turno agora mesmo. Espero que a enfermeira nova se lembre de passar pomada em seus lábios. Eles estão rachados e sangrando, as feridas se abrindo em volta do respirador. Uma onda de tristeza enfraquece os meus joelhos e eu me apoio na bancada da cozinha até passar.

Andrew ficará furioso quando eu contar que os Schultz contrataram um advogado, embora vá fingir que não. Ele queria consultar um advogado antes de falarmos com qualquer pessoa naquela noite, mas não permiti. A morte do Sawyer foi um terrível acidente, assim como o que aconteceu com o Jacob. Os nossos meninos estavam brincando. Estavam bêbados e fazendo tolices com uma arma. Isso é tudo. Não era para ninguém se machucar. Não pareceria acidental se começássemos a receber advogados, e sim suspeito. Pego o celular para enviar uma mensagem para Kendra. Desde os meus oito anos, ela sempre é a primeira pessoa para quem ligo, mas paro no meio do caminho. Nada disso importa para ela.

O filho dela se foi – arrancado da mãe em um curto instante. No entanto, tudo em que pude pensar quando a dupla de policiais uniformizados apareceu na nossa porta no meio da noite para nos contar sobre a tragédia foi em meu próprio filho. As palavras dos dois pareciam entrecortadas, e as suas frases entravam por um ouvido e saíam pelo outro ao mesmo tempo que o pânico esmigalhava o meu coração.

Um acidente com os três meninos.

O hospital.

Um dos meninos havia morrido.

Mas não o Jacob.

Jacob estava vivo. No caminho até o hospital, o tempo passou em câmera lenta. Tudo o que eu queria era abraçá-lo e nunca mais soltar. Andrew falava sem parar sobre como Jacob precisava nos contar exatamente o que havia acontecido antes de falar com qualquer outra pessoa, mas tudo mudou quando chegamos ao hospital e o vimos. Os policiais relataram que ele levara um tiro na cabeça e estava inconsciente, mas isso não foi nada útil para nos preparar para sua condição.

Eu o vi deitado em um cubículo feito de cortinas, sob as luzes fortes da unidade de terapia intensiva. Apitos e zumbidos desconhecidos nos cercavam enquanto as máquinas o mantinham vivo. A sua cabeça estava envolta em bandagens grossas; os olhos, inchados e fechados como no dia em que ele nasceu. Havia tubos entrando e saindo do seu corpo. O sangue circulava por um deles. Apesar da atividade frenética acontecendo ao nosso redor, a atmosfera se achava entranhada de uma espécie de quietude.

Andrew parou de repente atrás de mim, incapaz de se aproximar mais. Uma enfermeira digitou alguns números em um dos monitores pendurados acima do leito. Arrastei-me para mais perto.

— Posso tocá-lo? — perguntei em uma voz que não parecia a minha.

— Claro. — Ela indicou o braço esquerdo de Jacob. — Aquele está sem fios ou equipamentos.

Fui até aquele ponto da cama. Acariciei seu braço com as mãos trêmulas, desejando que ele acordasse, da mesma forma que eu fazia para ele dormir quando era bebê. Tenho vivido assim desde então. Odeio deixá-lo sozinho; e se ele acordar e eu não estiver lá? Filhos precisam das mães quando estão doentes. Portanto, preciso estar lá quando ele abrir os olhos – e ele vai abrir. Não me importo com o que os médicos dizem ou com as suas estatísticas estúpidas sobre onde a bala se alojou no cérebro. O Jacob vai acordar. Meu menino vai superar isso.

Mas Andrew tem razão. Wyatt e Sutton precisam tanto de mim quanto ele. Estico o pescoço de um lado para o outro, tentando aliviar um pouco da tensão que belisca os meus ombros, mas aquilo só piora. Talvez, se eu colocar um filme, as crianças durmam logo. É melhor eu avisar ao Andrew sobre o advogado antes de me sentar com eles. Meu marido não vai gostar nada se souber por outra pessoa. Pego de novo o celular e mando uma mensagem para ele:

Você não vai acreditar no que está acontecendo agora.

DOIS

DANI

Inspiro o aroma de lavanda das velas e deixo as bolhas se espalharem ao meu redor, tentando ao máximo permitir que aquele ritual tão familiar me relaxe, mas é impossível. Os meus nervos estão à flor da pele. Tem sido assim desde aquela batida na minha porta no meio da noite. Eu não consigo comer. Não durmo. Mal sou capaz de manter a compostura na frente das crianças. E essa nem é a pior parte. A pior é a culpa me corroendo: não importa o quão mal eu me sinta, nem se compara ao que a Kendra está passando.

A raiva de Lindsey, a mais de três quilômetros de distância, preenche o nosso recém-reformado banheiro principal. Kendra mora na rua sem saída atrás de nós, mas Lindsey se recusou a se mudar mesmo depois que todo o mundo o fez. Ela alegou que não precisava trocar o que já tinha por uma versão melhor, tentando dar a impressão de que não era por ser muquirana, mas nós a conhecemos bem demais. Não é como se a distância importasse esta noite. Ela pode muito bem estar sentada no vaso sanitário, olhando para mim na minha banheira.

O que eu deveria ter feito? Não é como se eu tivesse tido escolha. O Bryan nem me consultou. Quantas vezes Lindsey e Kendra me disseram que eu precisava me impor no meu casamento? Estou tão brava com ele quanto ela está comigo. O Bryan não poderia pelo menos ter me consultado quanto a algo importante assim? Ele anunciou aquilo como se não fosse nada.

— O Ted vem ficar conosco amanhã — declarou enquanto terminávamos de lavar a louça do jantar.

Eu estava de costas para ele, esfregando a última panela. Por isso meu marido não viu a minha expressão de espanto. Tentei me recompor rapidamente antes de encará-lo.

— Ah, é?

— Ele vai pegar um voo logo depois da meia-noite e chega às quatro e meia da manhã. Dormirá algumas horas em um dos hotéis perto do aeroporto e nos encontrará na delegacia por volta das oito.

Bryan apontou para a pilha de tampas de potes plásticos na outra mão e perguntou:

— Onde é para guardar isto?

Meu marido age como se eu fosse tão tola. Como se ele pudesse contornar a bomba que acabou de lançar no meio da cozinha mudando de assunto. Só que não sou tão estúpida quanto ele pensa. Nem ingênua. Talvez eu costumasse ser, mas não mais.

Bryan não precisou me dizer qual Ted. Temos apenas um amigo chamado Ted, a quem Bryan recorre para cuidar de tudo que tenha a ver com leis, como se Ted fosse especializado em todas as áreas do direito em vez de propriedade comercial. O advogado mora em um *loft* em Manhattan pelo qual Bryan suspira sempre que o amigo posta uma foto do lugar no *Instagram*.

Estar solteiro e nunca ter se casado é uma medalha de honra que o Ted usa com orgulho e sobre a qual ele nunca perde a oportunidade de falar. Nenhum dos seus relacionamentos durou mais de um ano, mas ele acha que pode dar conselhos conjugais para o Bryan. Isso me dá tanta raiva que há anos já desisti de fingir que gosto dele. Finalmente, ele parou de nos visitar, mas isso não impediu Bryan de encontrar uma maneira de ir vê-lo pelo menos uma vez por ano. E ele volta para casa todas as vezes como se estivesse arrependido de estar casado e amarrado a filhos. Meu marido sempre leva alguns dias para retornar à realidade.

Pelo menos, o Ted não vai se hospedar aqui. Ele é a última pessoa que quero por perto.

Meu estômago embrulha só de pensar em amanhã. Os investigadores nos rondaram até depois do velório, em um acordo silencioso para honrar a perda dos Mitchell. Mas agora eles tiraram as luvas de pelica. Deixaram isso claro quando ligaram para o Bryan hoje de manhã e contaram sobre a arma.

Quantas vezes avisamos às crianças para não brincarem com a arma?

— O que eu deveria ter feito? — perguntou Bryan quando fiquei chateada por ele não ter me consultado sobre a ida do Ted à delegacia. — Você teria dito "não" mesmo se eu pedisse. Nem tente fingir o contrário. — Ele desdenha de mim. — Você se preocupa mais com a opinião das suas malditas amigas do que com a própria família. Os meninos usaram a nossa arma, Dani, a nossa arma. E a polícia sabe disso.

* * *

O peso do luto está por toda a parte, enchendo a sala de espera da delegacia com uma energia densa e sufocante. Há cadeiras enfileiradas nas paredes diante da porta da qual não consigo desgrudar os olhos. A qualquer momento, alguém vai passar por ela e iniciar seja lá qual for o processo exaustivo que estamos prestes a enfrentar. O lugar é diferente de todas as salas de espera em que já estive antes. Não há gravuras baratas emolduradas nas paredes. Não há mesas com revistas velhas para ler enquanto esperamos. Não há nada para nos distrair.

Kendra e Paul se encolhem no canto. Paul abraça Kendra com força, e o corpo pequeno dela está mergulhado no dele. Ele teve que mantê-la de pé quando os dois entraram. A sua calça de moletom se arrastava pelo chão e a camisa larga de mangas compridas estava toda manchada. Tentei fazer contato visual com ela, mas Kendra manteve a cabeça baixa, os longos cabelos loiros caídos na frente do rosto como um escudo. Lancei um olhar preocupado para Lindsey, mas a mulher rapidamente se virou, na certa me ignorando por ainda estar chateada com a história do advogado. Enviei um monte de mensagens de desculpas para ela ontem à noite, implorando para conversar, mas Lindsey não respondeu a nenhuma. Ela nunca teria feito isso a menos que se sentisse zangada.

É como se estivéssemos sentados na sala do diretor da escola, e eu sempre odiei me meter em encrencas. Bryan segura a minha mão. A palma dele está suada. Ted ainda não chegou. Fomos os primeiros a chegar e nos sentamos na fileira de cadeiras junto à parede direita. Lindsey e Andrew vieram logo depois e sentaram-se ao nosso lado, deixando a outra parede para Kendra e Paul, como se houvesse uma linha imaginária separando os pais que perderam um filho daqueles que não.

Exceto que essa linha pode não ser tão clara.

Meus olhos se enchem de lágrimas. Caleb urinou na cama ontem à noite, coisa que não fazia desde o jardim de infância. Ele está destruído demais para ao menos sentir vergonha. Troquei seus lençóis e me deitei na cama com ele, abraçando-o com força e afagando seus cabelos ao mesmo tempo que ele chorava de soluçar.

Nenhum de nós voltou a dormir.

Caleb teve alta da ala psiquiátrica há quatro dias, e todas as noites segue a mesma rotina. Os seus pesadelos interrompem um sono agitado, enviando gritos de gelar o sangue por toda a casa e disparando o pânico pelas minhas veias enquanto corro até seu quarto e Bryan se apressa até o da Luna. Caleb treme na cama, aterrorizado, e se agarra a mim como se quisesse entrar no meu corpo e se esconder lá dentro. Eu o abraço apertado, fazendo os mesmos apelos todas as noites, tentando ao máximo confortá-lo.

— Por favor, Caleb, só me conta o que aconteceu — sussurro.

Já se passaram dezessete dias e ele ainda não falou. Nem uma palavra. O meu filho não falou nem na noite do acidente, quando a srta. Thelma o encontrou coberto de sangue vagando pelo quarteirão. Ela o reconheceu imediatamente ao vê-lo do outro lado da rua. Thelma passeia pelo nosso bairro arborizado com a sua poodle, Mitzi, desde que Caleb começou a brincar nas redondezas com os amiguinhos. Meu filho bate na porta dela com panfletos de arrecadação de fundos da escola desde o jardim de infância e praticamente a atropelou com sua bicicleta mais de uma vez. Naquela noite, a srta. Thelma o chamou, mas Caleb continuou andando como se não a tivesse ouvido. Então, ela correu pela calçada para ver se ele estava bem. Foi quando viu o seu rosto e chamou a polícia. A srta. Thelma o seguiu em silêncio até a polícia chegar. Ela não leva a Mitzi para passear desde então. Sua filha vem todos os dias para fazer isso por ela.

Ainda não temos ideia do que aconteceu naquela noite. Os repórteres estão descrevendo como a pior tragédia desde os incêndios de Lindell. Os jornais e os meios de comunicação passaram a chamar o Caleb de "a criança silenciosa"; alguns tiveram a ousadia de afirmar que ele está fingindo para evitar problemas – mas eles não o viram naquela noite no hospital. Ele foi transportado para a enfermaria psiquiátrica no décimo sexto andar em uma cadeira de rodas porque não conseguia sequer se manter de pé para andar. Bryan e eu praticamente o carregamos até seu quarto. As enfermeiras permitiram que eu o limpasse depois de os investigadores ensacarem as suas roupas.

Eu o coloquei na banheira e lhe dei banho como não fazia desde que ele era um bebê, passando a toalha em seu corpo e rosto repetidas vezes. Cada parte dele estava mole. Os braços balançavam como os de um boneco. Meu filho encarava o teto, o olhar perdido, sem parecer ver; e eu ali, lavando o sangue dos seus melhores amigos desde a pré-escola.

A porta da frente da delegacia é aberta, interrompendo meus pensamentos. Todos na sala viram o rosto para ver Ted entrando. Com a sua pasta lustrosa e o seu terno de três peças, não restam dúvidas de que é um advogado. Ele se dirige direto a Bryan.

— Desculpe o atraso, amigo. — Ted tira um lenço do bolso e o passa pelas gotas de suor na testa antes de guardá-lo de volta no lugar com um movimento rápido.

Paul solta Kendra e se levanta de um salto.

— Você contratou um advogado? Por que você contratou um advogado?!

Bryan dá um passo na direção dele, erguendo as mãos em um gesto pacífico.

— Não é o que você pensa, Paul. Ele é só um amigo. Ele está...

— Um amigo? — Paul estreita os olhos. — Todos nós temos amigos advogados. — Gesticula pela sala. — Está vendo algum outro advogado aqui além do seu?

As pessoas não falam com Bryan dessa forma, e ele enrijece em resposta. Eu mordo o lábio, torcendo para que ele mantenha a boca fechada desta vez. Meu marido expira profundamente, como se estivesse descarregando a sua raiva. Eu suspiro de alívio.

— Nós achamos que seria uma boa ideia — Bryan afirma.

Não foi isso o que ensaiamos. Ele deveria dizer que Ted era um amigo da família. Ele estava lá para nos ajudar porque nos sentíamos abalados demais para raciocinar com clareza por estarmos próximos demais da situação; então, precisávamos de alguém que pensasse racionalmente por nós. Essa foi a explicação que combinamos.

— Vocês acharam que seria uma boa ideia? — A raiva do Paul irradia dele, transformando os seus traços familiares nos de um homem que não reconheço.

Lindsey cutuca Andrew, que se levanta para se juntar a eles.

— Vamos lá, pessoal. Não vamos esquecer por que estamos aqui — pede Andrew, estendendo a mão e segurando os braços de ambos, formando um triângulo torto no meio da sala.

Lembranças dos três aglomerados daquele jeito passam pela minha cabeça em pequenos fragmentos – todas as viagens em família e os eventos escolares, jogos de beisebol e encontros ao longo dos anos. Kendra, Lindsey e eu tivemos tanta sorte. Conseguimos ter a vida sobre a qual sussurrávamos aconchegadas sob os nossos cobertores quando éramos pequenas e íamos dormir nas casas umas das outras. Sempre falávamos sobre morar na cidade em que crescemos, casar com homens incríveis e criar os nossos filhos juntas. Mal acreditamos quando os nossos três filhos mais velhos se aproximaram tanto ainda pequenos. Sabíamos como aquilo era bom e como éramos sortudas por nossos maridos se darem tão bem.

O que irá acontecer conosco?

— Ei, ei, ei... — interrompe Ted, soando exatamente como um advogado e me fazendo odiá-lo por isso. Ele não hesita em se posicionar entre Bryan e Paul e continuar: — Vamos todos recuar um passo e relaxar.

Quando Paul começa a falar, a porta se abre e um detetive entra na sala, o que deixa todos imóveis. É o detetive Locke, o mesmo do hospital. Ele usa uma camisa branca impecável abotoada até o colarinho, uma gravata escura e um terno combinando. Não me lembro do seu primeiro nome, embora tenha quase certeza de que ele estudou álgebra comigo no primeiro ano no ensino médio.

— Está tudo bem aqui? — pergunta ele, olhando para cada um de nós sem sorrir.

Os homens se entreolham, constrangidos. Tento chamar a atenção de Lindsey mais uma vez, mas Bryan está na minha frente. O detetive gesticula para Paul.

— Vamos começar com você e a sua esposa.

TRÊS

KENDRA

O detetive Locke está nos bombardeando com perguntas há mais de uma hora. Não consigo nem entender suas palavras. Elas deixam a boca do policial e flutuam pela sala. Não me dou ao trabalho de persegui-las. Qual é o sentido?

Meu filho se foi e nunca mais vai voltar. Nada muda isso.

Fico esperando acordar, sentir Paul sacudindo o meu braço e me avisando que, de novo, não ouvi o despertador. Quero espantar o sono dos olhos, deixar as terríveis imagens de volta na terra dos sonhos e acordar em um mundo onde Sawyer ainda exista.

— Kendra?

Parece que o detetive Locke está me chamando do fim de um comprido túnel.

— Kendra?

Há quanto tempo ele está me chamando? Levanto a cabeça e tento me concentrar no homem me fitando do outro lado da mesa. Seu rosto é um quadrado perfeito. Olhos verdes com risquinhos dourados em volta das pupilas. Eles são profundos, impossíveis de desvendar. A luz que entra pela janela atrás dele é forte demais e me dá dor de cabeça.

— Sawyer mencionou estar com raiva do Jacob ou do Caleb?

Ele me observa com uma atenção de falcão.

— Não. Não para mim. — O calmante que tomei deixa a minha língua pesada. É como se a minha boca estivesse cheia de bolas de gude.

— Notou alguma mudança recente no comportamento dele?

É preciso muito esforço para balançar a cabeça.

Paul responde por mim:

— Não notamos nada de incomum. Ele andava meio mal-humorado, mas não mais do que qualquer outro adolescente.

Sawyer é o nosso filho feliz – o mais fácil. Reese é o problemático. Sempre foi.

— Alguma mudança nos seus padrões de sono?

— Ele dormia muito, mas todos os adolescentes fazem isso.

Exceto o meu. Ele nunca mais vai dormir. A sensação da perda contrai o meu peito, roubando cada fiapo de ar dos meus pulmões. Eu vou gritar. Foi o que aconteceu no banheiro. De novo não.

Aperto o joelho de Paul ao lado do meu.

— Paul... — É tudo o que consigo dizer. Minha boca está seca demais para falar. Os dentes grudam nas minhas gengivas.

O detetive Locke volta sua atenção para mim. A intensidade do seu olhar foi substituída por preocupação.

— Você está bem? — pergunta ele, levantando-se de trás da mesa.

Balanço a cabeça. Os gritos borbulham como lava em meu peito, explodindo em sons que devem vir de mim; mas eu já estou atrás da barreira de vidro em minha mente, onde é seguro. Apoio as mãos na superfície fria e vejo Paul me abraçar, como se fosse possível me confortar.

QUATRO

LINDSEY

O detetive Locke continua como era na escola: ombros quadrados, queixo angular, aparência de limpo como se tivesse saído do útero pronto para entrar no exército – exatamente o que fez assim que nos formamos. Ele estava no campo de treinamento na semana seguinte à formatura. Não o vi mais desde então; também não fazia ideia de que ele era o detetive chefe de Norchester até vê-lo entrar no quarto de Jacob no hospital naquela primeira noite. Nunca fomos amigos, mas éramos menos de duzentos formandos, ou seja: todo mundo conhecia todo mundo. A maioria manteve contato, sobretudo os que moram perto, mas Locke nunca foi aos nossos reencontros de turma; não o vi nem mesmo em algum dos casamentos de ex-colegas.

Naquela noite, no hospital, Locke veio acompanhado de um parceiro, que o seguia enquanto ambos rondavam o corredor que dava no quarto de Jacob; mas hoje ele está sozinho. Ainda não sei nada a seu respeito. Vasculhei as redes sociais e não encontrei nenhuma informação. Ele nem tem *Facebook*. Que tipo de pessoa não tem pelo menos isso?

Locke aponta para duas cadeiras diante da sua mesa e se senta na cadeira giratória atrás dela. Ocupo o assento de madeira de espaldar reto à direita, ainda quente de quem estivera ali antes. Dani? Bryan?

Kendra e Paul entram e saem depressa. Os gritos de Kendra interrompem a reunião. Seus soluços começam discretos, mas vão aumentando até um crescendo de partir o coração que reverbera por todo o edifício. Nunca ouvi alguém chorar assim. Preciso usar todas as minhas forças para não correr até ela. Andrew pressente a minha reação: se não fosse pelo seu braço à minha volta, eu não teria conseguido me conter. Nós dois nos levantamos quando Kendra reaparece, como se estivéssemos recebendo a noiva em um casamento.

Os Schultz são os próximos. A sessão se arrasta por mais de duas horas. Dani parece abalada quando eles saem, mas ela nunca suportou nada que remetesse a problemas, e esta sala cheira a encrenca. Não há coisa alguma nas paredes brancas encardidas além de tinta lascada e arranhões. A mesa está entulhada de papéis e arquivos. A aparência meticulosa do detetive obviamente não se aplica à sua papelada. Também não existe um único porta-retratos na mesa. Sinal de que ele não tem família ou apenas é reservado quanto à vida pessoal? Espero muito que seja a última opção, porque pessoas sem filhos não têm ideia de como é ser pai ou mãe. Elas julgam saber, assim como eu fazia antes de ter filhos, mas não têm a mínima noção.

Devo chamá-lo de Martin? Detetive Locke? Pigarreio, ansiosa para começar. Não aguento ficar longe de Jacob por tanto tempo. A noite passada foi terrível para ele: uma febre de trinta e nove graus colocando todas as máquinas em modo de emergência. A inquietação de Andrew ao meu lado não está ajudando com a minha ansiedade.

— O Jacob estava deprimido? — pergunta o detetive, sem perder tempo com formalidades e conversa fiada, como fazia no hospital.

— Nem um pouco — respondo sem hesitação. — Sei que todos dizem que adolescentes são péssimos em se comunicar e que você não pode obrigá-los a muito mais que grunhir em resposta a qualquer tipo de pergunta, mas Jacob não era assim. Conversávamos todos os dias. O nosso relacionamento era aberto e sincero. Ele me procurava quando precisava de alguma coisa. Todos os meus filhos procuram. Se ele estivesse tendo problemas ou se sentindo deprimido, eu saberia.

O detetive me olha como se eu estivesse me negando a ver aonde ele queria chegar, mas não estou.

Ferimento de arma de fogo autoprovocado.

Foi isso o que os médicos na sala de emergência disseram quando nos contaram sobre os ferimentos de Jacob. A mesma frase está escrita em seu prontuário, mas eu a pulo sempre que o leio em busca dos últimos resultados de laboratório e testes neurológicos. Jacob pode ter disparado contra si mesmo, mas ele nunca se mataria de propósito. Nunca. Jacob era feliz, e jovens felizes não tentam tirar a própria vida, ainda mais quando têm tudo a seu favor.

— Às vezes, a manifestação de uma depressão em adolescentes não é como em adultos. Notaram alguma irritabilidade? Mudança no apetite?

Andrew cai na gargalhada, rapidamente seguida por um rosto vermelho de constrangimento.

— Sinto muito. É só que… é óbvio que você não conhece Jacob. — Ele luta contra as emoções para continuar: — O nosso menino gosta de comer. Não há nenhum problema nessa esfera.

Pego a sua mão e entrelaço os dedos nos dele, que aperta a minha mão de volta. Nunca fui tão grata por tê-lo ao meu lado como nas últimas semanas. A sua licença do trabalho foi aprovada hoje, e um dos outros reumatologistas do Oak Park cuidará dos seus pacientes enquanto ele estiver fora. Assim, um de nós pode ficar com Jacob enquanto o outro cuida de Wyatt e Sutton em casa. Vamos pensar em um cronograma hoje, mais tarde.

— Ele já tentou se machucar antes? — O detetive me encara como se houvesse uma pista escondida em algum lugar do meu rosto.

— De forma alguma. Ele não é esse tipo de garoto. — Eu me debruço sobre a mesa. Com os cotovelos, empurro uma pilha de papéis de lado para abrir espaço. — Sei que você está fazendo o seu trabalho e que isso faz parte dele, mas o nosso filho jamais se machucaria de propósito.

Fico olhando para ele incisivamente.

— Entendo como se sente e me solidarizo com você, Lindsey. — Ele se debruça sobre a mesa da mesma forma, para se aproximar de mim. — No entanto, com todo o respeito, a perícia realizada na cena pinta um quadro diferente. Os ferimentos de Jacob e a posição do dedo na arma são consistentes com uma tentativa de suicídio.

— Jacob pode ter colocado a arma na cabeça e puxado o gatilho, mas juro que ele não sabia que a arma estava carregada, senão nunca teria feito. Ele é esperto demais para isso.

Dou um tempo para as minhas palavras serem absorvidas antes de continuar:

— Além disso, não é como se ele fosse o único a tocar na arma. Havia impressões digitais dos três meninos nela. Pode ter acontecido qualquer coisa. — Jogo aquela informação para ele como se não tivesse sido o próprio Locke quem compartilhou o relatório da balística conosco.

Andrew balança a cabeça, concordando ansiosamente comigo. Durante as longas horas passadas ao lado do leito de Jacob, já imaginamos inúmeras hipóteses diferentes. As nossas ideias vão desde o relativamente mundano, como uma partida de verdade ou consequência que deu terrivelmente errado, até coisas mais ridículas, como uma viagem de ácido ruim que os fez pensar que estavam em um dos seus videogames violentos. No entanto, nenhuma delas inclui uma versão suicida do nosso filho. Aconteceu alguma outra coisa naquela noite, mas não tenho tempo para descobrir. O meu trabalho é cuidar de Jacob; o do detetive Locke é entender as coisas. Eu adoraria que ele me deixasse voltar para a minha tarefa e começasse a se esforçar mais na dele.

CINCO

KENDRA

Eu sempre pressionava Sawyer para limpar seu quarto. Ele era desleixado, e a bagunça me deixava louca. Sem contar o cheiro das camisas e meias suadas que meu filho largava espalhadas por toda parte. Algumas das nossas maiores brigas eram por causa disso. Agora fico feliz por ele nunca ter me dado ouvidos. Manter a porta dele fechada é uma nova regra da casa; assim, posso preservar o seu cheiro aqui enquanto durar. A sua personalidade permeia todo o espaço, desde os pôsteres de bandas *punks* colados acima da sua escrivaninha até os papéis amassados no canto com alguns deveres de casa abandonados pela metade. Sentada no chão, tento sentir o seu cheiro segurando uma das suas camisetas favoritas contra o peito.

Ser mãe originou o meu maior medo: perdê-lo. Sawyer marcou a minha entrada na maternidade. A sua sobrevivência dependia de mim, de modo que a gravidez me enchia de ansiedade; eu esperava sentir um imenso alívio desse fardo assim que o trouxesse ao mundo com sucesso. Presumira que dividir a responsabilidade com Paul me daria um respiro mais do que necessário da minha preocupação obsessiva. No entanto, quando colocaram o Sawyer em meus braços após um trabalho de parto demorado e difícil, meu coração se expandiu com um amor inacreditável. Naquele instante, entendi que perdê-lo me destruiria profundamente, o que elevou a minha ansiedade a novas alturas.

Cada temor que senti ao longo dos anos – cada pensamento aterrorizante, cada imagem agonizante de algo medonho acontecendo a um dos meus filhos – não chega perto da devastação absoluta em meu ser. E a vida continuará sem ele. Essa é a parte que mais odeio. A vida não pode seguir. Ela tem que parar. Ondas de tristeza eliminam todo o conceito de tempo enquanto mergulho em seu abismo rodopiante.

E em seguida eu volto.

Esgotada e vazia.

Exausta.

Meus olhos ardem. O esquerdo está vermelho. Meu médico disse que estourei vários vasos sanguíneos de tanto chorar. O sangue se acumula no canto e percorre a íris ao longo do dia. Esse não é o único lugar sangrando. As minhas fezes também estão cheias de sangue e do cheiro pútrido da dor apodrecendo por dentro.

As pessoas alegam sobreviver a isso. Milhões de crianças morreram no ano passado. Todas elas com pais que conseguiram, de alguma forma, continuar. Eu não.

— Mãe? — chama Reese de trás da porta.

Meu outro filho, dois anos mais novo do que Sawyer.

Um lampejo de irritação. Não quero ser incomodada, mas ele sabe que estou aqui. Ele não irá embora se eu não disser alguma coisa.

— Sim?

Minha garganta está em carne viva. Falar dói. Talvez ela também esteja sangrando. Vermelha. O contorno do meu campo de visão fica preto. Será que Paul colocou outro sonífero no meu chá?

— Mãe?

Minha cabeça gira.

Sawyer?

Eu disse isso em voz alta?

— Não, mãe. Sou eu, Reese.

Ele está lendo a minha mente? Deus, não deixe o Reese ler a minha mente.

As palavras dele são bolhas flutuando ao meu redor. Elas dançam em volta da minha cabeça antes de pairar sobre a cabeceira da cama de Sawyer. Estou na cama dele. Eu não estava no chão? Outra bolha. Passo o indicador por ela. *Plop*. Ela não faz som ao se desintegrar. Quero estourar outra, mas estou cansada. Estou tão exausta...

Minhas pálpebras estão pesadas.

Pare de lutar.

SEIS

DANI

Aperto a bolsa junto ao corpo e corro para o hospital, empurrando as pesadas portas de vidro e mostrando a carteira de identidade ao segurança parado no saguão. Guardas estão a postos em cada porta e sala de entrada do hospital há semanas. Todos querem dar uma olhada no Jacob, mas Lindsey e Andrew estão determinados a mantê-los longe. Eles odeiam ser o centro das atenções e estão enojados com a tentativa da mídia de explorar a sua tragédia. O assunto inflamou os dois lados do debate sobre o controle de armas, mas eles não querem fazer parte disso.

A obsessão das pessoas com a nossa história tomou proporções homéricas desde que os detetives começaram a andar pela escola. Alunos que mal conheciam os meninos estão dando declarações ridículas apenas para ter os seus quinze minutos de fama. Ouvi bobagens que vão desde afirmar que os meninos planejavam explodir a escola, que tinham inclusive uma lista de alvos, até a minha favorita: que Bryan e eu sabíamos sobre aqueles planos e não os impedimos. A mídia não fez nada além de nos crucificar por termos uma arma em casa. Tiramos o celular da Luna ontem após Bryan descobrir que ela estava entrando no *Instagram*. Nossa filha teve um chilique, gritando que ele a tratava como se ela ainda fosse criança, embora ela já estivesse na faculdade havia quase um ano. No entanto, essa regra não é nossa, e sim do detetive Locke: nada de redes sociais.

Meus passos ecoam em meu rastro e chego ao final do corredor vazio, virando à direita do posto da segunda enfermeira. Procuro placas sinalizando Reabilitação. A equipe médica de Jacob o tirou da uti na semana passada. Eles o consideram clinicamente estável, apesar de precisar de máquinas para mantê-lo vivo e fazer tudo por ele. Presumi que visitá-lo na nova ala seria mais fácil, mas não é, pois agora as coisas parecem mais permanentes. Ao contrário da UTI, tudo é mais parado. Não há pressa. As portas das pessoas estão sempre fechadas, e eu nunca olho para aquelas deixadas abertas involuntariamente. Cometi esse erro uma vez e não vou cometê-lo de novo.

Bato de leve na porta do quarto 110 e espero a resposta de Lindsey antes de entrar. Ela se levanta da poltrona ao lado da cama de Jacob e eu faço um gesto para que ela se sente de volta. Seu maxilar está tenso e sua pele, pálida, evidenciando ainda mais os anéis escuros sob seus olhos. Depois dos depoimentos na polícia esta manhã, ela veio direto para o hospital, e aposto que vai ficar a noite toda.

— Jacob, a Dani veio fazer uma visita. — Ela sorri para ele, estendendo a mão para afastar os cabelos da testa, embora os cachos negros do menino tenham sido rapados antes da segunda cirurgia.

Há trinta e dois grampos formando uma letra U no lado esquerdo da cabeça dele. Seu rosto está inchado e irreconhecível por causa de todos os corticoides em suas veias. Era mais fácil olhar para ele quando as bandagens cobriam sua cabeça, mas não há mais necessidade delas.

— Oi, Jacob — digo, desviando o olhar e tentando soar otimista.

Entendo por que Wyatt se recusa a visitar. Ele não concorda com a decisão dos pais de manter Jacob vivo mesmo após os médicos declararem que ele teve morte cerebral. Wyatt não é o único que não concorda com eles.

Lindsey insiste que todos se dirijam a Jacob ao entrar e sair do seu quarto. Durante os primeiros três dias na UTI, ela encontrou relatos de sobreviventes de coma que afirmaram ter sentido a presença dos seus entes queridos e sido confortados por aquilo durante o seu estado de inconsciência. Desde então, ela está obcecada por essas histórias e exige incluir Jacob em todas as conversas. Ontem ela pediu a uma das enfermeiras que fosse embora porque a moça falava de Jacob como se ele não estivesse lá.

Entrego a ela o *macchiato* que comprei no Starbucks do caminho e me sento na poltrona de vinil bege do outro lado da cama de Jacob, maravilhada por como essas visitas rapidamente se tornaram rotina. Ao contrário do hospital geral, os horários de visita à ala psiquiátrica são muito rígidos; por isso, eu não tinha permissão para ficar com Caleb vinte e quatro horas por dia do jeito que queria. Entre as minhas visitas ao Caleb, passei bastante tempo sentada aqui com Lindsey. Continuei vindo depois que ele teve alta porque não quero que minha vizinha sinta que a abandonei agora que meu filho saiu.

Observo o mural de cartões colado na parede à nossa frente, tentando encontrar algum novo desde minha visita ontem. São centenas de cartões; a cada dia chegam mais, todos repletos de votos de boa sorte e de recuperação. Lindsey e Andrew se revezam mostrando-os para Jacob, apontando as fotos no interior como se estivessem lendo para o filho o seu livro de histórias favorito.

No centro do mural está pintado o número 22 em traços vermelhos e fortes. Lindsey disse que Sutton levou duas horas para terminar, mas estava determinada a fazê-lo sozinha. Ficou ótimo.

Jacob é o camisa 22 do time desde que os meninos começaram a jogar futebol americano na pré-escola. Todos queriam o número 23, mas Sawyer pôde escolher primeiro naquele dia e o garantiu antes que os demais tivessem a chance. Eles ficaram com as outras opções, então Jacob se contentou com um número abaixo e Caleb, com um acima.

Camisas 22, 23 e 24.

Nos últimos anos, tivemos que presenciar Jacob e Sawyer recebendo cada vez mais atenção em campo, ao mesmo tempo que Caleb era lentamente eliminado da equação. Porém, é o que acontece quando você é o goleiro e os outros são os artilheiros da região. Bryan e eu sempre dissemos isso para Caleb, mas não importa mais. Agora só restou ele, e algo me diz que seus dias de futebol acabaram.

— As crianças demoraram a dormir? — pergunta Lindsey, como quando os nossos filhos eram pequenos e fazê-los dormir era a nossa maior preocupação.

Na verdade, ela está perguntando sobre Caleb. Luna está hospedada conosco desde que Caleb saiu do hospital, mas ela nunca teve problemas para adormecer, nem quando era bebê. Ela é uma daquelas pessoas que conseguem dormir a qualquer hora e lugar apenas deitando a cabeça. Caleb também costumava ser assim.

— Caleb ainda estava acordado quando saí. Bryan ficou com ele.

Não é exatamente mentira. Antes de sair, liguei a babá eletrônica com monitor que comprei na Amazon na semana passada e obriguei Bryan a prometer que ficaria de olho nele. Meu marido jurou que faria isso, mas não sei se confio nele, já que a sua expressão me dizia o contrário. *Você precisa dar ao menino um pouco de espaço para respirar*, disse Bryan quando coloquei o dispositivo diante dele sobre a mesa de centro. *Talvez ele só precise de um pouco de espaço.*

Isso não vai acontecer, porque as palavras da psicóloga do hospital me seguem por toda parte: *Suicídio por contágio entre adolescentes é um problema real. Ver alguém próximo de você tentar o suicídio aumenta o seu risco.*

É um termo tão terrível. Suicídio por contágio. Parece uma doença infecciosa. Uma doença que já nos contaminou.

— E as suas? — pergunto.

Às vezes, Lindsay vai para casa à noite, coloca os filhos na cama e sai depois que eles adormecem para dormir com o Jacob.

Ela revira os olhos.

— Você conhece a Sutton.

Sutton é mimadíssima, mas Lindsey e Andrew a definem como espirituosa. A filha índigo deles ou algo assim. Não consigo me imaginar fazendo parte dessa geração de pais. Tudo é tão diferente de quando os meus filhos tinham a idade da Sutton; eu não conseguiria lidar. Kendra e eu paramos de ter filhos depois do segundo e adorávamos como nós três tínhamos crianças de idades tão próximas. Era perfeito, mas Lindsey estava determinada a ter uma menina, e ela não desiste quando resolve que quer alguma coisa. Minha amiga demorou dez anos para engravidar de novo; sempre me perguntei secretamente o que teria acontecido se tivesse sido outro menino.

— Como está o Wyatt?

— Correndo por aí tentando cuidar de todo o mundo, como um bom filho do meio. — Ela sorri para mim, mas não com os olhos. Eles estão cheios de exaustão e perguntas que Lindsey não se permite responder.

Não foi isso o que eu quis saber ao perguntar a ela sobre Wyatt. O garoto é contra manter Jacob vivo por meio de aparelhos, da mesma forma que os manifestantes do lado de fora do hospital são.

Lindsey me oferece outro sorriso. Ela obviamente sentiu raiva de mim mais cedo por causa do advogado, mas agora, com o seu comportamento tão diferente no hospital, é impossível saber se ainda sente. A mulher mantém um sorriso estampado no rosto como uma esposa-troféu bizarra e fala num tom de voz agudo como se tudo tivesse que ser positivo. Entendo muitíssimo bem por quê, e sei que eu faria o mesmo, mas isso não torna as coisas menos perturbadoras.

— Olha, quero que saiba que só chamamos um advogado para ter ajuda de alguém nisso tudo. Só isso. Não queremos que pense no Ted apenas como *nosso* advogado. Ele está aqui para todos nós. Qualquer um pode tirar dúvidas com ele ou consultá-lo antes de fazer o que quer que seja. — Estou falando rápido demais, mas não consigo evitar.

Fixo o meu olhar nela, e Lindsey o devolve com uma expressão estranha que, apesar dos nossos trinta anos de amizade, não consigo decifrar. Voltamos a nossa atenção para o corpo de Jacob, coberto por um lençol branco. Embora as enfermeiras possam fazer isso por ela, Lindsey o troca diariamente e prende os cantos debaixo do colchão em estilo militar. As camas na casa dela são iguais.

— Eu não pretendia fazer nada pelas costas de ninguém ou sem avisar você. Estamos nisso juntas.

Eram palavras dela, não minhas.

Estamos nisso juntas, Dani. Estamos nisso juntas, ela repetiu várias vezes com as unhas cravadas em meu braço enquanto esperávamos para ouvir qual dos nossos filhos havia levado um tiro e estava sendo operado. A morte de Sawyer nos abalou profundamente, e não saber se o próximo seria Caleb ou Jacob foi um pesadelo pelo qual nenhum pai ou mãe deveria passar. Só de pensar naqueles momentos de puro terror e impotência sinto vontade de vomitar no chão de azulejos.

— Tudo bem. — Minha amiga ergue a sobrancelha esquerda, um gesto que a denuncia desde a sétima série. Seus cabelos castanho-claros estão puxados para trás em um rabo de cavalo apertado. — Precisamos fazer o necessário para cuidar das nossas famílias. Já deixei para lá.

— Por favor, Lindsey, não quero de jeito nenhum que fique com raiva de mim. Eu não aguentaria se você tivesse raiva de mim, além de todo o resto. — Pareço desesperada, mas não consigo evitar.

— Não estou com raiva de você — ela garante, apesar de nós duas sabermos que é mentira.

Perdi a conta de quantas vezes Lindsey gritou até me fazer chorar por causa de algo que considerou traição da minha parte. O divórcio dos seus pais destruiu sua inocência de infância. Então, para ela, confiança é a qualidade mais importante em qualquer relacionamento, bem como o maior gatilho. Se não estivéssemos no quarto de Jacob, ela estaria gritando sobre como eu havia descumprido o que afirmamos na sala de emergência naquela noite, quando o detetive Locke perguntou se queríamos um advogado antes dos depoimentos.

Concordamos logo que não era necessário e quisemos começar com as perguntas o mais rápido possível para voltarmos aos nossos filhos. Nenhuma das duas tinha a cabeça no lugar. Estávamos em choque. Sem saber o que fazer. Bryan teria respondido outra coisa se soubéssemos como a situação era delicada ou que Caleb estava traumatizado demais para explicar o que viu.

— O detetive Locke te contou que quer ouvir o depoimento dos nossos outros filhos? — Ela toma um gole do *macchiato*.

Confirmo com a cabeça. O depoimento da Luna está marcado para uma da tarde de amanhã. Locke não se importa de ela não morar conosco há mais de um ano e não ter tido mais muito contato com Caleb desde que se mudou. Ele insistiu que irmãos contam coisas um ao outro que não revelam aos pais, mesmo quando não são próximos.

— Ele perguntou se poderia falar com a Luna sem a presença de vocês? Confirmo de novo.

Cuidado, Dani. Não a irrite.

— E?

Dou de ombros para não ter que mentir. Ela não precisa saber. Talvez ainda não tenhamos decidido. Ela não pode adivinhar o que estou pensando.

Lindsey inclina a cabeça para o lado e examina meu rosto. Forço-me a continuar olhando em seus olhos e sorrio, me empenhando ao máximo para transmitir a medida certa de compaixão e de incerteza.

O rosto de Lindsey reflete a minha indecisão.

— Sim, também não sabemos o que fazer quanto a isso. Não consigo imaginá-lo conversando com a Sutton, embora ele possa arrancar mais dela do que do Wyatt. Ele não fala muito hoje em dia, não é, Jacob? — Lindsey faz uma pausa para olhar para o filho, que continua imóvel, e acaricia o seu braço. — É uma rua sem saída. Se dissermos que ele não pode interrogá-los sem um advogado, parecerá que temos algo a esconder; mas, se dissermos que sim, e se o Wyatt...

A frase inacabada paira no ar, mas ela não precisa completar os *e se*. Nós duas sabemos a que ela está se referindo e não estamos deixando espaço para os *e se* em nossa casa. Bryan não permite. Quando saímos da delegacia esta tarde, ele puxou meu braço e sibilou: *Sob nenhuma circunstância permita que o Caleb e a Luna falem com a polícia ou qualquer outra pessoa sem a presença de um advogado, ouviu?*

SETE

LINDSEY

Que bom que a Dani foi embora. Ela se sente desconfortável perto do Jacob, embora não seja a única. Muitas pessoas têm dificuldade de estar perto dele. O fato de o meu filho agora parecer um completo estranho não ajuda. Um terço do seu crânio foi removido para abrir espaço para o inchaço no cérebro, o que confere uma aparência assustadora a um rosto já inchado. É duro receber visitas. É mais fácil quando somos só nós dois.

Ergo sua perna esquerda, aperto seu pé contra o meu peito, seguro a panturrilha com a outra mão e conto lentamente até doze. Nem preciso mais olhar as instruções para os seus exercícios de mobilidade.

— Não quero que você fique nervoso quanto a amanhã — digo, recuando um passo e esticando sua perna completamente ao terminar a contagem.

O tornozelo dele está tão inchado que se sobrepõe à barra elástica da meia. A enfermeira diurna sempre esquece de tirar as meias de compressão por pelo menos uma hora.

— É um procedimento muito simples e vai terminar logo.

Giro seus tornozelos. Primeiro, no sentido horário; depois, no anti-horário; e aí, tudo de novo.

Um cirurgião realizará a traqueostomia às sete. Fiquei surpresa ao saber que podem fazê-la no quarto. Andrew chegará aqui por volta das seis. Ele está uma pilha de nervos com isso, embora o dr. Merck, médico-chefe de Jacob, tenha garantido ser um procedimento relativamente simples e fácil que a equipe realiza o tempo todo.

— Esta perna já foi.

Deito-a de volta na cama e ergo a perna direita, começando os mesmos exercícios do outro lado do corpo. Seus músculos torneados pelos anos de futebol já estão perdendo a definição. Sua pele desenvolveu um brilho estranho e adquiriu um toque aveludado.

Fico olhando para o seu rosto, imaginando sua aparência com um tubo saindo da garganta. A equipe médica jura que ele ficará mais confortável assim, bem como menos suscetível a infecções. Espero que tenham razão. É o único motivo para termos concordado. Fazemos de tudo para deixá-lo mais confortável. Escaras raivosas já revestem suas costas e o traseiro, não importa o quão diligente eu seja quanto a virá-lo de lado. Ele merece algum tipo de alívio. Talvez o procedimento ajude.

Deito sua perna de volta ao lado da outra e me dirijo à parte superior da cama para diminuir a iluminação. Planto um beijo suave em sua testa. Ele cheira a suor rançoso e álcool isopropílico.

— Você vai ficar bem — sussurro em seu ouvido. — Eu prometo. Amanhã daremos o próximo passo em sua recuperação.

OITO

DANI

Bryan me puxa assim que entro em casa após a visita à Lindsey no hospital. Está tão tarde que imaginei que ele já estaria dormindo quando eu chegasse, mas disfarço a minha decepção antes que ele perceba.

— O que ela disse? — pergunta ele enquanto tiro os meus sapatos e os coloco ao lado dos outros pares bagunçados na entrada. — Quero saber tudo.

— Fala baixo — sussurro. — Vai acordar as crianças.

Ele bufa.

— Não tem ninguém acordado.

Caleb talvez esteja, mas não digo isso ao Bryan. Sinto o cheiro de uísque em seu hálito, o que significa que também não posso perguntar se ele verificou como Caleb estava. Ele está na minha frente, bloqueando o corredor com o corpo, seu peito musculoso estufado. Os olhos fitam os meus com um toque de desafio e ameaça. Lembro a mim mesma o que a nossa terapeuta de casal disse sobre comunicação assertiva na última sessão.

— Bryan, acho que não é a melhor hora para falar sobre isso. Está tarde, e nós dois estamos cansados. — Será que soei confiante? Mantive o foco nas minhas necessidades e no que eu queria?

Meu marido faz uma reverência dramática e se move para o lado para me deixar passar. Eu o contorno, desejando que fosse fácil assim, mas, pela maneira como ele cruza os braços, sei que ainda não terminou comigo. Subo a escada correndo, rezando para que Bryan espere que eu veja como Caleb está antes de me encurralar.

A porta continua entreaberta como deixei mais cedo. Espio pela abertura. A luz noturna lança um brilho estranho no corpo comprido esparramado na cama. Seus lençóis estão embolados como se ele tivesse se mexido muito durante o sono. De olhos fechados, meu filho parece estar dormindo, mas não dá para afirmar. Garanti ao Caleb que fingir dormir funciona tanto quanto dormir de verdade porque relaxa o corpo, então é isso o que ele tem feito nas últimas duas noites. Não sei se é verdade, mas aquilo o fez se sentir melhor, e é só isso o que me importa.

Como Bryan espera que um de nós durma nesta casa depois de alguém ter morrido nela? Quando saímos do pronto-socorro naquela noite, não tínhamos permissão para pisar em nossa residência, que se tornara palco da investigação da cena de um crime. Como eu não queria mesmo chegar perto dela, não me importei. Pensei que nunca mais entraríamos ali de novo. Afinal, o melhor amigo do Caleb morrera lá. Como poderíamos fazer isso com ele? Jamais me ocorreu que Bryan e eu não concordaríamos quanto a algo tão óbvio.

Não seja ridícula, disse ele quando mencionei vender a casa e nos mudarmos. Ele falou sobre limpá-la – como se o sangue fosse um refrigerante que uma das crianças tivesse derramado sem querer no chão.

A verdade é que existem empresas especializadas em limpar cenas de crimes, e Bryan contratou uma de remoção de sangue assim que a investigação foi concluída. Desse modo, entramos em uma casa perturbadoramente limpa, como se nada tivesse acontecido. Ela brilhava mais do que no dia em que nos mudamos. Não havia vestígio de nada, exceto o cheiro de antissépticos e de produtos de limpeza pesados.

No entanto, não importa como as coisas pareçam boas ou imaculadas: nada muda o fato de que Sawyer morreu em nossa casa. Sinto isso a cada segundo que estou aqui. Vejo uma poça do seu sangue no chão de madeira como *flashbacks* de um acontecimento que nunca vivi. Não consigo imaginar como deve ser para Caleb. Sua psicóloga especializada em trauma, Gillian, é ótima em manter uma expressão neutra, mas nem ela conseguiu esconder a reprovação quando Bryan anunciou que pretendia levar Caleb para casa assim que ele recebesse alta.

Fecho a porta do quarto de Caleb e vou para o quarto principal no final do corredor, sem me preocupar em ver como a Luna está. Encontro Bryan empoleirado na cama *king-size*, à minha espera. Seu rosto esculpido está barbeado e liso como quando nos conhecemos, no primeiro ano de faculdade. Naquela época, seu sotaque espanhol era a coisa mais exótica que eu já ouvira. Com o passar dos anos, testemunhando como Bryan é capaz de ligá-lo e desligá-lo quando bem entende, o sotaque perdeu o encanto. Evito encará-lo e vou para o banheiro, pegando o meu pijama do gancho atrás da porta. Ele fica me fuzilando com os olhos enquanto tiro a roupa e visto o pijama, de costas. Lavo o rosto e escovo os dentes o mais devagar possível até não ter escolha a não ser me virar para ele.

— Então? — Bryan ataca imediatamente. — Eles também vão contratar um advogado?

— Lindsey não disse.

Pego as almofadas do meu lado da cama e as levo até o banco junto da janela, onde as posiciono em seus lugares.

— Ela perguntou se planejamos levar o Ted quando os detetives conversarem com o Caleb e a Luna.

— E você disse que sim?

Apanho as almofadas do lado dele e as levo para junto das outras, prendendo a respiração quando passo na sua frente e soltando o ar quando ele não me detém. Bryan também está cansado. Ótimo.

— Eu disse que não sabíamos.

— Por que você diria isso? — Meu marido estreita os olhos para mim.

Porque não quero que ela me odeie, mas não posso dizer isso a ele. Assim, dou de ombros e desvio o olhar timidamente. Lindsey finge que as nossas situações são iguais, como se nós duas estivéssemos esperando os nossos filhos falarem, mas elas não são. Todos estão com pena do Jacob e, quanto mais Lindsey se recusa a aceitar o grave prognóstico médico quanto à recuperação do filho, mais triste todo mundo fica por ela. Mas as pessoas não têm o mesmo nível de comiseração pelo Caleb ou por mim. O fato de terem encontrado as suas impressões digitais por toda a arma não ajuda. Além disso, o revólver era nosso. Bryan não me deixa esquecer isso. Nem o detetive Locke. Ele deixou isso claro na maneira como nos chamou ao sairmos da sua sala mais cedo: *Vocês sabiam que, na Califórnia, jovens acima dos catorze anos que cometem crimes com armas de fogo são quase sempre acusados como adultos?*, perguntou o detetive. *Quantos anos disseram que o Caleb tinha mesmo?*

Ele sabe muito bem a idade do Caleb, assim como sabe até o que ele comeu no refeitório naquele dia horrível. Mesmo que a polícia tenha esperado para nos interrogar, ela falou a nosso respeito com muitas outras pessoas antes.

Bryan começou a responder alguma coisa, mas Ted nos apressou para sair antes que ele pudesse terminar. Ted jurou que o detetive Locke só estava tentando nos assustar. Se foi esse o caso, ele conseguiu. Caleb não sobreviveria à prisão. Eu nunca deveria ter deixado aquela arma entrar em nossa casa.

Não cresci perto de armas, mas Bryan sim, e estava convencido de que precisávamos de uma como autodefesa. Ele foi criado no sul de Chicago e, apesar da rua sem saída aninhando a nossa casa de dois andares em um condomínio fechado, meu marido ainda agia como se vivêssemos em um bairro onde arrombamentos são frequentes. Ele guardava a arma em um cofre trancado em nosso *closet*. Sempre me perguntei quanta proteção aquilo significava, enterrada no fundo de um armário. Quando alcançássemos o cofre e digitássemos a combinação, o intruso já não nos teria alcançado? Mencionei isso ao Bryan uma vez, e ele riu como se eu fosse ridícula.

Ele queria manter a arma em segredo das crianças, mas eu jamais teria aquilo em casa sem que elas soubessem. E se a encontrassem por acaso e pensassem que era um brinquedo? Pelo menos essa batalha eu venci, e nós mostramos a arma aos nossos filhos. Bryan enfatizou como aquilo era importante para nossa proteção, e eu me concentrei em reforçar que eles jamais deveriam tocar nela ou brincar com o objeto. Mostramos o cofre no armário para que soubessem onde ficava. Jamais revelamos a combinação aos dois.

Caleb sempre foi um gênio com números e com desmontagem de coisas. Quando criança, passava horas desmontando os seus carrinhos e caminhões. Uma vez ele desmontou um velho micro-ondas que Luna encontrou na garagem. Meu filho tinha apenas oito anos.

É por isso que sei que foi ele quem pegou a arma.

O que o meu filho estava pensando? Por que ele faria algo assim após eu ter insistido tantas vezes que armas não são brinquedos? São aqueles videogames idiotas que ele joga com os amigos. Tudo o que os jogadores fazem é atirar nas pessoas até se tornarem totalmente insensíveis a isso. Odeio esses jogos.

Foi por causa deles que os meninos vieram para cá naquela noite, para começar. Caleb arranjou a última versão de um jogo que só rodava no Xbox dele. Era raro os três dormirem aqui. Quando mais novos, eles faziam rodízio pelas nossas casas, então nos equilibrávamos. Contudo, nos últimos dois anos, os três passavam a maior parte do tempo na casa dos Mitchell. Eles fingiam que era porque a sala de jogos do Sawyer era melhor, mas era porque Kendra e Paul raramente estavam lá, o que tornava a residência um paraíso para adolescentes.

Bryan interrompe os meus pensamentos:

— Ted estará aqui às oito para prepararmos o Caleb e a Luna antes dos depoimentos. Quero que eles tenham bastante tempo para praticar as suas respostas. Vamos acordá-los às sete para garantir que estejam totalmente despertos e alertas quando o Ted chegar.

Ele fala como se os nossos filhos tivessem uma prova. Caleb não sabe que verá o detetive Locke amanhã, embora eu não possa imaginar como será o depoimento, já que Caleb desmorona se for pressionado para falar sobre o que está guardando a sete chaves. Ele consegue reconhecer as perguntas de forma não verbal e, às vezes, indica as respostas por escrito, porém, interrompe tudo quando algo entra em território desconfortável. Eu planejava avisá-lo a respeito quando chegássemos em casa hoje à tarde, mas encontrei-o dormindo. Mamãe disse que o meu filho chorou durante três horas depois que saímos. Seu remédio para ansiedade não ajudou a acalmá-lo, e ele finalmente adormeceu de pura exaustão. Eu não quis acordá-lo.

Pigarreio e me preparo para o ataque verbal que certamente seguirá o que estou prestes a dizer.

— Não sei se devemos fazer a Luna praticar algo. Talvez devêssemos deixá-la responder sozinha às perguntas. Além disso, não é como se ela estivesse muito por aqui para saber o que está acontecendo.

Luna não poderia ser mais distante da família. Ela estava louca para sair de casa e fez os cursos de preparação para faculdade no ensino médio com o objetivo de se formar com antecedência. Estas são as primeiras noites em que ela dorme aqui desde que se mudou, há um ano. Nem no Natal consegui convencê-la a ficar em casa. O seu desdém por mim começou quando ela tinha catorze anos: todos me garantiram que eram só hormônios e que eu a teria de volta alguns anos depois que eles se estabilizassem, mas a minha filha vai fazer dezenove anos no próximo mês e está mais impenetrável do que nunca.

Bryan zomba de mim:

— É claro que ela precisa estar preparada. Não vamos deixar esse incidente arruinar as nossas vidas.

O meu estômago se revira. Incidente? É assim que ele está chamando? Um dos melhores amigos do Caleb morreu e o outro está em coma. Tivemos que conviver com o contorno dos seus corpos na nossa sala de estar. A vida do Caleb nunca mais será a mesma. Nunca.

— Tem razão — respondo, abrindo um sorriso de boa esposa. — Não sei o que eu estava pensando.

NOVE

KENDRA

— Você pode pelo menos descer e tentar? — pergunta Paul da porta do quarto de Sawyer, incapaz de atravessá-la.

Ele odeia o quarto e o evita a todo custo. Tentei descer e improvisar algo para Reese comer, mas não consegui. A visita à delegacia esgotou todas as minhas forças. Em vez disso, mergulhei na cama de Sawyer. Foi assim que Paul me encontrou alguns minutos atrás.

Eu balanço a cabeça.

— Não posso. Sinto muito. Já tentei.

Vá embora, por favor. Por que ele simplesmente não vai embora?

— Tente de novo. — A voz dele está tensa, engasgada.

Na noite passada, Paul deu a entender que não considero a sua dor comparável à minha – como se estivéssemos em uma competição nojenta sobre quem sofre mais. Nunca desejei tanto estrangulá-lo quanto naquele momento. Mal consegui me acalmar ainda. É óbvio que ele está no mesmo barco.

— É só fazer uma torrada para ele, Paul. Está tarde demais para o Reese comer algo pesado, de qualquer maneira. — Rolo na cama, dando as costas para o meu marido.

— A questão não é essa. Ele precisa de você. Ele precisa passar tempo com você.

Paul se balança de leve para a frente e para trás. Ele atingiu o seu limite. Passar muito tempo cercado pelas coisas de Sawyer o sufoca.

— Sei disso — respondo, sem tentar disfarçar a irritação.

Ele não se dá ao trabalho de girar nos calcanhares antes de puxar a maçaneta de volta e fechar a porta.

Até que enfim.

Tiro o celular de Sawyer debaixo das cobertas e digito sua senha. Os detetives o levaram como prova na noite do acidente e só nos devolveram há três dias. Carrego o aparelho comigo desde então. Não vou deixar Paul colocar as mãos nele e arriscar esquecer onde o deixou ou perdê-lo.

Havia oitocentas e dezessete mensagens de texto não lidas depois da sua morte, e eu respondi a cada uma. Até os emojis de coração partido, que me fizeram querer atirar o celular contra a parede. Agora ninguém mais manda mensagens. Sinto falta do som das notificações.

Comecei a ver seus vídeos, mas são tantos que vou levar uma eternidade. Seu sorriso bobo e torto ilumina cada um. Às vezes, assisto-os para estar perto dele. Em outras, procuro pistas sobre o que aconteceu. Lindsey e Dani estão convencidas de que foi um terrível acidente, mas não tenho tanta certeza. A arma disparou acidentalmente? E não uma, mas duas vezes? Não é impossível dar um tiro acidental na própria cabeça – não seria a primeira vez que um jovem faria algo estúpido assim – mas como você dá um tiro no próprio estômago? Foi onde atiraram no Sawyer, ou onde ele atirou em si mesmo, dependendo da pessoa em quem você acredita, mas nada disso faz sentido.

Até agora não há muito que eu não tenha visto antes, já que uso o celular dele regularmente. Há três semanas, garotas eram a minha maior preocupação. A bolsa de estudos do Sawyer como atleta estava perto de ser confirmada, e eu, toda paranoica, temia que meu filho engravidasse alguém no último ano e arruinasse tudo. É uma preocupação inútil, porém, acontece o tempo todo. Aconteceu com Jimmy Krueger, que todos acreditavam estar destinado a ser profissional. Sawyer era perseguido por diversas garotas desde a nona série, e a atenção delas só aumentou quando os olheiros das faculdades começaram a frequentar suas partidas de futebol.

Sawyer e Jacob formavam um time incrível no campo. Jacob era centroavante; Sawyer, atacante. Eles funcionavam como uma dupla. Uma dupla lindamente coreografada – foi assim que o *Post Tribune* os descreveu em um artigo publicado no início deste ano. A veia competitiva de ambos ficou clara desde o primeiro treino, quando entraram no meu carro irritados e chateados após saberem que os árbitros não anotavam o placar em seus jogos. Estavam chocados com a sugestão do treinador de que não havia vencedores ou perdedores.

— Mas, mãe, para que jogar se ninguém ganha?! — gritou Sawyer do bando de trás, com a voz ainda estridente.

Eu sempre o fazia sentar no banco de trás quando seus amigos estavam no carro.

— Porque assim é só por diversão — respondi, ecoando os panfletos que mandavam pelas crianças antes do treino.

O site deles enfatizava a prática não competitiva. Parecia um pouco exagerado e eu tendia a concordar com Sawyer; mas era melhor manter um discurso coerente com o dos outros adultos em sua vida. Aprendi isso a duras penas.

— Que estupidez — disse ele.

— É, *muita* estupidez — concordou Jacob, sibilando na primeira e na última sílabas.

Suas sessões de fonoaudiologia começariam na semana seguinte. O pediatra selecionado por Lindsey a fez esperar até Jacob completar quatro anos – enfatizando que muitas crianças resolviam o problema antes disso. Quando nada mudou, Lindsey marcou a consulta para o dia seguinte ao seu quarto aniversário.

— Estupidez! Estupidez! Estupidez! — reforçou Sawyer.

— Ei, rapazes, acalmem-se.

Dali a trinta segundos eles estariam gritando a plenos pulmões, e eu não tinha condições de lidar com aquilo. Não com aquela dor de cabeça lancinante.

Os meus olhos ficam marejados com a lembrança e me obrigo a me concentrar. A me centrar.

— Sawyer, fala comigo — sussurro para o telefone.

Seguro o mundo do meu filho na palma da minha mão. Precisa haver uma pista ali, e não desistirei até encontrá-la. Eu só queria saber o que procurar.

* * *

O detetive Locke afirmou que seria mais fácil e menos intimidante para as crianças se ele as entrevistasse em casa. Como não suporto sair de casa, aceitei a oferta na hora. Quanto a Lindsey e a Dani, não sei; tenho ignorado suas mensagens e ligações. No entanto, enquanto assisto aos técnicos trazendo mais equipamentos audiovisuais para nossa sala de estar, começo a questionar a decisão. É tão invasivo... Reese sorriu para mim como se estivesse prestes a aparecer na TV enquanto prendiam um microfone em sua camisa. Ele continua na mesma posição no sofá, parecendo deslumbrado, com o detetive Locke enchendo-o de perguntas.

Locke não está chegando a lugar algum com Reese, mas eu já esperava por isso. Meu filho não fazia ideia do que acontecia na vida de Sawyer ou na dos amigos dele. Sawyer, Jacob e Caleb não tinham espaço para Reese em seu trio. Havia uma diferença de apenas dois anos entre Jacob, o mais velho, e Reese, mas aquilo nunca importou. Daria no mesmo se fossem décadas. Os meninos até se revezavam pagando a Reese para não brincar com eles.

Eu queria ficar zangada com os garotos, mas não os culpava por excluí-rem Reese. Eu o amo, mas ele não brinca bem com os outros, nem mesmo comigo – e eu sou sua mãe. As coisas sempre têm que ser do jeito dele, e Reese fica bravo se não forem, o que não faz do meu garoto uma pessoa fácil de lidar. Sua falta de jeito em socializar e a mania de soltar tudo o que lhe vem à mente quando bem entende também não ajudam.

— Sawyer era bem próximo de você, te fazia confidências? — pergunta o detetive.

Ele tem repetido a mesma pergunta ao longo da última hora, só que de maneiras ligeiramente diferentes: *Você e o Sawyer contam os seus segredos um para o outro? Alguém já te falou alguma coisa e pediu para você não contar a ninguém?* É como se ele esperasse fazer Reese finalmente escorregar.

Meu filho balança a enorme cabeça para a frente e para trás. A cabeça dele é incomum desde o nascimento. O seu ex-pediatra explicou que al-gumas crianças têm a cabeça grande como a de um adulto aos cinco anos, mas Reese superou a marca anos atrás. A cabeça grande só faz o seu corpo magro parecer menor. Emaciado – foi assim que o pediatra atual se referiu ao meu menino na última consulta. Ele é tão exigente com o que come quanto com as pessoas.

Sawyer foi um bebê tão perfeito que me acostumou mal. Presumi que sua boa natureza era por eu ser uma boa mãe.

E aí eu tive Reese.

Ele se recusou teimosamente a vir ao mundo na hora certa, e o meu parto teve que ser induzido. Em poucas horas, conseguiu dar nós no cordão umbilical, o que levou meu médico a fazer uma cesariana de emergência. Reese saiu gritando e não parou de chorar pelos dois meses seguintes. *A Bela e a Fera.* Foi assim que me referi aos dois durante aqueles dias cansa-tivos em casa com um bebê e uma criança pequena – mas só na frente do Paul. Nunca na frente deles. Porém, agora a Bela se foi. E ficou só a Fera.

— Você brigou com o seu irmão antes do incidente? — Locke quis saber.

— Sim — afirma Reese, como se não fosse grande coisa.

Paul ergue a cabeça. Ele não está ouvindo com toda a atenção porque sabe tão bem quanto eu que esse interrogatório é apenas uma formalidade e não trará nenhuma informação útil para a investigação. A resposta de Reese, no entanto, surpreende nós dois. Ninguém disse nada sobre os meninos brigando. Não parece um detalhe que se deva omitir, mas Reese é assim.

O detetive Locke arqueia as sobrancelhas.

— Pode me contar mais sobre isso?

Reese reage com o seu clássico e evasivo dar de ombros, gesto que entrou em cena na quarta série e não saiu mais desde então. O detetive Locke continua olhando para ele até a sua falta de resposta se tornar constrangedora.

— Reese, ele quer que você conte sobre o que vocês brigaram — assinalo antes que fique mais desconfortável.

— Ah, eu e o Sawyer brigávamos todo dia. Tipo, todo. Santo. Dia. Da. Minha. Vida. — Reese prolonga cada palavra para dar um efeito dramático, arrematando com um sorriso.

Paul ri e aperta o ombro dele, que reluz com a atenção. Eu mal o toquei desde o enterro, mas ele é o tipo de criança que precisa de muito carinho físico. Durante o velório, as pessoas não paravam de comentar sobre como devia ser bom ter o Reese para abraçar quando sinto falta do Sawyer ou como devo querer abraçá-lo forte e nunca mais soltar, mas não sinto nada disso. Meus pensamentos me horrorizam. Eu nunca os compartilharia com ninguém.

Locke sorri de volta, parecendo entendê-lo. Ele é uma das raras pessoas que o entendem, provavelmente porque era estranho como Reese no colégio.

— Por que brigaram naquele dia?

Meu filho olha para o chão e murmura algo.

— O quê? — insiste o detetive, inclinando-se para a frente.

Reese olha para mim e rapidamente volta a mirar o chão antes de repetir:

— O Sawyer estava bravo por terem passado a perna nele quando comprou os comprimidos, e ele queria alguns dos meus.

— Que tipo de comprimidos vocês tinham?

— Adderall. — O seu rosto se enche de culpa.

O medo aperta o meu peito. O que Reese estava fazendo com Adderall?

— E era esse tipo de comprimido que o Sawyer queria?

Reese confirma.

Paul interrompe, parecendo confuso:

— Adderall?

— É um medicamento estimulante prescrito para TDAH — explica o detetive, e o rosto de Paul empalidece.

Saio de trás da câmera para Reese poder me ver.

— Do que você está falando? — Ponho as mãos na cintura. — Como pôde não me contar uma coisa dessas?!

— Ele bebia o tempo todo. Você sabia, mãe.

Não há como confundir o julgamento no rosto do detetive Locke quando ele se vira para observar a minha reação.

— Beber é uma coisa. Drogas são totalmente diferentes. — Eu me encolho de vergonha com a hipocrisia.

Reese dá de ombros.

— E ele gostava de farra também. Eu disse que ele devia ter me procurado primeiro; assim ele não teria sido enganado. Eu não trato a minha gente assim.

Inacreditável. O que Reese acha que está fazendo falando como se fosse algum tipo de traficante? Contorno a mesinha de centro e o seguro pelos ombros.

— Você deu drogas para o Sawyer? Você deu alguma droga a ele? — Eu o sacudo para a frente e para trás. — Responda! Você deu drogas para o Sawyer?!

Paul se levanta de um salto e me empurra de lado.

— Não diga mais uma palavra, Reese.

DEZ

LINDSEY

— Wyatt? — O detetive Locke alonga a parte superior do corpo sobre a mesa para se aproximar dele.

Andrew e eu estamos na mesma sala de ontem, mas desta vez com Wyatt sentado entre nós. Coloco a mão no joelho do meu filho. No início do depoimento, o detetive repassou uma longa lista de regras sobre como deveríamos nos comportar. Ele enfatizou a importância de não intervirmos de nenhuma forma, o que incluía não tocar. No entanto, ao notar a ansiedade e a resistência de Wyatt, rapidamente relaxou as regras. Meu filho não queria vir, mas afirmamos que não havia escolha. Dar o depoimento na delegacia pode não ter sido a melhor ideia, mas Sutton poderia ouvir alguma coisa se tivesse sido em casa. Procuramos protegê-la de tudo isso – tarefa que vem se mostrando ser quase impossível. Esperamos mais um angustiante minuto antes de o detetive Locke tentar de novo.

— Sei que é difícil, mas preciso que se esforce para responder, combinado? Os meninos andavam brigando nos dias ou nas semanas que antecederam o incidente?

— Amigão... — Andrew não consegue se conter; o silêncio incômodo é demais. — O Jacob não pode falar agora, então precisamos que nos conte qualquer coisa que imagine ser útil, mesmo que signifique colocar alguém em apuros. Não tem problema contar. Ninguém vai se zangar com você.

— Claro que não, querido. — Eu me aproximo e o abraço de lado. Como o seu corpo está rígido, esfrego o seu ombro, tentando ajudá-lo a relaxar. — Vá em frente e diga ao policial o que sabe — incentivo, como se soubesse o que ele tem a revelar.

Na verdade, estou tão curiosa quanto o detetive Locke.

Wyatt se afasta de mim e cruza os braços.

— Eles andavam brigando — concede ele, com relutância.

O detetive Locke ouve como se não estivesse nem um pouco surpreso com a informação e mexe em uma pilha de papéis em sua mesa antes de puxar um maço de folhas e colocá-lo em cima dos outros. Ele o folheia sem levantar os olhos.

— As coisas estavam um pouco difíceis rumo à competição nacional, hein? — o detetive comenta.

Wyatt concorda. Este é o seu primeiro ano no time de futebol. Ele é reserva, mas não se importa com isso, visto que é o único aluno da décima série no time e pode jogar com Jacob. Pensar em Jacob e no futebol imediatamente me deixa mais sóbria. Eu me concentro na conversa, recusando-me a divagar.

— Falei com os seus colegas de time ontem e eles me contaram o que anda havendo. — O detetive Locke olha para ele incisivamente.

— Eles contaram? — Wyatt ergue as sobrancelhas, legitimamente surpreso.

Do que o detetive está falando? Que colegas de time? A atenção de Andrew está voltada como um *laser* para Wyatt.

— É como eu te disse quando começamos, Wyatt: ninguém está tentando esconder nada. Nós só queremos descobrir o que aconteceu para ajudar todo mundo a superar isso. — O detetive Locke movimenta a cabeça enquanto fala, como se estivesse concordando consigo mesmo. — Todos notaram alguma coisa acontecendo entre eles. O outro capitão... Como ele se chama? — Ele coça o queixo. — Josiah?

Locke olha para Wyatt, que confirma.

— Isso. Josiah. Enfim, ele me contou que encurralou os três no vestiário uma semana antes do incidente e os mandou resolverem as suas questões, pois já estavam prejudicando a equipe. Ele ameaçou contar ao treinador e pedir que ele os colocasse no banco para as eliminatórias se não resolvessem. Seja lá o que fosse, devia ser bem ruim para ele estar disposto a arriscar o campeonato nacional. Tem alguma ideia do que se tratava?

— Era bobagem — murmura Wyatt.

— Eles viviam brigando por bobagens. Sabe como garotos dessa idade são — interrompo, sem esperança alguma de que Locke entenda de adolescentes. Finalmente encontrei alguém que manteve contato com ele e descobri que nunca foi casado nem teve filhos.

O detetive não tira os olhos de Wyatt em nenhum momento. Ele dá de ombros levemente, como se o que eu disse não o tivesse perturbado.

— Não me importo se for bobagem. Eu gostaria de ouvir.

— Garotas. — A voz de Wyatt é quase inaudível.

— Uma garota? Muitas garotas? A namorada de alguém? — Houve uma mudança no tom de Locke.

Wyatt balança a cabeça algumas vezes sucessivamente.

— Eu não faço ideia. Só sei que tem a ver com garotas.

— E como sabe disso?

— Porque é o que todo mundo diz.

— "Todo mundo" quer dizer o time?

Wyatt concorda.

— Mas o Jacob nunca te contou nada pessoalmente?

Meu filho faz que não.

— E o Sawyer ou o Caleb?

Ele começa a gargalhar da mesma forma que Andrew faz quando está nervoso.

— Me desculpe. — Wyatt leva um minuto para se recompor e continuar: — Esses caras me contavam ainda menos que o Jacob sobre o que rolava na vida deles.

Andrew se intromete:

— Os meninos brigavam o tempo todo. É o que acontece quando garotos crescem como irmãos. Era uma mera questão de tempo até brigarem por causa de uma garota.

O detetive Locke muda de foco para Andrew.

— Você sabia que eles vinham brigando?

Meu marido fica vermelho e faz que sim. O detetive perguntou a mesma coisa ontem, mas ele respondeu que não. Meu coração dispara de pânico. Como Andrew pôde ter mentido para um policial?

Eu me viro de frente para ele.

— Você sabia que eles vinham brigando?

Andrew parece querer enfiar o rabo entre as pernas e se esconder debaixo da mesa como o nosso cachorro faz após ser repreendido. E com razão. Como ele deixa de mencionar algo assim?!

— Sinceramente? Eu não havia pensado nisso até agora. — Meu marido mantém o foco no detetive Locke. — Nem quando você me perguntou a respeito antes. — O seu rosto ficou vermelho de vergonha. — Sei que deve estar me achando um idiota, mas não menti de propósito. Você perguntou se notei algo fora do comum, mas essas brigas eram tão frequentes entre eles que não pareciam se encaixar. Quantas vezes eles brigaram ao longo dos anos?

Ele olha para mim em busca de confirmação. A preocupação tomou conta do seu rosto e os seus olhos procuram os meus, implorando por compreensão.

— Por favor, eu não tive intenção de mentir. Eu não faria isso. Você me conhece muito bem, Lindsey.

Tudo o que fizemos desde o acidente foi debater sobre o que poderia ter acontecido naquela noite. Voltamos a falar disso mesmo quando tentamos deixar para trás. Ele nem cogitou me falar que eles andavam brigando? No entanto, não posso ficar com raiva de Andrew. Eu não tenho espaço para raiva. Preciso voltar para Jacob.

Direciono a minha atenção para o detetive, ansiosa por sair dali. A cirurgia de Jacob correu bem esta manhã, mas as suas tardes costumam ser difíceis.

— Os meninos brigavam o tempo todo, então não é surpresa que estivessem discutindo naquela semana também. Tenho certeza de que não era importante, e isso explica o Andrew não ter dito nada. Podemos seguir em frente?

ONZE

DANI

Fico olhando fixamente para o encosto do banco de trás do Uber para não enjoar. Normalmente eu teria me sentado na frente, mas o motorista era um pouco esquisito e, como estou sozinha, não quero correr nenhum risco. Bryan já mandou duas mensagens do restaurante. Espero que ele seja mais compreensivo do que o normal esta noite. Sair de casa demora mais hoje em dia do que quando as crianças eram pequenas.

Caleb surtou bem na hora em que eu ia saindo – uma das suas inconsoláveis crises de choro que surgem do nada. Pelo menos é o que parecem ser. Em um minuto, ele estava no sofá folheando revistas inúteis com Luna; no outro, chorando daquele jeito que passamos a chamar de seu "choro de outro lugar". É diferente dos outros choros. Essa tristeza o transporta para algum outro local, e ele leva um bom tempo para voltar. Foi assim que Bryan explicou à Gillian e aos psiquiatras do hospital. Ele é melhor em explicar esses episódios do que eu.

Luna interveio quando Caleb começou a andar pela sala, tentando resgatá-lo antes que ele desaparecesse. Os episódios o deixam muito agitado. Ele esfrega as mãos nos antebraços enquanto caminha, como se quisesse arrancar a própria pele. Luna fica ao seu lado sem tocar nele. Tentei fazer o mesmo uma vez e Caleb partiu para cima de mim, então mantenho distância; mas ele permite que Luna o faça, assim como deixa que ela lhe dê o seu remédio sem reclamar.

É incrível observá-la cuidando dele. Notei partes dela que pensei que nunca teria de volta. Éramos tão próximas – ela era a minha melhor amiga, embora não se deva dizer isso sobre os próprios filhos. Nunca me senti tão traída como quando, de repente, ela não quis mais nada comigo e tudo o que eu falava era a coisa mais irritante do mundo. Só porque é uma parte normal da adolescência não torna o fato menos doloroso. Luna, hoje, está mais distante de mim do que nunca.

Vemos minha filha cuidando do Caleb como fazíamos quando ele era bebê. Luna acabara de completar dois anos quando ele nasceu, e ela própria ainda era uma criancinha, embora determinada a me ajudar em tudo. A menina não queria apenas ser a irmã mais velha – queria ser a segunda mãe do Caleb, e dizia aquilo para qualquer um disposto a ouvir. Tem sido tão bom tê-la por perto sem estar irritada...

— É aqui! — exclamo para o motorista quando percebo que ele vai passar direto pela entrada do estacionamento.

Ele dá um solavanco para o lado, quase batendo no carro saindo atrás de nós, e xinga o motorista baixinho, embora seja o culpado da história. Salto do carro assim que ele para. Definitivamente nada de gorjeta.

Desamasso a frente do vestido e puxo os punhos da jaqueta jeans para baixo. Será que estou arrumada demais? Desleixada? Foi impossível ter uma noção do código de vestimenta do restaurante pelas fotos. Odeio quando isso acontece. Só porque estamos jantando com o Ted, Bryan escolheu o lugar mais moderno e em alta em Fairfield. Como se ainda acompanhássemos o que está na moda, quando, na verdade, quase nunca frequentamos esta parte da cidade hoje em dia.

Empurro a porta e entro em uma sala mal iluminada e inacreditavelmente abarrotada. Os meus olhos demoram um pouco para se ajustar. Multidões passam por mim, a maioria falando alto. A peça central da sala é uma bancada circular. Talvez seja melhor assim, considerando que mal vou ouvir Ted falando com aquela música alta. Meu telefone vibra de novo.

> Aqui em cima. Estou te vendo.

Ergo o rosto, notando o segundo andar pela primeira vez. Bryan sorri para mim do mezanino, e Ted fala com um garçom, provavelmente pedindo mais uma rodada de drinques. Foi por isso que peguei um Uber. Meu marido veio no carro dele, mas definitivamente não estará em condições de dirigir para casa, apesar de eu já saber o que acontecerá antes: vamos fingir que ele está indo até o manobrista; faremos uma boa cena – nós sempre fazemos – enquanto ele dá a volta no quarteirão e, depois, trocaremos de lugar. Ele mal escapou da última vez em que foi flagrado dirigindo alcoolizado; não daremos uma nova chance ao azar.

Nunca conheci um bêbado como Bryan. Há muitos bêbados na minha família, mas eles agem como tal. Alguns ficam estabanados e embaraçosos; outros, emotivos. Há até alguns do tipo raivoso; estes procuram briga sempre que passam de dois drinques. Mas ninguém é como Bryan.

O álcool o transforma em uma categoria especial de monstro – um monstro perfeitamente articulado e imperturbável. Ele não arrasta a fala ou tropeça nas palavras. Ele anda em linha reta e parece consciente de si e do que está ao redor. Ninguém diria que está bêbado. É por isso que vão lhe dar as chaves do carro esta noite: porque não poderão ver a escuridão que tomou conta do seu interior.

Sorrio e aceno de volta antes de abrir caminho em meio à multidão e procurar as escadas. Os dois estão do outro lado do restaurante. Não arrisco parar e ir ao banheiro antes de me juntar a eles, considerando que a paciência de Bryan já atingiu o limite.

Ambos se levantam quando me veem chegando. Entrego minha bolsa para Bryan ao mesmo tempo que Ted se inclina para me cumprimentar com um beijo de cada lado do rosto. Meu marido passa o braço em volta da minha cintura.

— Que bom que finalmente conseguiu se juntar a nós, querida.

Há uma irritação quase imperceptível em seu tom de voz.

— Eu também acho. Sinto muito — digo, olhando para Ted antes de voltar a minha atenção para meu marido. — O Caleb teve um dos seus ataques quando eu ia saindo, então não consegui vir para cá até a Luna estar com tudo sob controle. Eu...

— Ela com certeza amadureceu no último ano — interrompe Ted com um sorriso nojento no rosto.

Lanço um olhar irritado em sua direção.

— Enfim, como eu dizia, creio que não poderemos ficar muito. Não quero deixá-la sozinha com o Caleb por tempo demais em mais uma noite difícil para ele.

Sinto um beliscão forte na coxa e endireito as costas contra a cadeira. O que foi que eu disse? Eu ofendi o Ted?

Bryan aumenta a pressão, torcendo a minha pele ligeiramente. Aquilo me lembra da primeira vez em que ele me beliscou, como acontece toda vez que ele me machuca. Eu não o impedi naquela noite, embora seja isso que se deva fazer quando o seu marido te fere de propósito. Você traça um limite. Você bate o pé e diz: *Nunca mais. Saia daqui.* Não fiz nenhuma dessas coisas. Eu me apego àquela noite como se tudo o que fosse preciso para resolver nossos problemas fosse voltar no tempo e agir de outra forma.

Caleb tinha poucas semanas de vida na época. Minha mãe estava hospedada conosco para me ajudar com ele, mesmo que ela more a apenas alguns quilômetros de distância. Era mais fácil tê-la comigo, pois nunca me senti tão sem noção como naqueles primeiros dias com um bebê cheio de cólicas. Luna chorou quando era pequena, mas nunca como Caleb chorava. Além disso, ela dormia muitíssimo bem, o que não me preparou para a privação de sono que acompanha uma criança difícil. Os picos de hormônio só pioravam tudo. A presença da minha mãe irritava Bryan, mas eu precisava tê-la por perto para não enlouquecer.

Eu estava amamentando Caleb quando a fralda dele vazou no meu colo, sujando nós dois. Bryan o pegou de mim e eu corri para o banheiro do quarto para me limpar enquanto ele limpava o bebê. Quando voltei à sala de estar, minha mãe comentou que Bryan havia fechado o macacão do Caleb errado. Ele passara ambas as pernas pela mesma abertura, e elas pareciam duas salsichas gordas espremidas uma na outra. Minha mãe e eu começamos a rir. Assim que ela saiu da sala, meu marido se sentou no sofá ao meu lado e beliscou meu braço com tanta força quanto está me empregando agora.

— Nunca mais me envergonhe assim de novo — sibilou ele.

Bryan nunca grita. Ele fala em um tom equilibrado e calculado, o que torna tudo pior, mais frio.

— Pare com isso. — Tentei me afastar, mas ele não soltou. — Você está me machucando! — gritei.

— Ah, me poupe... — zombou ele antes de, aos poucos, ir soltando meu braço.

Meus olhos se encheram de lágrimas.

— Não acredito que você fez isso. Por que fez uma coisa dessas?

— Pare de agir como se eu tivesse dado um soco na sua cara — retrucou ele.

O meu estômago embrulhou com aquela resposta, porém, quando Bryan logo começou a falar sobre os placares do golfe como se nada tivesse acontecido, comecei a me sentir dramática demais. Quase me esqueci do episódio até notar as marcas roxas no tríceps durante o banho, na manhã seguinte. Pensei em dizer algo, mencionar que ele havia deixado marca, que realmente me machucara, mas não o fiz. Eu me convenci de que não havia sido de propósito e que nunca mais aconteceria. Além do mais, Bryan tinha razão. Eu sempre fui um pouco exagerada.

O problema é que não parou de acontecer.

Agora, percebo o meu erro e sorrio para Ted.

— Desculpa ter olhado assim para você. Não sei o que eu estava pensando. Foi um dia difícil, e estou exausta.

— Ah, imagina — diz Ted, deixando aquilo de lado. — Não esquenta com isso.

Bryan diminui a pressão em minha pele.

DOZE

KENDRA

Fecho a porta de vidro deslizante atrás de Paul e de mim. Reese está lá em cima jogando videogame de novo. Ele já passou tanto tempo jogando que o seu cérebro vai acabar virando mingau, mas não sei o que mais ele deveria fazer. O que qualquer um de nós deve fazer?

Desde que o detetive Locke e a sua equipe saíram, não falamos mais sobre o depoimento. Reese ficou por perto o resto do dia, obviamente esperando que perguntássemos sobre o Adderall para descobrir que tipo de punição estava por vir, como ele costuma fazer quando se mete em alguma encrenca. A questão é que isso é muito maior do que uma encrenca. Por que ele não consegue enxergar?

Nem sei por onde começar quanto ao Adderall. A minha cabeça está a mil com tantas perguntas. Reese estava mesmo vendendo drogas na escola? Onde ele as consegue? Deus, espero que meu filho não esteja tomando também, mas e se estiver? O que eu faço? Terei de contar o que fiz ao Paul. Ele vai ficar com tanta raiva...

Meu marido interrompe minha ruminação:

— Meu Deus, como eu preciso de um cigarro... — Ele se põe a caminhar pelo pátio de concreto em frente à piscina.

Paul não fuma desde a faculdade e, mesmo assim, só fazia isso quando bebia. Sempre odiei o cheiro e como ficava entranhado nas roupas depois.

Eu nunca fumei, mas também quero um cigarro. Não estou aguentando isso.

— O que a gente faz? O que acontecerá se o Reese tiver dado drogas para o Sawyer ou para um deles? E se os garotos estivessem todos drogados? Isso torna o Reese responsável? A polícia vem buscá-lo? Ele pode ter problemas por isso? Por que...

Paul posiciona os dedos sobre os meus lábios.

— Pare. Simplesmente pare.

— Parar? — Afasto seus dedos do meu rosto. — Não vou parar. E se eu perder meus dois meninos em questão de semanas?

— Você não vai perder os dois meninos. — Paul balança a cabeça. — Precisa se acalmar.

— Ah, é? Nossos filhos são mentirosos e, pelo jeito, Reese é o traficante da escola, mas você quer que eu me acalme?! — Olho atravessado para Paul.

— Pelo menos fala baixo para ele não te ouvir.

Meu marido aponta para casa como se eu precisasse ser lembrada de que Reese está nela. Paul finalmente mandou nosso filho fazer algo sozinho depois do jantar e avisou que teríamos uma conversa sobre ele estar traficando drogas amanhã.

— Eu quero que ele me ouça. Cada palavra. E se ele tiver dado drogas aos três naquela noite? Isso muda tudo. Quem sabe onde eles conseguiram essas coisas? Eles podem ter comprado alguma mistura que os fez enlouquecer totalmente.

Paul balança a cabeça.

— Você não pode pôr a culpa disso no Reese.

— Em quem mais devo pôr a culpa se foi ele quem deu as drogas?!

Jovens usam drogas o tempo todo, e toda escola tem o seu traficante. Eu só nunca esperei que fosse o meu filho de catorze anos.

— Em primeiro lugar, você precisa ir com calma. Não temos certeza de que ele deu algo aos três. É isso que temos de descobrir antes de prosseguirmos. Se ele não tiver dado, estamos perdendo tempo e energia pirando com a hipótese. — Paul passa as mãos pelos cabelos. — Ainda não consigo acreditar que isso está acontecendo.

— Deus, como ele pôde ter sido tão idiota?! — desabafo.

Meu marido recua, e levo um instante para perceber que ele acha que estou falando do Sawyer.

— Eu me refiro ao Reese. Como o Reese pôde ser tão burro?

A expressão de horror permanece. Nós não xingamos nossos filhos. Nem quando estamos com raiva deles. Nós fazemos tudo certo: falamos com eles em uma linguagem afirmativa, seguimos os melhores conselhos para pais, matriculamos os dois nas melhores escolas, os cercamos de coisas positivas... e olha só onde isso levou.

— Ele não precisa te ouvir dizendo isso — cochicha Paul.

— É claro.

Paul ergue as mãos, como se pedisse uma trégua.

— Não quero brigar. Podemos só conversar e resolver o que fazer?

— Eu também não quero brigar. — Minha voz transborda de emoção. A vontade de lutar desaparece rápido, substituída por lágrimas.

Passo por ele e desabo em uma das cadeiras da mesa de jantar ao ar livre, cobrindo os joelhos com um dos cobertores. Paul hesita um pouco antes de ir até o bar e abrir a adega refrigerada embaixo dele. Pega a garrafa de Cabernet que abrimos ontem à noite e toma um grande gole, como se estivesse bebendo um destilado forte. Depois, serve a bebida em uma das taças usadas sobre o tampo. Ele passa o vinho para mim, que aceito, grata por ter algo para segurar com as mãos trêmulas.

— O que faremos se o Reese tiver dado drogas para eles? — Meu marido não espera a minha resposta para continuar: — Me sinto um hipócrita por ter criticado o Bryan por arranjar um advogado, porque agora não acho boa ideia continuarmos isso sozinhos. Quer dizer, a vida do nosso filho está em jogo. Não pedir ajuda pode ser dar um passo maior do que a perna.

— Acha que eles consideram o Reese algum tipo de suspeito?

Paul dá de ombros e toma mais um gole.

— Eles sem dúvida o consideram mais do que apenas uma fonte de informações. O que vimos hoje não teve nada a ver com o que o detetive Locke alegou ontem. Foi claramente um interrogatório, e o Locke sabia muito mais do que deixou transparecer. Ele não é nada ingênuo. O detetive sabia exatamente aonde queria chegar naquela sala hoje. — Ele fica imóvel e olha para o céu.

A lua está semicoberta pelas nuvens.

— O que você quer dizer? — Meus pensamentos estão embaralhados e começo a me confundir, como acontece depois que tomo meu comprimido à noite. Odeio aquelas pílulas, mas detesto os ataques mais ainda.

Paul estreita os olhos.

— Que o detetive Locke está guardando segredos e sabe muito mais do que diz.

— Você parece paranoico — murmuro.

— Talvez seja bom sermos paranoicos.

TREZE

DANI

Não consigo parar quieta na cadeira. Bryan repousa a mão em mim como em toda vez que me mexi um centímetro ou fiz qualquer gesto que indicasse vontade de sair do restaurante. Desisti de chegar em casa cedo uma hora atrás. Pelo menos meu celular está silencioso. Luna teria enviado uma mensagem se precisasse de ajuda com Caleb. Os minutos parecem se arrastar. Terminamos todos os intermináveis pratos, e Bryan e Ted, em grande parte, me ignoram. Por mim, tudo bem. Assim é mais fácil evitar problemas.

— O que achou do depoimento hoje, Dani? — pergunta Ted, comendo o seu enorme pedaço de bolo de chocolate.

Nem ocorreu a ele me oferecer um pedaço. Não que eu fosse aceitar, mas a maioria dos homens ofereceria.

Eu não descreveria o que aconteceu entre Caleb e o detetive Locke como um depoimento. Ted insistiu que conduzíssemos aquilo na delegacia para estarmos todos na sala – que a cada dia se torna mais familiar. Contudo, nunca chegamos à parte em que cada um ocupa uma cadeira. Assim que o detetive Locke cumprimentou Caleb, ele teve um colapso, e não demorou muito para aquilo evoluir para um de seus episódios. Nada do que tentamos o trouxe de volta. Ted nem precisou intervir para o detetive Locke interromper as questões com as quais eu passara a noite inteira me preocupando. Testemunhar a devastação de Caleb foi o suficiente para levá-lo a reagendar o depoimento de Luna também.

— Eu só queria que alguém pudesse ajudar o Caleb a falar.

Meu filho guarda a chave do que aconteceu, mas ela está enterrada lá dentro. Gillian diz que, mesmo se ele começar a falar, pode jamais desbloquear aquelas lembranças. Bryan considera Gillian mole demais e cheia de papo furado, embora ela tenha um doutorado em Psicologia. Contudo, ele tem a mesma opinião sobre a nossa terapeuta: Bryan simplesmente não gosta de terapeutas.

— Vocês conseguiram acalmá-lo ao chegar em casa? — Ted quer saber.

Afirmo com a cabeça. Nunca vi Ted abalado antes, mas Caleb conseguiu perturbá-lo hoje. Tive uma reação semelhante quando vi meu filho na sala de emergência após o incidente. Ele estava sentado na beira da cama usando o mesmo jeans rasgado que usava ao ir para a escola naquela manhã. Balançava as pernas e os pés acima do chão de linóleo sujo enquanto apertava a barriga com os braços como se estivesse sentindo dor. Bryan e eu paramos na porta. Tudo se movimentava em câmera lenta.

— Caleb? — sussurrei.

Eu não queria falar tão baixo ou me mover tão devagar, mas algo nele disparou uma onda de frio pela minha espinha. Ele se virou para nós e inclinou a cabeça. Seu rosto estava salpicado de sangue, como sardas.

Mas foram seus olhos que nos imobilizaram: eles estavam arregalados, congelados em um momento de terror, apesar de não haver nada por trás deles. Era como olhar para um túnel vazio. A equipe de profissionais de saúde mental de Gillian o diagnosticou com transtorno de estresse agudo e garantiu que aquilo passaria com o tempo, mas já se passaram dezenove dias e não houve evolução alguma.

Seus olhos continuam vidrados e arregalados demais. Eles nos atravessam sem realmente ver ou se conectar, como se Caleb tivesse fugido para um lugar fora de si e nós tivéssemos que encontrá-lo e trazê-lo de volta. Como fazer isso quando não conseguimos sequer convencê-lo a sair do quarto?

Lá, ele permanece o tempo todo em posição fetal, enrolado até a cabeça em seu edredom vermelho. O café da manhã que levo na bandeja continua intocado no chão ao lado da cama. Bryan e eu nos revezamos na tentativa de persuadi-lo, mas nossos esforços são inúteis. Ele se recusa a se mexer. A falar.

— Nunca vi alguém tão assustado — Ted interrompe meus pensamentos. — Do que ele tem tanto medo, na opinião de vocês?

Sua pergunta me pega desprevenida. Não é óbvio? Meu filho viu os dois melhores amigos serem baleados. Ele, na certa, estava envolvido no que quer que fosse que eles estivessem fazendo com a arma antes. Um dos rapazes sangrou até a morte na frente dele e o outro provavelmente nunca mais vai acordar. Mas não posso dizer nada disso sem irritar Bryan.

— A brincadeira deles matou alguém — respondo sem emoção, tomando cuidado para o tom sarcástico em minha cabeça não contaminar as palavras.

— Você está convencida de que foi uma brincadeira? — Ted estreita os olhos.

O aperto de Bryan no meu joelho aumenta.

— Claro. — Confirmo com a cabeça e me forço a encará-lo. — Foi só uma brincadeira estúpida de garotos.

A repulsa pelo que eu disse revira o meu estômago. Não é de admirar que Luna me odeie.

— Digamos que você tenha razão e o Caleb esteja assustado demais com o que viu para falar. O negócio é o seguinte. — Ele faz uma pausa para enfiar outro pedaço de bolo na boca. — Seu filho não parecia traumatizado. Ele parecia apavorado. Por que ainda está com tanto medo?

Bryan inclina o corpo para ele.

— Aonde quer chegar?

— Veja bem, não havia mais ninguém na casa. — Ted dá de ombros como se o que está insinuando não fosse grande coisa. — É a única coisa que sabemos com certeza.

A polícia analisou todas as gravações das câmeras de segurança na nossa porta da frente e no exterior da residência. Meu marido montou o nosso sistema de segurança residencial com uma das empresas de alarmes da área, e a polícia ficou impressionada com o nível de sofisticação. Depois que os meninos chegaram trôpegos, pouco após as dez da noite, ninguém mais entrou ou saiu até Caleb disparar pela porta dos fundos às onze e trinta e sete.

Ted prossegue:

— E as impressões digitais dos meninos eram as únicas na arma além das do Bryan.

— É claro que as minhas impressões estavam na arma — Bryan interrompe, como se ofendido por seu nome ter sido incluído na equação. — A arma é minha. Eu a levo para o estande de tiro o tempo todo.

A polícia tem um campo de treinamento entre duas cordilheiras atrás da nossa casa. Uma das atividades favoritas de Bryan aos sábados é ir lá e esvaziar alguns pentes. Imaginei que os policiais tivessem feito suposições semelhantes.

— É uma pena você não ter me ligado imediatamente para pedir um conselho. Eu teria lhe dito para não admitir nada sobre a arma, mas agora é tarde demais. — Ted me lança um olhar gélido por ter sido eu a dar a informação ao Locke de que a arma era nossa.

Não é como se a polícia não fosse descobrir, afinal. A arma está registrada no nome de Bryan e os policiais a encontraram no tapete da nossa sala de estar. Eu seguro na beirada da mesa para manter a calma e as lembranças indesejadas sob controle.

Ted empurra o prato de lado e apoia as mãos no tampo como se estivesse mostrando a mão num jogo de pôquer.

— Olha, é uma droga ter que fazer isso com vocês dois, mas preciso perguntar: existe alguma chance de o Caleb estar com medo de si mesmo?

Existe alguma chance de o meu filho ser um assassino? É isso o que ele realmente está sugerindo.

Bryan se debruça sobre a mesa e o fita nos olhos.

— É impossível o Caleb ter feito isso.

CATORZE

LINDSEY

Andrew esfrega o rosto como faz quando está com sinusite. Ele começa no nariz, sobe pela testa e desce, e depois recomeça o processo. Ele não lida bem com o estresse. Nunca lidou. Sua pele está vermelha e inflamada com psoríase induzida por estresse desde a noite no hospital. Andrew nunca teve de lidar com tanta coisa. Ah, quem estou enganando? Nenhum de nós jamais teve de lidar com tanta coisa. Nada desse tipo acontece em Norchester.

Ele se apoia na parede do corredor em frente ao quarto de Jacob. Nós saímos para dar a Sutton um tempo sozinha com o irmão e podermos conversar em particular. Ela está lendo para Jacob a versão infantil do segundo livro do *Harry Potter* há quase vinte minutos, com a mesma voz alegre que usa quando lê para os seus ursinhos de pelúcia. Sutton adora qualquer coisa relacionada ao *Harry Potter*, mas Jacob não tem interesse em nada disso, a menos que seja um dos brinquedos da *Universal Studios*.

— Isso é péssimo. No que eu estava pensando? Como pude ser tão estúpido? Perdi toda a minha credibilidade hoje. — Andrew contrai o maxilar. — O detetive Locke vai me ver sob um ângulo totalmente diferente agora.

— Não vai, não.

— Qual é, Lindsey? Você sabe que sim, não importa o que ele diga. É isso o que acontece quando alguém mente para você. Você nunca mais olha para a pessoa da mesma forma.

Meu marido está prestes a entrar em pânico, como aconteceu ao sairmos da delegacia hoje à tarde. Levei mais de dez minutos para acalmá-lo. Jamais o vi tão nervoso.

Paro do seu lado no corredor e o desgrudo da parede.

— Vem, vamos andar um pouco.

Ele me segue relutante pelo corredor vazio. Os outros pacientes estão prontos para dormir; as enfermeiras diminuíram as luzes. Elas nunca faziam isso na UTI, mas eu gosto. Dá a sensação de que existe diferença entre o dia e a noite, em vez de tudo se misturar em um borrão contínuo.

— Você não estragou nada. Nós não somos criminosos. Nem o Jacob. Ninguém fez nada de errado aqui — afirmo, com mais confiança do que sinto.

— É mesmo? — zomba ele, erguendo as sobrancelhas para mim. — Isso pode funcionar com as crianças, mas não comigo. Talvez você devesse ter me ouvido quando falei que era melhor chamar um advogado. — Então, meu marido muda rapidamente de tom: — Desculpa.

Deixo escapar um suspiro de frustração.

— Não se desculpe. Você tem razão de estar chateado.

Estou louca por uma boa briga. Ninguém entende isso. As minhas amigas elogiam a bondade de Andrew. Seus pacientes no consultório de reumatologia o amam. Estão sempre comentando sobre como ele é um bom ouvinte e como deve ser um marido maravilhoso, considerando que é sempre tão gentil e atencioso nas consultas. Só que eu quero que ele grite e berre comigo. Seu controle emocional me enfurece.

— Estraguei tudo. Devíamos ter chamado um advogado assim que descobrimos.

Eu não estava raciocinando direito. Nenhum de nós estava. Como poderíamos, depois de o nosso mundo ter acabado de virar de cabeça para baixo e nos encontrarmos no meio de um pesadelo sem nenhuma advertência?

— Já fomos o mais longe possível sozinhos. Chamaremos um advogado hoje mesmo. — E Andrew pega o celular.

— O que está fazendo?

— Arranjando um advogado para a gente.

Algumas pessoas têm advogados à sua disposição, mas não gente como nós. As nossas vidas são entediantes demais para isso.

— São nove horas da noite de uma quinta-feira; talvez não seja o melhor momento para começar a ligar. Queremos mesmo colocar a vida do nosso filho nas mãos de alguém com base apenas no critério de que essa pessoa, por acaso, atendeu à nossa ligação?

— Bem pensado. — Ele guarda o aparelho de volta no bolso. — Melhor esperar até amanhã de manhã.

Chegamos ao final do corredor e, em vez de dobrar na outra direção, circulamos de volta rumo ao quarto de Jacob. Sutton ficaria lendo a noite toda se pudesse, mas Wyatt, que tinha de ir para casa estudar para a prova de Álgebra de amanhã, nos esperava no café, na recepção. Isso é o máximo que ele entra em um hospital. Na maioria das vezes, nosso filho espera no carro, mas estava morrendo de fome quando chegamos aqui e a comida do café é melhor que a do refeitório.

— Como você sabia que os meninos vinham brigando, Andrew? O Jacob te contou?

Nós não ficamos a sós o dia todo e isso está me deixando louca. Eu luto muito contra o ciúme quando Jacob conta coisas para Andrew e não para mim; às vezes, porém, não consigo evitar, ainda mais se for algo importante.

— Lembra quando ele quebrou a tela do celular no mês passado?

Fui eu que o levei ao *shopping* e consertei a tela. Duzentos dólares. Foi a segunda em um mês, mas nunca me ocorreu perguntar como havia quebrado. Presumi que tivesse se repetido o que acontecera com o último: Jacob pisara na mochila com o aparelho dentro.

— Quebrou porque ele o atirou no chão da cozinha após ler uma mensagem do Sawyer. Jacob estava furioso e, quando perguntei do que se tratava, ele disse que o Sawyer era um babaca de merda.

— Sério? Ele disse isso?

Não sou ignorante o suficiente para imaginar que os meus filhos não falam palavrão, mas eles não fazem isso na nossa frente. Jamais.

— Disse. Eu quis saber o porquê da briga, e ele me lançou um daqueles olhares de você-é-um-idiota-e-nunca-entenderia, então deixei para lá. — A tristeza toma conta de seu rosto. — Eu não deveria ter deixado...

— Foi só isso?

Não tenho tempo para as emoções de Andrew. Preciso da história completa antes de voltarmos ao quarto de Jacob. Não podemos levar essa negatividade conosco.

— Houve outro incidente mais ou menos uma semana depois. Busquei os três no treino e ninguém pronunciou uma palavra sequer durante toda a volta para casa. De novo, nada de mais. No entanto, estranhei porque não me lembrava de tê-los visto calados por tanto tempo.

Isso definitivamente é incomum. Os meninos nunca ficavam quietos quando estavam juntos. Caleb garantia isso, porque não suportava o silêncio. Dani dizia que ele falava até dormindo. Esse é um dos motivos pelos quais o seu silêncio é tão perturbador.

— Você questionou o Jacob sobre isso depois, quando os amigos não estavam por perto?

— Claro.

— E?

— Ele deu de ombros como se não fosse nada.

Típico de Jacob. Era difícil convencê-lo a falar sobre suas emoções. Eu realmente gostaria de ter sabido que estava acontecendo algo. Poderia ter arrancado aquilo dele; consigo descobrir coisas do meu filho que outros não conseguem. É um dos meus dons.

Escutamos a voz de Sutton me chamando.

— Mãe!

Ela não espera por resposta para gritar pela segunda vez. Em uma questão de segundos, Sutton sai atrás de nós dois. Corremos até ela e interrompemos a conversa até o dia seguinte.

QUINZE

DANI

Piso com força no asfalto. Estou aborrecida com Lindsey. Hoje de manhã, Kendra nos mandou uma mensagem em grupo perguntando se podíamos passar na casa dela lá pelas seis da tarde. Nós duas dissemos "sim". Contudo, quando escrevi para Lindsey mais cedo para saber a que horas ela passaria na minha casa – presumindo que caminharíamos juntas até a casa de Kendra –, ela não respondeu. Mandei outra mensagem por volta das quatro, e nada ainda. Esperei o máximo que pude antes de sair sem ela. O meu telefone vibrou com uma mensagem de Lindsey assim que cheguei ao final da minha rua.

> Já estou aqui. Te vejo em breve. Bjo.

Há quanto tempo ela está lá? Foi por isso que não respondeu à minha mensagem? Olho para o meu relógio: seis e dez. Garanto que ela chegou meia hora antes só para ficar sozinha com Kendra. É como um daqueles momentos estranhos em que entra em cena o fato de Lindsey e Kendra terem se tornado melhores amigas primeiro, criando todo tipo de tensão e ciúme esquisito – os casamentos delas, o meu casamento, os aniversários, as férias quando éramos crianças... É tolice pensar que esse drama feminino da quarta série tenha nos acompanhado até a meia-idade, mas, ainda assim, aqui está ele, mostrando a sua cara feia.

Aperto o passo, virando a esquina e me apressando para a rua sem saída de Kendra. A família Madison ainda não terminou o seu projeto de paisagismo. O jardim da frente está coberto de pilhas de terra e cascalho, o que vem enlouquecendo Kendra há meses. Ela jura que isso diminui o valor da propriedade de todas as casas do quarteirão, o que, para mim, só importaria se a minha residência estivesse à venda, mas acho que não. Além disso, Kendra saberia melhor do que eu, visto que ela e Paul são donos da mais famosa imobiliária da região. A casa deles fica no final da rua e é a maior do quarteirão. Ao contrário dos Madison, o seu jardim é um mosaico de cores ousadas meticulosamente aparadas. Lâmpadas de energia solar pontilham a calçada, iluminando o caminho até a porta da frente. Paul abre a porta para me cumprimentar antes que eu possa bater.

Nem o luto conseguiu ofuscar sua beleza deslumbrante. A barba rala de alguns dias atrás no rosto cresceu e se tornou uma cobertura escura. Sempre gostei mais dele com a barba por fazer, mas Kendra é obcecada por um rosto lisinho; então, Paul raramente a deixa crescer. Sua pele perfeitamente bronzeada combina com os cabelos castanho-claros, no momento tão sujos que mostram os resíduos de caspa neles, embora nem isso prejudique sua pinta de modelo.

Penso no que dizer. Nenhuma palavra parece adequada, então pigarreio e começo:

— Oi, tudo bem?

— Oi, Danielle — responde ele, usando o meu nome inteiro.

Todos me chamavam assim até a sétima série, quando comecei a me referir a mim como Dani na tentativa de ser descolada – a coisa mais importante do nosso mundo na época. Paul passou a praticar esportes pelo mesmo motivo. Ambos conseguimos o que queríamos, mas nosso relacionamento nunca mais foi o mesmo.

Bryan sabe que eu e Paul éramos amigos no primário. Era impossível não termos sido, aliás, a nossa turma era pequena. O que Bryan nem imagina é que foi Paul quem disse à turma, na primeira série, que ele derramou suco de laranja no chão para ninguém saber que fiz xixi na calça por acidente. Nem que ele chutou Jeff Williams na canela porque o garoto puxou a fita do meu rabo de cavalo no Dia dos Namorados. Quando Paul chamou Kendra para sair pela primeira vez, na décima série, ela me perguntou se eu me importava, e eu disse que não sem pensar duas vezes. Considerando como Kendra era namoradeira, jamais imaginei que aquilo pudesse passar de alguns encontros. Eles se separaram por um período após a formatura, mas o término não durou muito, e estão juntos desde então.

Paul indica a enorme escada atrás dele. Passei horas vasculhando o *Pinterest* e blogs de *design* de interiores com Kendra enquanto ela tentava escolher o corrimão perfeito.

— Elas estão lá em cima, na suíte principal.

— Obrigada — digo, percebendo que ainda não entrei.

Abaixo a cabeça envergonhada e murmuro algo sobre querer saber o que perdi antes de subir correndo os degraus e atravessar o corredor até o quarto de Kendra. Bato na porta antes de abri-la e entrar.

Lindsey e Kendra estão aninhadas na cama de dossel no meio do quarto, rodeadas por lenços de papel amassados. Cortinas longas e esvoaçantes pendem das janelas que revestem o lado direito. O *design* azul-claro enfatiza o pé-direito de mais de três metros e meio. Um tapete felpudo em um tom ligeiramente diferente de azul ocupa o espaço entre a porta e a cama. Na época em que aquele tapete enfeitava o menor quarto da casa dos Mitchell, na rua Windsor, Luna subia as escadas correndo e se jogava nele sempre que os visitávamos. Ela se contorcia na superfície como os cachorros fazem quando estão tentando coçar as costas.

Ocupo um espaço no colchão ao lado das duas e nos abraçamos. Damos as mãos, acalmando umas às outras. No ensino fundamental, os nossos professores chamaram os nossos pais para uma reunião e alegaram que éramos próximas demais, que nos tocávamos demais, que passávamos tempo demais penteando os cabelos umas das outras. A orientadora disse que sermos tão dependentes não era saudável, mas o que ela sabia? Temos nos apoiado a cada marco importante em nossas vidas – desde a compra do primeiro sutiã até a aquisição das nossas primeiras casas. Desta vez, no entanto, é especial. É muito maior do que qualquer outra coisa com que já tenhamos lidado, e aquele peso recai em nós, obscurecendo o quarto independentemente das paredes claras e iluminadas pelo sol.

A voz de Kendra sai pesada de emoção:

— Eu não aguento mais isso. Realmente não aguento.

Minhas mãos tocam as de Lindsey nas costas de Kendra.

— Não vou conseguir.

— Calma, calma, tá tudo bem. Você vai, sim — afirmo.

Lindsey logo completa:

— De alguma forma, você vai. Você é mais forte do que imagina, querida.

— Eu não sou, gente. Não sou, de jeito nenhum.

Suas lágrimas transbordam sem controle. Seu rosto está tomado de dor e desolação, e ela luta para continuar:

— É como se eu fosse uma sombra sendo sugada pela escuridão, só que não me importo. Esta é a pior parte: eu quero desaparecer. Reese precisa de mim. Ele está com um monte de problemas, e eu fico meio que "ah, *tá*". Sou péssima mãe.

— Bom, se você é uma péssima mãe, então não sei o que eu sou — interrompo antes que ela possa se sentir ainda pior.

— Nem tente. — Kendra balança a cabeça, determinada a se destruir, e aponta o dedo para Lindsey e para mim. — Eu sei que vocês me acham uma péssima mãe.

— Não achamos, não — refuta Lindsey imediatamente.

— Só estão dizendo isso porque são minhas melhores amigas.

— Não é verdade — Lindsey e eu protestamos.

— Por favor, gente, eu sei o que dizem a meu respeito, sobre o quanto eu trabalho.

A imprensa local tem massacrado Kendra pela sua dedicação à carreira – como se a sua forte ética profissional estivesse de alguma forma relacionada ao ocorrido. Ninguém rotula Paul de *workaholic* como fazem com ela, embora ambos trabalhem quase a mesma carga horária, ainda que os dois tenham dedicado o mesmo tempo para construir uma empresa imobiliária bem-sucedida.

— Quando a Luna saiu de casa, jurou que passaria o resto da vida garantindo que jamais seria como eu — deixo escapar sem pensar. — Ela afirmou que não tinha nenhum respeito por mim porque eu não fazia nada além de atender às necessidades do Bryan, como se as minhas não importassem. Ela estava chateada por não ter tido um modelo para seguir enquanto crescia, por eu não ter uma identidade fora da família.

As duas voltam a atenção para mim. Eu nunca havia contado aquilo a elas. Nunca verbalizei o episódio em voz alta para ninguém. No entanto, só porque não disse não significa que não pensava a respeito todos os dias desde então, nem que o fato não me fazia chorar no chuveiro quando ninguém podia ouvir. Embora Luna tenha visto fotos, ela não conheceu a garota que eu era, a garota que fez faculdade e estava prestes a se formar com louvor até engravidar no último ano. Às vezes, a minha vida antes de Bryan também parece uma história inventada. Sempre tive a intenção de voltar e concluir a graduação, mas o medo foi roubando as minhas escolhas, uma de cada vez, até não me restar mais nenhuma.

— O duro é que ela nem estava brava. Ela já disse muitas coisas desagradáveis durante as nossas brigas. Para ser sincera, minha filha já falou coisas piores, mas dessa vez não estávamos brigando nem discutindo. Não era nada desse tipo. Luna se expressou da maneira mais calma e calculada, como se tivesse refletido sobre o assunto e decidido que ser como eu seria o mais baixo que ela poderia descer. E querem saber a pior parte? — Não espero por uma resposta. — Ela jamais se desculpou nem afirmou que não quis dizer aquilo.

— Sério? — pergunta Kendra.

Minha confissão é o suficiente para distraí-la de si por um segundo.

— Sério. Portanto, você não é a única que não vai levar o prêmio de mãe do ano. — Abro um sorriso só por ela, não porque alguma coisa na minha revelação me dê motivo.

Kendra pega um lenço de papel e assoa o nariz com força.

— Meu Deus, que merda... — Ela aponta para as paredes do seu lindo quarto. — Eu mal fico aqui dentro. Fiquei aqui hoje porque vocês estavam vindo, mas não durmo nesta cama desde que Sawyer morreu. Passo o tempo todo no quarto dele revirando suas coisas atrás de algum detalhe que eu tenha perdido. Como é que nenhuma de nós percebeu algo estranho? Tinha que haver alguma coisa.

A mesma dúvida me tira o sono, principalmente porque fui a última de nós a ver os três.

— Eu já repassei cada pormenor daquela noite obsessivamente em busca de qualquer pista sobre o que eles estavam fazendo, mas a minha preocupação com o jantar era tanta que mal prestei atenção a eles. Bryan vinha tentando fechar um cliente novo e precisava que eu impressionasse a esposa dele. Vocês sabem como é.

Essa é a parte que menos gosto no trabalho do meu marido. Eu havia passado a tarde inteira experimentando roupas e praticando o que dizer à mulher. Não sei nem se Sawyer estava lá quando saí. Se ele estava, não o vi. Lembro-me de ter visto Jacob de relance quando ele passou pela cozinha, mas não tenho certeza de que nos falamos. Nossos filhos transitam livremente pelas nossas casas. É a melhor parte de morarmos tão próximas umas das outras.

— Perguntei a Jacob sobre os seus planos antes de ir para a casa da Dani e ele não falou nada sobre arma nenhuma, então estou realmente confusa pelas coisas terem dado tão errado em tão pouco tempo — acrescenta Lindsey com naturalidade.

Lanço um olhar irritado para ela, incapaz de me conter. Como se Jacob fosse chegar e dizer "Ah, é, nós vamos brincar com a arma do Caleb" quando ela lhe perguntou sobre os seus planos naquela noite. Lindsey se orgulha da boa comunicação que tem com os filhos. Nem sempre foi assim, mas ela mudou após ter Sutton e passar a falar só de maternidade consciente. Minha amiga diz a qualquer um que queira ouvir que os seus filhos podem conversar com ela sobre qualquer coisa, que fala com eles como se fossem pessoas de verdade, com os próprios pensamentos e ideias, não como uma extensão estranha dela e de Andrew. É uma alfinetada sutil no resto de nós, uma insinuação de que tratamos nossos filhos assim, mas que se dane. Ela sempre se achou melhor como mãe – mas não é. Ela apenas tem filhos fáceis de lidar.

Disfarço a minha irritação – estamos aqui pela Kendra e por nossos meninos.

Kendra puxa Lindsey pelo pulso e fala em um tom febril:

— Você acha que ele sabia que ia morrer? Ele já estava morto quando chegaram. Sabia disso? Os paramédicos não puderam fazer nada pelo meu menino. Todos os esforços deles foram para salvar o Jacob.

Escuto Lindsey arfar ao ouvi-la mencionar a condição de Jacob. Kendra fala muito sobre Sawyer, mas Lindsey fala muito pouco sobre Jacob. Acho impossível ela não estar despedaçada por dentro, mas não a vi desmoronar nenhuma vez. Nem enquanto esperávamos angustiadas para descobrir qual dos nossos garotos havia levado um tiro, nem durante a cirurgia de doze horas no cérebro de Jacob.

— Isso significa que foi rápido e que ele não sofreu? Ou que foi agonizante e lento? — Um soluço estrangulado escapa dos lábios de Kendra, e ela leva alguns minutos para se recompor e continuar: — Não consigo parar de pensar nisso. Fico repassando diferentes hipóteses na cabeça. Não encontro alívio. Eu nem durmo, porque também só sonho com isso. Não consigo mais viver assim. Preciso saber como foram os momentos finais dele.

Ela olha para Lindsey.

— Eu contei para Lindsey que quero me encontrar com o Caleb e ver se consigo convencê-lo a falar. Como ele poderia se sentir seguro para falar quando a pessoa fazendo as perguntas tinha uma arma na cintura?

Além da polícia e do detetive Locke, muita gente tem tentado induzir Caleb a falar. Eu mesma, por exemplo, sem mencionar Gillian, que estudou dez anos para trabalhar com crianças traumatizadas. Se Caleb não falou conosco, tenho certeza de que não falará com Kendra; mas mesmo assim balanço a cabeça, num gesto de empatia.

— Esse é um dos motivos por terem chamado uma terapeuta especializada em traumas para trabalhar com ele. Lembra da Gillian?

Eu a mencionara brevemente antes, mas não espero que Kendra se recorde de tudo, considerando o que tem passado.

— O detetive Locke vai marcar uma conversa com ela em breve. Com sorte, os dois vão conseguir chegar a algum lugar.

Kendra dá de ombros.

— Certo, mas o Caleb ainda não a conhece bem. Como esperam que fale com uma estranha? — Ela enxuga o rosto com a manga. — Talvez ele possa conversar comigo por não ser tão esquisito para ele e sermos apenas nós dois.

— Você quer falar com ele a sós? — Supus que eu também estaria lá.

O que Kendra fará se Caleb ficar agitado? Ela não teria como consolá-lo. Além disso, não me lembro da última vez em que ela conversou com o meu filho sozinha. Isso não acontece, talvez, desde o ensino fundamental.

Kendra balança a cabeça como se não tivesse lhe ocorrido que poderia ser de outra forma.

— Não sei bem se é uma boa ideia. — Convencer Bryan a permitir que Caleb converse com Kendra na minha presença já seria complicado; ele definitivamente não o deixaria falar com ela sozinho.

— Ah, querida, lamento que esteja passando por isso... — Lindsey beija nossa amiga na bochecha esquerda. — Eu gostaria que Jacob pudesse ser mais útil. Se fosse o inverso, eu ficaria mais do que feliz em te deixar falar com ele. Sabe que eu faria qualquer coisa por você.

É fácil falar quando não existe possibilidade alguma de isso acontecer. As duas me olham com expectativa.

— Dani, eu posso conversar com o Caleb? — Kendra está implorando com os olhos. — Quer dizer... É só que... eu... Por favor?

O desespero em sua voz é tão forte que a única resposta que consigo dar é "sim".

DEZESSEIS

KENDRA

— Não acredito que ela concordou — diz Paul.

Ele sabe como Dani tem dificuldade em tomar decisões sozinha. Reclamei disso durante anos. Assim que Lindsey e Dani saíram, chamei Paul e logo contei tudo a ele.

— A Dani é uma das minhas melhores amigas. Que tipo de pessoa ela seria se dissesse "não"?

— Acho que eu deveria estar lá também.

— Nem pensar — recuso, balançando a cabeça.

Meu marido parece imediatamente ofendido.

— Quero saber o que houve naquela noite tanto quanto você.

— Eu sei — respondo, sem me preocupar em esconder a irritação na voz —, mas é mais provável que ele fale se só eu estiver presente, e isso é o mais importante no momento, lembra? Fazê-lo falar.

Por que Paul está se dando ao trabalho de discutir comigo? Ele nunca teve esse tipo de relacionamento com Sawyer nem com nenhum dos seus amigos. Fazíamos piadas recorrentes sobre como Sawyer e os amigos ficavam mudos em conversas sérias com ele, a menos que houvesse uma bola envolvida. Nesse caso era impossível calá-los; mas, tirando isso, eles simplesmente ficavam quietos e imóveis.

Comigo, porém, Sawyer e seus amigos falavam. Desde o final do ginásio, eles passavam a maior parte do tempo aqui, e eu jamais desejaria que tivesse sido diferente. Lindsey e Dani creem que é porque Paul e eu nunca estamos em casa – mesmo que jamais fossem admitir isso na minha frente –, mas não é esse o motivo. A nossa casa é a mais confortável. Eu não fico rondando os meninos como se estivessem correndo risco de vida e, por algum motivo, eles me procuram quando querem conversar sem eu nem precisar pedir, embora eu nunca fosse mencionar isso para Lindsey e para Dani. Principalmente para Lindsey. Ela quer que todos a vejam como a melhor mãe; há muito tempo lhe concedi esse título, porque é a única coisa que ela tem. Não quero parecer maldosa, mas é assim que as coisas são. Ela nunca trabalhou e, depois que teve Sutton, se transformou em uma pessoa praticamente irreconhecível. Minha amiga manteve um diário das fezes da Sutton por uma semana por medo de não estar dando a ela uma dieta adequada e levou as anotações ao pediatra para que ele as analisasse. Até hoje espero que ela volte a ser como antes, mas, às vezes, receio que nunca irá acontecer.

Paul suspira profundamente, concordando com meu ponto de vista, mesmo que contra a sua vontade.

— Está nervosa em ficar perto dele? Lembra-se do funeral?

Ele não precisa me lembrar. Foi um dos meus piores momentos naquele dia. Eu não via Caleb desde o acidente, pois ele recebera alta apenas dois dias antes. Não fazia ideia de que reagiria como reagi quando o vi pela primeira vez, porém, tudo o que eu queria era sacudi-lo pelos ombros e lhe perguntar se havia matado o meu filho, exigir que ele me contasse o que aconteceu. Paul viu o fogo em meus olhos imediatamente e me puxou de lado antes que eu pudesse tomar qualquer atitude. Fiquei tão histérica que ele levou mais de dez minutos para me acalmar.

— Eu vou ficar bem — afirmo, cheia de determinação.

Preciso ficar se eu quiser que o garoto fale, então não posso afastá-lo. Caleb tem de sentir que estou do lado dele. O mesmo vale para Dani. Ela e Lindsey estão igualmente empenhadas em chamar a coisa toda de acidente, mas não se pode negar a possibilidade de Caleb ter atirado em ambos. Como ele escapou de algo tão horrível sem um único arranhão? Ninguém consegue explicar isso, nem o que está acontecendo com ele. Dani fala o tempo todo sobre sua terapeuta dizer que o menino sofre de síndrome de sobrevivente, além de todo o resto. Mas e se for apenas um caso de boa e velha culpa?

— Como pretende fazê-lo falar, Kendra?

— Da mesma forma que sempre faço.

— Que seria...?

Paul nunca esteve por perto durante as minhas conversas sérias com os meninos. Eles se fechavam com a sua chegada. Essas conversas costumavam acontecer na cozinha quando meu marido estava dormindo. Era assim com todos os três. Assumi esse papel de confidente por acaso, quando descobri sobre o mundo secreto dos adolescentes tarde da noite: eles comiam compulsivamente no meio da madrugada, assim como eu. Imagino que me flagrar na frente da geladeira com a boca cheia de chantili ou as mãos enfiadas em um saco de salgadinhos tenha sido quase tão chocante quanto teria sido me pegar no flagra fumando crack. Descobrir o meu segredo lhes deu uma certa liberdade de compartilhar os deles. Há algo de especial em intimidades compartilhadas em meio a colheradas de sorvete direto do pote às três da manhã.

Eu me sento e pego a água na mesinha de cabeceira. É estranho estar na minha cama. Paul tem me pressionado para voltar para o nosso quarto, mas ainda não estou pronta.

— Vou perguntar como Sawyer morreu e esperar que ele responda. — Tomo um gole. Estou neste quarto há tempo demais. Quero voltar para o do meu filho. — Ficarei esperando em silêncio pelo tempo que for preciso até ele falar.

DEZESSETE

DANI

Bryan dá um sorriso irônico enquanto puxa o meu braço.

— Como pode ser tão estúpida?

Luto contra a vontade de me afastar e ergo os olhos para encontrar os dele. Tento evitar o tremor na voz ao explicar:

— Você devia ter visto o estado dela. A Kendra está destruída. Completamente destruída...

Só alguém muito cruel teria negado. Essa é a última parte da minha frase. A parte que desejo dizer, mas guardo comigo, assim como todos os outros segredos que escondo.

— Caleb não irá se encontrar com a Kendra. Ele não vai falar com ela, nem com nenhuma outra pessoa.

Meu marido aumenta a pressão em meu braço, torcendo-o ligeiramente. Havia quatro latas de cerveja vazias no lixo quando cheguei em casa. Deve haver uma garrafa de vodca escondida em algum lugar desta sala. Seu hálito cheira a queijo *cottage* vencido.

— Por favor, para! Tá me machucando! — grito.

Ele bufa.

— Ah, deixa disso... — Bryan diminui um pouco o aperto. — Você é tão carente de atenção...

— Sinto muito.

O pedido de desculpas sai sem esforço, embora não pudesse estar mais longe da verdade. São anos me desculpando, um hábito tão arraigado que não consigo deter, nem quando quero.

— Devia mesmo sentir. — Ele aponta para o meu rosto manchado de rímel. — Limpa essa cara. Você tá horrível.

Sento-me na beira da cama, com medo demais de me mexer. *Quero apenas que isso acabe logo.*

Ele vai até o armário e pega seu casaco de couro.

— Ah, e a propósito: vou sair hoje à noite.

Bryan veste o casaco e desfila de volta até mim, que ainda não saí do lugar. Ele levanta meu queixo com os dedos para me encarar, a centímetros do meu rosto.

— Quando eu chegar em casa, é bom você já ter avisado a Kendra que não vai acontecer.

Eu concordo, com uma sensação horrível na boca do estômago, os nervos em frangalhos, no limite. Estou farta de me sentir assim. *Por favor, saia.*

— É sério. Antes de eu voltar para casa — reforça ele, dando meia-volta para sair e fechar a porta.

Cada sentido meu está sintonizado com os movimentos de Bryan percorrendo os espaços. Os passos na cozinha. O barulho da descarga no lavabo. O som do seu carro na garagem e o rock alto saindo do rádio e ecoando pela vizinhança. O rugido da sua Mercedes descendo a rua como se ele estivesse numa corrida.

E enfim meu marido se vai.

Afundo na cama e deixo o alívio inundar o meu corpo.

— Então ainda o deixa falar com você desse jeito, hein?

Ouvir a voz de Luna da porta me assusta, como uma cena da sua infância. Quantas vezes já me perguntei há quanto tempo ela estava parada ali e o que teria escutado?

— Por favor, Luna. Não posso fazer isso agora. Eu não consigo.

Viro o rosto e engulo as lágrimas. Ela não pode me ver chorar. Minha filha já me acha patética.

— Você tá bem?

Há um toque de gentileza em sua entonação que eu não detectava fazia anos e que quase me faz desmoronar.

— Estou. Só tentando decidir o que fazer quanto ao depoimento do Caleb.

Levanto-me e começo a me ocupar pegando as roupas sujas do chão e jogando-as no cesto para não precisar ver a expressão de piedade em seu rosto.

DEZOITO

LINDSEY

Fico batendo com o pé no chão, esperando ansiosamente Jacob sair da ressonância magnética. Já se passaram quase duas horas desde que o levaram. Espero que isso não indique algum problema. Não sou muito fã desta unidade de reabilitação. Os médicos o tratam como se ele fosse um dos outros pacientes com derrame. Já reclamei inúmeras vezes sobre a falta de rapidez das enfermeiras, mas nada mudou. Ele está na lista de espera para um leito no Prairie Meadows, um centro residencial de longa duração para pacientes com lesões cerebrais traumáticas, onde espero que o tratem melhor.

Andrew está a manhã toda atrás de um advogado. Acabamos descobrindo que não era uma simples questão de dar alguns telefonemas, e a sua ansiedade na linha toda as vezes que nos falamos era palpável. Estou feliz por ele não ter feito sua visita matinal; não é bom para Jacob estar próximo de toda essa negatividade. O problema é que não tenho notícias do meu marido desde as onze, e ele ficou de buscar Sutton na casa de uma amiguinha ao meio-dia. Wyatt e ela voltarão para a escola em tempo integral na segunda-feira. Será bom para Sutton sair com os amigos e agir como uma criança normal novamente, assim como para Wyatt.

Parece que tudo o que fiz o dia todo foi esperar, visto que também estou aguardando por notícias de Kendra. É difícil acreditar que Dani concordou em deixá-la conversar com Caleb. Percebi que Kendra ficou surpresa também quando ela me mandou uma mensagem sobre isso ontem à noite. Dani combinou de passar lá com Caleb às nove, mas já é quase meio-dia. É impossível elas estarem há tanto tempo lá. Kendra me ligou por vídeo hoje de manhã enquanto corria pela casa como se estivesse esperando a visita de um príncipe para o chá. Ela estava um caco, mas um caco como ela costumava ser antes de tudo isso. Foi o primeiro vislumbre que tive do seu antigo eu em muito tempo. Ela parece mais distante de mim do que nunca, mas isso começou muito antes do acidente com Sawyer. Sinto falta de poder conversar com ela sem sentir que minha amiga está julgando tudo o que digo.

Verifico o volume do celular pela terceira vez para garantir que não está no silencioso. Talvez fosse melhor simplesmente mandar uma mensagem para Dani. Se as coisas não tiverem sido boas, Kendra vai desaparecer no quarto de Sawyer e não terei notícias dela até, pelo menos, amanhã. Seleciono o contato de Dani dos meus favoritos e escrevo uma mensagem:

> Como foi na casa da Kendra? Não tive notícias dela...

Espero um pouco antes de clicar em enviar. Parece boa. Enviar. Entregue. Lida. Digitando.

Por que ela está demorando tanto? Finalmente:

> Eu lamento.

Sinto um aperto no peito. Não. Ela não faria isso. Dani prometeu para Kendra que ela poderia conversar com Caleb. Ela não voltaria atrás em sua palavra. Não quanto a algo importante assim. Deve ter acontecido alguma coisa. Talvez Caleb tenha ficado doente ou tenha ocorrido algum imprevisto com Luna.

> Lamenta pelo quê?!?

Por favor, não. Isso vai nos dividir. Vamos quebrar, nos separar e, desta vez, será o fim. Não haverá volta. Não sobreviveremos a isso.

> O Bryan não deixou.

DEZENOVE
KENDRA

A campainha da porta ecoa por toda a casa, disparando o conteúdo do meu estômago para cima e depois de volta para baixo, deixando um gosto amargo na boca. A última vez que a ouvi tocar foi na pior noite da minha vida. Tenho vontade de arrancar toda a fiação da parede e queimá-la no quintal. Reese corre para dentro do quarto de Sawyer sem se preocupar em bater e se atira na cama, metade do corpo caindo em cima do meu.

— O que está acontecendo? — pergunta ele.

É impossível não notar o terror em seus olhos. Ele também se lembra.

Balanço a cabeça, nervosa demais para responder. Junto as mãos, sussurrando para um deus da infância que abandonei há muito tempo, implorando para que ele não nos despedace novamente.

— Kendra, pode vir aqui? — chama Paul, do andar de baixo.

O piso de mármore da casa garante que nenhum som passe despercebido. Ele falou de forma clara. Calmo. Não fingindo, mas com uma tranquilidade legítima, como se não houvesse nada errado.

Empurro Reese para a beira do colchão.

— Vá ver quem está lá embaixo.

Ele balança a cabeça enorme de um lado para o outro, seus longos cabelos loiros cobrindo os olhos. Não sei como tive meninos tão drasticamente diferentes. Não apenas de aparência, mas de personalidade.

— Eu disse para ir lá ver quem é — repito, recusando-me a me mexer e sair da cama.

— Tudo bem — Reese resmunga, se erguendo e correndo escada abaixo. Ele volta em poucos segundos, dizendo: — A Luna está aqui.

— A Luna?

— Sim, a Luna — repete ele mais devagar, como se eu não o tivesse compreendido da primeira vez.

Dani mandou uma mensagem mais cedo avisando que Caleb não viria hoje como planejado. Eu não respondi. Não vou responder. Talvez nunca mais fale com ela. Em algum momento, ela terá que se posicionar contra Bryan; se o que estamos vivendo não a motivar a fazer isso, nada motivará. Dani fez a própria escolha.

— Mande-a subir aqui.

— Luna, vem até o quarto do Sawyer! — grita ele a plenos pulmões. Cubro os ouvidos.

— Eu mesma poderia ter gritado.

Reese sorri. Apesar de dois anos usando aparelho, seu sorriso ainda é torto. Sorrio de volta.

— Eu te amo. — Escuto uma batida tímida na porta. — Entre.

Luna entra olhando pelo quarto, se recusando a fazer contato visual comigo ou com Reese. Ela já esteve na minha casa muitas vezes, mas raramente no quarto de Sawyer. Pelo menos não na minha presença. Luna se transformou nos últimos dois anos – mal parece a escoteira que vendia biscoitos para mim todos os anos. Ela era o retrato perfeito de uma garota da Califórnia: impecavelmente bronzeada e esguia, pernas fortes e barriga chapada. Hoje, o seu corpo pequeno se esconde debaixo de roupas largas. Seus cabelos estão rapados na nuca e a parte comprida, com mechas roxas, está jogada para o outro lado do rosto. *Piercings* enfeitam suas orelhas e uma tatuagem de arame farpado envolve o pescoço minúsculo.

Ela fica parada à soleira sem saber o que fazer ou onde se sentar.

— Aqui. — Dou um tapinha no espaço vazio na cama, ao lado de Reese. — Vem sentar com a gente.

Talvez seja bom Luna estar aqui. Ela se senta timidamente ao lado de Reese, que emite um grunhido estranho em vez de cumprimentá-la.

— Lamento que o Caleb não tenha vindo hoje — murmura ela, dobrando as pernas junto ao peito e as envolvendo com os braços. — A mamãe devia ter deixado.

— Não se preocupe. Não é culpa sua. Você não teve nada a ver com isso.

Ela contorce o rosto como se fosse chorar. Pego sua mão e a aperto.

— Querida, está tudo bem. De verdade.

— Não é isso.

As lágrimas escorrem por seu rosto enquanto ela tenta prosseguir, o que a faz começar a soluçar. Luna não consegue falar chorando, então esperamos a enxurrada de emoções passar. A maquiagem escura delineando seus olhos escorre pelas faces. Reese fica olhando para a porta como se tentasse pensar em um motivo para fugir do quarto sem parecer mal-educado. Eu, no entanto, poderia ficar aqui o dia todo. Emoções fortes não me incomodam mais.

Depois que Luna se acalma um pouco, passo para ela um copo d'água que estava na mesinha de cabeceira.

— O que está acontecendo? — pergunto.

— O Sawyer ainda estaria aqui se eu não fosse tão preguiçosa e egoísta — ela desabafa e limpa o nariz com o punho da manga. — É tudo culpa minha.

Reese atira sobre a cama uma das caixas de lenços de papel. A jovem puxa um punhado e assoa o nariz. Seus olhos estão vermelhos de tanto chorar e o delineador escuro espalhado pelo rosto torna a sua aparência um pouco macabra.

— O meu depoimento para o detetive é hoje à tarde, mas quero te contar o que vou dizer para ele. Você devia saber por mim primeiro.

A voz de Luna treme de emoção. Fico à espera de que continue, mas ela não o faz. Eu a toco, traçando círculos com o polegar em sua pele macia. A pele de Sawyer nunca foi tão macia.

— Mãe, posso ir agora? — implora Reese, pronto para se levantar da cama e fugir.

A cor sumiu do seu rosto com a seriedade daquela visita. Ele não está interessado no que ela tem a dizer. Não no momento.

Permito que ele saia com um aceno de cabeça, indicando a porta sem tirar os olhos da garota. Tenho medo de me mexer e assustá-la ou fazê-la parar de falar. Reese sai apressado, fechando a porta e nos deixando sozinhas no quarto de Sawyer. Onde eu planejava conversar com Caleb se ele tivesse vindo hoje. Luna é a última pessoa que eu esperava ver.

— Não quero que fique com raiva de mim ou pense que escondi algo de propósito. — Mais lágrimas. — Eu sinto muito.

Isso está me deixando nervosa. Aonde ela quer chegar? As paredes parecem pulsar e latejar ao meu redor.

— Eu estava com eles naquela noite.

— Você estava em casa?

Lindsey me disse que Luna tinha voltado para casa após o acidente. Não antes.

— Sim, mas não. — Ela balança a cabeça. — Desculpe, estou fazendo uma bagunça. Isso é tão difícil...

— Tá tudo bem, querida, de verdade. Não importa o que tenha a dizer, está tudo bem.

Abro para ela o mesmo sorriso que ofereço aos meus clientes quando estou tentando fechar uma grande venda.

— Eles apareceram na Delta Tau, e eu...

— "Eles" quem?

Ela não pode deixar nenhuma parte da história de fora. Cada detalhe importa.

— Sawyer, Caleb e Jacob.

— Era uma festa?

A Delta Tau é a única fraternidade na Hamlin College, uma das menores e mais antigas faculdades do sul da Califórnia. Quando estávamos na escola, eu, Dani e Lindsey costumávamos entrar de penetra nas festas da Delta Tau.

Luna leva a mão à boca e começa a roer as unhas. Na verdade, o que resta delas.

— Eles fizeram uma cena.

— Que tipo de cena? — pergunto, tentando não parecer afoita demais.

— Eu não estava lá quando os meninos chegaram, por isso perdi o início da confusão. Mas, pelo jeito, eles já tinham bebido antes de chegarem à festa.

A jovem desvia o olhar, envergonhada por denunciá-los, embora seja impossível evitar isso e ela estivesse fazendo a coisa certa ao se manifestar. Além do mais, já sabíamos que eles vinham bebendo. Não havia como não sentir o cheiro de álcool nas roupas de todos.

— Eles já estavam muito bêbados. Assim que chegaram, Sawyer começou a tomar *shots* na cozinha com uns outros caras. Os meninos da Delta Tau sabem beber. Eles bebem todo fim de semana, e Sawyer tentou acompanhar. Ele ficou bêbado muito rápido. Rápido demais. Foi quando se tornou agressivo e começou a provocar brigas com as pessoas sem motivo. Ele ficava assim, às vezes.

Ela rapidamente levanta o rosto, contorcido pela confusão que está sentindo.

— Desculpe. Tem certeza de que quer ouvir tudo isso?

— Absoluta. Por favor, não deixe nada de fora.

Eu me inclino para ela como um viciado em heroína prestes a receber sua próxima dose.

— Sawyer se envolveu em uma briga na cozinha porque ofendeu alguém com um comentário racista...

— Um comentário racista?

Sawyer não era racista, e também nunca o vi sendo agressivo. Devia estar muito bêbado.

— O que ele disse?

— Não sei direito.

Ela sabe, mas sua expressão me diz que está com vergonha de repetir. Deve ter sido muito ruim.

— Desculpe, estou te interrompendo — digo, ainda que eu vá fazer o mesmo mais umas dez vezes, no mínimo, antes de a conversa terminar.

— Tudo bem. — Ela abre um sorriso tímido e continua: — De qualquer forma, cheguei à festa na hora em que eles estavam sendo expulsos. Caleb e Jacob tinham se metido no meio e estava quase rolando uma briga feia no jardim. Sinceramente, não sei o que teria acontecido se eu não tivesse chegado. Alguns amigos meus estavam lá e me ajudaram a separar a briga. Chamei um Uber para eles e acabei ficando no banco da frente, porque achei que os meninos podiam fazer alguma idiotice; e eles fizeram, mesmo comigo de babá no carro. Fiquei muito zangada com eles, ainda mais com Caleb.

A sua culpa é muito evidente.

— Caleb também estava bêbado?

— Sim, e com raiva também, mas Caleb zangado e bêbado é muito diferente de Sawyer.

— É?

— Sawyer ficava igual ao típico atleta bêbado idiota. — Ela cobre a boca com a mão. — Ai, meu Deus, desculpa. Eu não quis dizer...

Cubro a sua mão com a minha mais uma vez.

— Não tem problema.

Mesmo sóbrio, às vezes, Sawyer já agia como um atleta idiota, então posso imaginar como ele devia ser quando bêbado.

— Nada do que disser vai me ofender, Luna.

— Caleb fica raivoso e mau quando bebe. Ele começou a atacar o motorista do nada. O taxista quis cancelar a viagem, de tão farto daquilo tudo. Eu quase não consegui convencê-lo a deixar a gente em casa. Jacob e Sawyer gritavam um com o outro no banco de trás, e eu ficava dizendo para eles calarem a boca enquanto continuávamos. — Ela rói ainda mais as unhas. — Repassei aquela droga de corrida na cabeça tantas vezes que estou exausta. Sério, eles pareciam um bando de universitários bêbados que não falavam coisa com coisa. Ficavam se chamando de "mano" e "cara". Eu estava tão irritada!

Não gosto de pensar em Sawyer bêbado. É um dos motivos pelos quais eu o deixava em paz com os amigos quando eles voltavam para casa depois de terem saído para beber. E eu sabia que eles tinham bebido quando tentavam não fazer barulho, pois os meninos nunca se preocupavam com isso em outras ocasiões. Mesmo assim, eu não os confrontava a respeito; só ficava feliz por terem voltado para casa e desmaiado no porão. Eram os jovens que passavam a noite toda fora sem um lugar para dormir que se metiam em problemas de verdade.

— Algum deles estava armado? — questiono como se fosse a coisa mais normal do mundo perguntar aquilo a uma pessoa.

— Não, não havia arma nenhuma.

Por um breve momento, Luna parece ofendida, como se a questão implicasse que ela deixara aquele pedaço de fora de propósito. Ela se parece com Dani quando se ofende – estreita os olhos e empina o queixo ligeiramente, do mesmo jeito.

— Já foi um espetáculo suficiente tirá-los do carro e enfiá-los em casa. Eu estava louca para dar o fora o mais rápido possível.

— Foi só isso? Você não teve mais notícias deles?

— Não. Até receber a ligação da minha mãe, por volta da meia-noite, eu não fazia ideia de que tinha acontecido alguma coisa. Soube que havia algo errado assim que percebi que era uma ligação em vez de mensagem.

Ela respira fundo antes, obviamente tentando afastar aquelas lembranças – o momento em que ela perdeu o chão.

— Voltei para a festa e tentei consertar o estrago que eles causaram. Aquela foi a minha maior preocupação, e agora vou me arrepender para sempre. Eu devia ter ficado com eles...

Talvez nada daquilo tivesse acontecido se ela tivesse permanecido com os garotos, mas não posso verbalizar o meu pensamento.

— Tudo bem. Você não tinha como saber o que ia acontecer.

Ela abaixa a cabeça.

— A última coisa que eu disse para os três foi algo bem desagradável: que deviam deixar as festas para adultos que sabem se comportar nelas. Nem me importei em tentar descobrir por que eles estavam agindo daquele jeito.

— Querida, tem de pegar leve com você mesma. Todos nós dizemos coisas das quais nos arrependemos. Isso apenas nos lembra de como é importante valorizar o tempo que passamos com as pessoas.

Estou parecendo um cartão de Natal cafona, mas ela está engolindo. Seu corpo relaxa lentamente. Luna merece a absolvição que veio buscar. Passo o braço pelos seus ombros e puxo seu corpo frágil para perto do meu. A menina está esquelética por baixo daquelas roupas.

— É isso o que vou contar para o detetive Locke hoje, mas tenho certeza de que, a esta altura, ele já ouviu a maior parte.

Arqueio as sobrancelhas.

— Como assim?

— Ele tem interrogado todos que estavam na Delta Tau quando Sawyer começou a brigar na cozinha.

— Ah, é?

Ela confirma.

O detetive Locke não compartilhou nada disso comigo. Nós nos falamos todos os dias, geralmente várias vezes, e as minhas perguntas são as mesmas sempre. Eu nunca desisto. *Alguma pista nova? Em que pé está a investigação? Posso fazer algo para ajudar a obter informações?* Ele não mencionou nada a respeito de uma festa. Não falou nada de bebida, a não ser em relação ao relatório de toxicologia completo que estamos esperando voltar do laboratório. Locke não comentou nada sobre os meninos terem passado em outro lugar além da casa da Dani naquela noite, nem sobre o envolvimento de outros jovens – universitários, a propósito.

Não estamos no mesmo time. Nunca me ocorreu que não estávamos no mesmo lado, nem quando, na outra noite, Paul deu a entender que isso era verdade. O que mais Locke sabe e não está contando? Mais importante ainda: por que ele vem escondendo informações?

VINTE

LINDSEY

Wyatt e Sutton voltaram para a aula hoje. Eles perderam quase três semanas, então será bom retomarem sua rotina. Sutton mal podia esperar para ir, e ainda ficou ofendida mais cedo, quando cobri o seu rosto tentando protegê-la de repórteres que pudessem estar à espreita no cruzamento antes da escola. Ainda bem que eles já se foram. Talvez estejam finalmente prontos para nos deixar em paz.

— Mas somos famosos, mãe — disse ela, sugando as bochechas e me mostrando o seu melhor beicinho.

Expliquei que a imprensa que está atrás de nós não é como os *paparazzi* e que não somos o tipo de celebridade que alguém gostaria de ser, mas não adiantou. Pouco antes de eu deixá-la na entrada, minha filha anunciou toda orgulhosa que havia selecionado o seu macacão cor-de-rosa estampado e os sapatos estilo boneca favoritos para o caso de algum dos fotógrafos conseguir entrar na escola.

Com Wyatt foi outra história. Ele reclamou a noite toda sobre ter que voltar para as aulas e insistiu que conseguiria terminar os estudos remotamente este ano. Embora eu estivesse aberta à possibilidade, Andrew não quis nem ouvir. Para ele, educação a distância é uma piada.

— Sério, dá a volta nos fundos. Eu não ligo se disseram que você não podia me deixar lá — choramingou ele atrás de mim enquanto eu me despedia.

Normalmente, Wyatt estaria no banco do carona, mas ele não tinha o menor interesse em ser fotografado.

— Assim que você chegar e entrar, ninguém vai se importar — garanti, olhando-o pelo espelho retrovisor e vendo que ele se escondera no banco de trás durante todo o trajeto. — O sr. Williams enviou um e-mail para todos os pais e alunos enfatizando a importância de não usar o celular durante as aulas e de não tirar absolutamente nenhuma foto.

Eles ameaçaram confiscar o celular de qualquer pessoa flagrada infringindo a regra. Na minha opinião, não poderia haver punição pior.

Wyatt revirou os olhos.

— É o que eles sempre dizem, como se fosse impedir alguma coisa. Lembra da Stacey Meid?

Stacey protagonizara o escândalo do ano passado. Ela escondeu a gravidez o ano todo e deu à luz depois da aula de Educação Física em um dos chuveiros do vestiário. Uma das suas colegas da equipe de lacrosse a ajudou. Elas desapareceram da escola por um mês. Recebemos o mesmo e-mail no dia em que voltaram, mas alguém espalhou fotos delas por todas as redes sociais poucas horas depois da sua chegada. Meninas sabem ser especialmente cruéis, e elas acabaram com Stacey e a amiga. Nenhuma das duas durou mais do que algumas semanas até pedirem transferência para uma escola diferente no lado leste da cidade.

— Isso é diferente. Eles vão respeitar o fato de que alguém morreu — aleguei, embora também não acreditasse muito naquilo.

Não li nada sobre o caso, nem vou ler. Não há necessidade de ficar remoendo as mentiras e invenções dos outros na minha cabeça; uma vez que estão lá, o meu cérebro se apega e não solta. Não mesmo. Ninguém precisa me advertir quanto às redes sociais.

Quando a escola apareceu, o rosto de Wyatt ficou pálido.

— Procure o Reese. Ele vai te ajudar.

Reese e Wyatt estão na mesma série. Eles têm exatamente seis meses de diferença, mas nunca foram amigos. Kendra e eu ficamos empolgadas quando engravidamos ao mesmo tempo pela segunda vez, visto que Jacob e Sawyer nasceram com apenas dois meses de diferença. Porém, Reese e Wyatt nunca se aproximaram como os seus irmãos mais velhos. Reese tem dificuldade para se relacionar com qualquer pessoa.

Wyatt bufou.

— Eu fico melhor sozinho.

Liguei o alerta para entrar na faixa e parar o carro, mas uma buzina soou atrás de mim, com alguém frustrado com o tempo que eu estava demorando para entrar.

— Não sei por que não pode dar uma chance ao Reese. Você é sempre tão duro com ele... — falei, parando no meio-fio.

— Talvez, se ele se esforçasse para ser um cara normal, eu me aproximasse mais. — Wyatt abriu a porta e saiu antes que eu tivesse chance de responder.

Eu queria abrir a janela e dizer que o amava, que ele ficaria bem, mas Wyatt morreria de vergonha com tanta gente por perto, então mantive a boca fechada.

Wyatt não havia melhorado quando fui buscá-lo. Ele contou que só assistira à primeira aula e ficou escondido na biblioteca pelo resto do dia. Pelo menos ele foi. Tomara que as coisas sejam melhores amanhã.

Aguardo na entrada da garagem enquanto o meu filho corre até a nossa porta da frente, ansioso para entrar e deixar o dia para trás. Ele me dá um aceno rápido e entra. Mando uma mensagem para lembrá-lo de programar o alarme antes de tirar o carro da garagem de novo e partir para o hospital para liberar Andrew. Ele tem de buscar Sutton no balé e comprar o jantar na volta para casa.

Dani mandou uma mensagem mais cedo perguntando a que horas deveria vir hoje, mas não respondi. Não nos falamos mais desde que ela me disse que Kendra não poderia conversar com Caleb porque Bryan não permitiu. Costumávamos brincar e fazer pouco-caso do comportamento controlador dele, sabendo como a envergonhava, mas aquilo deixou de ser engraçado há muito tempo. Pensar nela me aborrece, por isso também não quero que ela me visite. Eu simplesmente não consigo vê-la. Hoje não. Andrew acha que estou exagerando, mas ele diria isso em qualquer situação, já que odeia conflito.

Vejo o nome de Kendra piscando na minha tela e logo transfiro a ligação para o *Bluetooth*.

— Como foi a escola? — ela indaga assim que atendo.

— Adorável — respondo, fazendo-a rir do visível sarcasmo.

Por um segundo, as coisas parecem normais, mas aquilo se dissolve no instante seguinte, quando ela pergunta:

— Alguém da imprensa esperando por lá?

— Não. Sutton ficou profundamente decepcionada.

Dessa vez ela não riu. Talvez eu tenha ido longe demais. É tão difícil saber... Sem espera, mudo de tática:

— Os seguranças vão conseguir manter todos eles longe. Sabe como eles são.

Quando as crianças entraram no ensino médio da Pine Grove, éramos uma das únicas escolas particulares sem seguranças. Costumávamos transitar livremente pelo *campus*, mas tudo mudou quando recebemos nossa primeira celebridade. A acessibilidade para pessoas com mobilidade reduzida entrou no topo da lista de coisas a serem alteradas. Fotos e uso de redes sociais na escola ficaram em segundo lugar.

— Que bom. — Ela faz uma pausa antes de prosseguir, ao mesmo tempo que entro no estacionamento do hospital. — Recebi uma visita interessante no fim de semana.

— Ah, é? — Estaciono. — Quem?

— Luna.

— Luna? Por que ela foi te visitar?

Kendra espera alguns segundos para dizer:

— Ela esteve com os meninos na noite em que Sawyer morreu.

— Esteve? Tá falando sério?

O que Luna estaria fazendo com os garotos? Eles nunca saíam juntos; nem quando eram pequenos.

— Sim. Os meninos foram a uma festa na Delta Tau, e Sawyer bebeu demais. Ele acabou brigando com alguns caras na cozinha e os três foram expulsos da festa. Luna chegou na hora em que eles estavam saindo e os levou para casa.

Fico esperando Kendra continuar, mas ela não o faz. Esse não pode ser o fim da história.

— E aí, o que houve?

— Ela não sabe. Luna os deixou na casa da Dani e voltou para a festa.

— Você contou para Dani?

— Não.

— Não vai contar?

— Não — responde ela, calmamente. — Luna precisa confiar em mim.

O que significa que a confiança de Luna é mais importante para ela do que a de Dani. Embora eu esteja com raiva de Dani, sinto um pouco de culpa. Gostaria de saber se um dos meus filhos estivesse conversando com elas sobre o que aconteceu. Não acho certo guardar segredo disso, mas talvez seja por esse motivo que Kendra está me contando. Talvez ela queira que eu conte.

— Os três estavam bêbados naquela noite.

— Tem certeza? Jacob bebia, mas não gostava de ficar bêbado.

Jacob é como eu nesse sentido, mas não espero que Kendra entenda. Ela sempre gostou de pegar pesado nas festas. Os meninos, na certa, roubaram seja lá o que tenham tomado do próprio bar dela, assim como costumávamos roubar do armário de bebidas dos seus pais quando éramos adolescentes.

— Tá. — Há um tom estranho em sua voz. — Só que, às vezes, ele ficava.

— O que você quer dizer?

Sinto o meu estômago dando um nó de ansiedade. O ar estático se prolonga entre nós. Ela está tentando me torturar?

— Eu já o encontrei vomitando no banheiro — Kendra finalmente acaba dizendo.

— Talvez ele estivesse doente.

Jacob tem um estômago sensível. Laticínios podem causar um mal enorme a ele.

— Ele não estava doente. Estava bêbado. — Ela diz isso como se não houvesse dúvida de que é verdade.

Minha cabeça está às voltas com as possibilidades. Nenhuma delas é boa.

— Quando foi isso?

— Uma vez depois do baile, no ano passado, e outra após o baile da primavera.

— Duas vezes? Aconteceu duas vezes e você nunca me contou?

Como ela pôde não me contar? Se eu encontrasse Sawyer bêbado o suficiente para vomitar no meu banheiro, ligaria para ela imediatamente. Para ser franca, acho que eu nem faria ou diria nada a ele antes de consultá-la sobre como preferia que eu lidasse com a situação. Seria a coisa adulta a fazer, mas Kendra é muito mais dedicada a ser uma mãe legal do que a estabelecer limites.

— Não achei que fosse grande coisa.

— Não achou que fosse grande coisa?! — Minha vontade é atravessar por aquele telefone e agarrá-la, sacudi-la, mandá-la acordar. Crescer.

Mas me controlo. É errado brigar com alguém que está em seu pior. Esse tem sido o meu mantra em relação a Kendra nas últimas semanas.

— Sinto muito. Ele me fez prometer não te falar nada.

Detecto um toque de presunção.

Ignora, Lindsey. Ela já passou por muita coisa.

Respiro fundo e endireito os ombros, tentando me acalmar antes de perguntar:

— Bem, o que aconteceu?

Ambas as noites foram de bailes formais da escola, e eu amo tudo naqueles eventos. Minha escada é a melhor para tirar fotos, por isso todos sempre se encontram na minha casa antes. Eles dormiram na casa de

Kendra depois das festas. Não pensei mais em nenhum dos eventos para nada além de criar um lembrete para usar uma foto de Jacob em seu terno no nosso cartão de Natal deste ano.

— A noite foi ótima. Eles chegaram um pouco mais cedo do que eu esperava. Lembra que dissemos que eles podiam chegar mais tarde? — Ela não espera a minha resposta: — Enfim, me levantei às três da manhã e ouvi ruídos vindos do lavabo. Era óbvio que alguém vomitava, então fui verificar. Jacob se abraçava à privada como a uma boia salva-vidas — ela brinca, rindo para aliviar a tensão. — Fiquei sentada com ele por algumas horas, esfregando as suas costas e fazendo-o beber água. Pela manhã, ele já estava bem, ainda mais depois do Bloody Mary que preparei no desjejum.

Ela ri de novo, embora não haja nada de engraçado naquilo.

Como Kendra pôde não me contar sobre algo assim? Já sei a resposta. É o mesmo motivo pelo qual ela não contou a Dani sobre Luna.

VINTE E UM

KENDRA

Deixei as duas em choque hoje. Parece que a vida imaculada dos seus filhos não era tão imaculada, afinal. Termino com o que resta na minha taça de vinho e procuro a garrafa no quarto de Sawyer. O chão do cômodo se inclina e as imagens diante de mim ficam borradas.

Quando contei para Dani que Luna veio a minha casa, senti seu pânico do outro lado da linha. Eu não ia falar para ela. Não sei o que me fez mudar de ideia. Dani jura que Bryan não bate nela e fala alguma coisa sobre abuso e violência psicológica, mas qual é? O cara consegue silenciá-la com um olhar, deixá-la completamente muda. Não tem como ele não bater nela.

Que vergonha.

Tenho quase certeza de que também liguei para o detetive Locke. Paciência. Ele é um traidor.

Pronto, falei.

Noto o vidro avermelhado por baixo de uma pilha de camisetas do Sawyer. Ele tinha uma coleção de garrafas maior que a minha. Aquela ali deve ter rolado. Não me lembro de deixá-la lá. Engatinho até as roupas e puxo a minha garrafa. Abro a tampa. Também está vazia.

Eu me levanto. A cada movimento, tudo roda. Equilibro-me na cômoda. *Cuidado para não beber junto com os remédios.* Foi o que a médica disse.

Era com isso que ela estava preocupada?

Isso é maravilhoso.

Não vou descer para pegar outra garrafa. Paul dirá que já bebi o suficiente. É exatamente o que ele vai dizer. Meu marido odeia me ver assim. Não dou a mínima.

A porta do armário de Sawyer está aberta. Verifico lá no fundo, onde ele guardava seus brinquedos antigos. Ainda está ali a luva da liga infantil.

Sawyer era talentoso o bastante para jogar futebol ou beisebol. Deixo a luva de lado e reviro as velhas miniaturas de super-heróis até chegar à cesta de LEGO. Tiro a tampa vermelha. Encontro garrafas lá dentro.

Duas a menos.

Sawyer andava ocupado.

Foi isso o que eles beberam naquela noite?

Puxo uma garrafa. Château Margaux. Gosto caro.

Minha.

Tiro a rolha.

Dou um gole.

Minha.

VINTE E DOIS

DANI

Mantenho a bolsa de gelo sobre o lábio partido de Luna, mas ela a empurra para longe, encolhendo-se, e reclama:

— Tá muito fria.

Seu rosto está cheio de lágrimas e manchas vermelhas.

— Não importa. Precisa ficar com ela em cima para evitar o inchaço.

Os muitos anos cuidando de lesões de futebol me transformaram em uma enfermeira habilidosa. Encosto a bolsa no corte com cuidado mais uma vez. O sangramento finalmente parou. O tremor nos nossos corpos não. As minhas entranhas se reviram como se eu estivesse levando choques de mil volts. Esforço-me ao máximo para conter as lágrimas. Luna acabou de parar de chorar e vai começar tudo de novo se eu não me contiver. Preciso me controlar.

Meu Deus. O que eu vou fazer?

Aplico uma leve pressão.

— Assim é demais?

Ela faz que não com a cabeça.

Bryan nunca bateu em mim ou nas crianças. Kendra e Lindsey não acreditam quando digo isso a elas, mas é verdade. Ele me disse uma vez que eu era bonita demais para apanhar. Na época, me senti lisonjeada, como se fosse melhor do que outras mulheres abusadas de alguma forma. Ele batia nas crianças quando elas eram pequenas, mas isso é diferente. Eu não gostava e lhe pedia que parasse, mas Bryan afirmava ter direito de disciplinar os filhos da maneira que achasse mais adequada; quem era eu para contestar?

Mas esta noite...

Ele deu um tapa no rosto dela. Com força.

Nunca esquecerei o som da sua mão estapeando o rosto de Luna, nem o horror nos olhos da minha filha quando se deu conta do que ele havia feito. Por um instante, ela ficou chocada demais para falar; depois, desabou no chão em meio às lágrimas.

Tudo começou quando ela entrou na sala ao voltar da casa de Kendra. Luna imediatamente encarou meu marido com um brilho desafiador nos olhos que eu já vira antes, mas que ela nunca ousara dirigir a ele. Só de olhar seu rosto, e antes mesmo de Bryan perguntar, eu já sabia onde ela estivera. Por que Luna não podia ser como qualquer outra adolescente e mentir quando o pai perguntou se ela tinha ido à casa de Kendra e conversado sobre o acidente?

— O que a gente vai fazer, mãe?

Luna se senta no vaso sanitário, segurando a bolsa de gelo contra os lábios e procurando uma resposta em meus olhos. Sou a mãe dela, é meu trabalho ter respostas. Se não as tiver, preciso inventá-las; grande parte da maternidade é exatamente assim: fingir que tenho alguma ideia do que estou fazendo.

— Não sei. — As palavras parecem estranhas ao sair da minha boca, mas esta noite me deixou apenas com a mais pura sinceridade.

— E Caleb? Você vai contar para ele?

Nunca fiquei tão grata pelo fato de Caleb mal sair do quarto como esta noite. Ele estava dormindo durante a briga e perdeu tudo. Isso partirá o coração dele. Como você parte o coração de alguém quando ele já está despedaçado?

— Não sei, querida.

Eu me ajoelho ao lado da banheira e começo a preparar um banho para Luna. Coloco o pulso sob a torneira para ver se está na temperatura que ela gosta. Não me lembro da última vez em que Luna me deixou cuidar dela, mas o custo foi alto demais. Viro o rosto para que minha filha não veja as lágrimas transbordando dos meus olhos novamente.

— Por que você não toma um banho demorado, e depois fico deitada ao seu lado até você dormir?

Ela endireita as costas de raiva.

— Dormir? É isso que você quer fazer? Me colocar na cama? Jesus, não tenho mais dois anos de idade! — Ela afasta minha mão do rosto e sai furiosa do banheiro, pisando forte pelo corredor até o seu quarto e batendo a porta após entrar.

Eu rapidamente pego uma toalha do suporte acima da banheira, a enrolo e amarro em volta da minha boca como uma mordaça, e então choro o mais forte e silenciosamente possível. Engasgo com o pano enquanto soluço. Dou descarga para abafar o som e solto mais um gemido alto antes de desligar a banheira e correr para a pia.

Abro a torneira, recusando-me a encarar meus olhos no espelho. Nada disso deveria estar acontecendo. Jogo água fria no rosto e limpo a pele, aplicando rapidamente um corretivo nas pálpebras inferiores, mesmo que já passe da meia-noite. Aí, respiro fundo e desço o corredor na direção oposta do quarto de Luna; na direção do nosso quarto.

Encontro Bryan deitado na cama com os braços casualmente cruzados na nuca. Seus olhos estão grudados na tela da TV na parede à sua frente, acima da cômoda de mogno. Não gosto mais daquela madeira escura, e há anos venho implorando a ele para substituí-la. Uma cena sangrenta de *The Walking Dead* ecoa dos alto-falantes. Odeio aquela série – os zumbis, a matança, o medo, tudo. Normalmente, eu tentaria me acalmar, percebendo como é importante demonstrar interesse pelas coisas que ele gosta, mas hoje não consigo reunir forças.

Hoje ele bateu na minha filha.

— Pode desligar a TV? — Eu nem peço por favor.

Ele me ignora e mantém a atenção na tela.

— Bryan?

Meu marido vira o rosto lentamente, como se tivesse acabado de notar a minha presença.

— Ah, oi, amor. — Ele dá um tapinha no colchão ao seu lado. — Vem ficar comigo. Você não pode perder isso.

Não consigo tirar os olhos de suas mãos. Duas horas atrás, elas causaram um corte no rosto de Luna. Permaneço paralisada onde estou, à soleira da porta do quarto, que acabei de fechar. Ele inclina a cabeça.

— Vem sentar do meu lado — Bryan insiste, como se eu não tivesse ouvido da primeira vez.

Precisa haver um limite. É o que a minha terapeuta diz. Não a terapeuta que Bryan e eu frequentamos na nossa terapia de casal, mas a minha individual, Beth. A que consulto em segredo, por cujas sessões pago com retiradas semanais em *cashback* da empresa para Bryan não perceber. Ela afirma que as mulheres só abandonam relacionamentos abusivos quando estão prontas, nem um segundo antes, e que isso costuma acontecer quando o último limite é ultrapassado.

Meu limite foi patético: um tapa no rosto. Eu me odiava por isso, mas me odiar não tornava o fato menos verdadeiro. Sempre que Beth me perguntava sobre o meu limite nas sessões, nunca considerei a possibilidade de que fosse estar relacionado às crianças. Se ela tivesse feito aquela pergunta quando meus filhos eram pequenos, seria outra história. Naquela época, eu tinha medo de Bryan perder a paciência e o controle quando os nossos filhos se comportavam como tiranos, quase impossíveis de controlar. Fiquei secretamente feliz por ele viajar tanto naqueles primeiros anos, mas há mais de uma década eu não pensava na hipótese de Bryan machucá-los.

— Não.

Não consigo acreditar que estou recusando. A palavra parece irreal ao escapar da minha boca. Quantas vezes ele me disse para não o desafiar?

Bryan se senta no colchão, seu corpo em um ângulo perfeito de noventa graus.

— O que foi que disse? — Ele desce as pernas da cama em um movimento rápido antes que eu possa responder.

Meu marido vai me fazer repetir. Não consigo repetir. Sim, consigo sim. Eu disse uma vez. Posso dizer de novo.

— Não.

Não falei mais alto, mas já disse "não" a ele duas vezes.

Bryan deixa a cama e, conforme caminha em minha direção, a cena se dá em câmera lenta. Cada etapa é metódica e deliberada. Seu impacto no piso de madeira reverbera em minha cabeça, me fazendo tremer enquanto luto para manter o corpo imóvel. Bryan se alimenta da minha fraqueza. Seus olhos não se desviam dos meus até ele me alcançar. Quando meu marido entra em meu espaço, prendo a respiração. Ele está perto demais. Luto contra o desejo de afastá-lo.

— Nunca mais faça isso — sibila Bryan com os dentes cerrados. Seu peito está a centímetros do meu. — Entendeu bem?

Estou com medo demais para falar, então concordo com a cabeça. *Faça alguma coisa.* Não consigo me mexer.

Ele aponta para a porta do quarto atrás de mim.

— Saia daqui. Não suporto nem olhar para sua cara.

O quarto se inclina. Gira.

— Saia!

Seu grito é como um choque que me traz de volta para meu corpo. Eu me atrapalho com a maçaneta enquanto ele continua parado atrás de mim. Escapo tropeçando pelo corredor como se estivesse bêbada, e o escuto bater a porta. Desmorono diante dela, enfiando o punho na boca para abafar os meus gritos. Não cheguei nem a dizer que não estava tudo bem – que ele não podia bater nas crianças. Eu consegui dizer algo? Qualquer coisa?

O medo me faz me levantar. Reparei na expressão em seus olhos quando seu tapa acertou o rosto de Luna: não foi uma expressão de culpa nem de arrependimento. Um fogo foi aceso. Havia uma fome. Algum tipo de sede. Luna não viu porque ficou atordoada demais para processar o que quer que fosse, mas meus olhos continuaram fixos nos dele ao abraçá-la e lentamente afastá-la do pai. Apenas quando ela ergueu o rosto e Bryan viu o sangue é que ele demonstrou um pingo de remorso. Talvez nem tenha sido esse o sentimento. Quem sabe tenha sido apenas medo de consequências. É difícil se safar de um lábio estourado.

Disparo para o outro lado da casa, atravessando o corredor até o quarto de Luna. Bato timidamente na porta. Aguardo sua resposta por alguns segundos e torno a bater, desta vez mais alto.

— Luna, por favor, abra. É a sua mãe.

Ela deve estar com fones de ouvido. Sacudo a maçaneta. Não costumo entrar no quarto dos meus filhos sem pedir ou ser convidada, mas não há nada de costumeiro nisso. A porta está trancada.

— Por favor, querida, deixe-me entrar. Eu não quero brigar. Preciso dormir com você.

Ela atravessa o ambiente batendo os pés no chão de madeira e abre a porta alguns centímetros – como se não tivesse decidido se vai me deixar entrar. Contudo, quando vê meu estado, Luna muda de atitude.

— Mãe, o que foi? Ele te bateu também?

É o *também* que me quebra, e os soluços explodem de algum lugar bem no fundo. Luna segura o meu braço e me puxa para dentro, fechando logo a porta. Ela me abraça e esfrega as minhas costas, me segurando enquanto choro, como já fiz por ela tantas vezes no passado.

— Tá tudo bem, mãe.

— Não, Luna, não está, não. O seu pai bateu em você. Não está tudo bem. Nada disso está bem. — Chacoalho a cabeça. — Sinto muito por não ter te protegido. Eu não sabia que ele faria algo assim. Juro que não.

— Deixa para lá. — Ela ignora os próprios sentimentos por mim. — O que houve com você?

Eu me sento na cama, a exaustão tomando conta de mim.

— Depois que você saiu do banheiro, entrei no quarto para mandar o seu pai embora. Bater em você foi inaceitável, e ele precisa entender isso. —

Engulo em seco. — Não sei o que esperava, mas fiquei totalmente chocada ao encontrá-lo assistindo à TV e agindo como se nada tivesse acontecido. A surpresa foi tão grande que não falei nada, e Bryan interpretou como um sinal de que já esqueci o que ele te fez.

Porque é o que tenho feito há anos: deixado a discussão ou a briga de lado como se nunca tivesse ocorrido. Entrar no jogo porque não colheria nada de bom ao confrontá-lo. Aprendi isso nos anos em que ainda acreditava que Bryan poderia mudar. Eu não deveria ter essa conversa com minha filha, mas não tenho escolha.

— Bryan me pediu para sentar ao lado dele, e eu recusei. Aí, me expulsou do quarto.

— E você simplesmente aceitou? — A decepção dela se junta ao tom de preocupação.

Não tenho como dar respostas que façam sentido. Não sei como meu marido consegue perturbar o meu corpo sem encostar um dedo nele. Como a sua presença física se torna tão grande que não consigo ver mais nada à minha volta e me reduzo à coisa alguma. Como acontece tão rápido que nem sei quando caí sob o seu feitiço – aquele que me faz simplesmente obedecê-lo.

— Eu nem sempre fui assim. — Começo a chorar de novo.

Luna não conhece a mãe que existia antes do medo, mas eu costumava ser forte. Em alguns dias, eu era enérgica. Quero explicar isso para ela. Dar à minha filha uma ideia de alguém além deste desastre, mas não posso. Perdi aquela garota há muito tempo e não sei mais como encontrá-la.

VINTE E TRÊS

KENDRA

Seguro com força o carrinho de compras e olho para as maçãs como se estivesse fazendo uma inspeção cuidadosa antes de comprá-las. O vermelho embaça diante dos meus olhos cheios de lágrimas.

Foco. Eu consigo. Já vim fazer compras na mercearia centenas de vezes. Provavelmente milhares. Além disso, cheguei supercedo para não haver muita gente comprando. Pego um saco pré-embalado de maçãs e o jogo no carrinho. Prossigo para as bananas. Sinto o pânico encher meu peito com os olhares dos outros clientes, fixos nas minhas costas.

E aí eu me lembro.

Estou em Carlsberg. Ninguém de fora da nossa bolha residencial me conhece, portanto, não serei reconhecida. A maioria dessas pessoas já deve ter visto a minha foto nos noticiários e nas redes sociais, mas, no momento, não me pareço em nada com a mulher nesses retratos.

As bananas estão maduras demais, então passo para o queijo. Sawyer odiava queijo desde os dois anos. Ele dizia que tinha cheiro de vômito. Pego logo as fatias de provolone para o almoço de Paul e continuo antes que as lembranças me dominem.

Por que estou fazendo isto? Eu não quero estar aqui.

Paul quer que eu feche a venda da casa dos Ford semana que vem. Ele insiste que precisa ser eu porque sou a única capaz de lidar com o sr. Ford. Ele é um velho bilionário mal-humorado com mais dinheiro do que poderia gastar em duas vidas, mas é uma das pessoas mais infelizes que já conheci. A outra era Estella Viore. Ela queria comprar uma ilha.

Não consigo fazer isso. No que eu estava pensando?

O que ninguém lhe diz sobre o luto é que o tempo passa. Ou a minha frase favorita, que as pessoas não param de repetir: o tempo cura todas as feridas. Como se eu quisesse que o tempo passasse. Quero que o mundo pare. Que cada um ao meu redor fique estático. Que as telas parem de piscar e os zumbis deixem de andar tão devagar pelas ruas a ponto de quase serem atropelados por carros. Não quero que os automóveis passem ou os ônibus cheguem, porque a cada minuto parece que estou deixando Sawyer para trás e levando a vida que ele deveria viver.

Está girando. Está vindo. Aqui não.

Largo o carrinho, dou meia-volta e me apresso para as portas de vidro deslizantes na entrada da loja. Irrompo por elas rumo à luz do dia e tento não correr quando chego ao estacionamento.

Cadê o meu carro?

Giro em círculos, pressionando o alarme.

Tudo o que escuto é o zunido alto em meus ouvidos. O resto do som do mundo está desligado.

Aperto os botões repetidamente.

Luzes de um farol piscam.

Lá.

Disparo até o veículo, mas aqueles sons animalescos estão abrindo caminho, prontos para sair. Minha cabeça roda. O estômago revira. Eu me atrapalho com a maçaneta. O mundo apita ao meu redor quando bato a porta. Não consigo respirar. Cadê o ar?

* * *

Conforme ando pelo caminho mais curto até a sala, escuto o som de meus sapatos ecoando pelo ambiente. O colégio não tem mais nada a ver com a época em que eu vagava pelos corredores como chefe de torcida e rainha do baile, tantos anos atrás. Ele está passando pela quarta renovação e não se veem mais os tijolos expostos como antigamente, substituídos por um novo *design* moderno e elegante. A sra. Newton, secretária da escola, me ligou em meu caminho para casa depois do colapso no supermercado. Ela pediu que eu viesse buscar Reese porque o zelador o pegou com um cigarro eletrônico no banheiro antes do primeiro intervalo. Fico feliz por ter sido apenas um cigarro eletrônico e meu filho não ter sido flagrado com mais nada. Paul e eu ainda não conversamos com ele sobre estar vendendo drogas na escola. Não tocamos mais no assunto, como se, de alguma forma, concordássemos em negar aquilo tudo, mas foi a primeira coisa que me veio à mente quando a sra. Newton me ligou. Reese decerto está dando um tempo para vender mais comprimidos para alguém ou alguma outra droga que os adolescentes andam usando e não conheço.

O diretor e o vice-diretor se encontram em uma conferência em San Diego na qual permanecerão até amanhã. Seus assistentes suspenderam Reese até o retorno deles, embora não quisessem. Eles ficaram enfatizando como gostariam de não ter que fazer isso por causa de tudo o que vem acontecendo, mas destacaram como também não podiam ir contra a política da escola. Pine Grove tem uma imagem a zelar, e a instituição leva a sério quando alguém mancha a sua reputação. Fumar cigarro eletrônico no banheiro é coisa de alunos de escola pública.

Abro as portas do escritório e imediatamente vejo Reese no canto mais distante. Seu corpo inteiro está enroscado na cadeira, como se tentando se esconder de mim ou de qualquer outra pessoa que pudesse passar e vê-lo pelas janelas de vidro. Espero que a escola inteira o veja. Talvez isso o envergonhe a ponto de nunca mais fazer o que fez.

— Olá, Kendra — me cumprimenta a sra. Newton com um sorriso forçado atrás da sua mesa em forma de U no centro da sala.

Seus cabelos grisalhos estão curtos e ela engordou vinte quilos, mas reconheço os grandes olhos castanhos e o rosto achatado e sardento do tempo em que ela era a srta. Raph. Ela não gostava de mim naquela época e gosta menos ainda agora.

Ofereço o meu sorriso mais arrependido e pego a pasta de três argolas para assinar pela dispensa de Reese. Rabisco às pressas nossos nomes nos campos indicados.

— O dr. Charles vai me enviar um e-mail ou devo esperar uma ligação?

— Provavelmente ambas as coisas. — Ela para de sorrir e me olha como se tivesse sido eu fumando no banheiro.

Viro-me e olho sério para Reese, esperando que ele tenha escutado o que a sra. Newton disse. Não é a primeira vez que meu filho se mete em encrenca, mas antes ele fazia coisas irritantes e imaturas, como arrotar alto no ouvido de alguém durante uma prova ou pendurar meias fedorentas do lado de fora do armário do melhor amigo. Gesticulo para ele se levantar antes de me dirigir novamente à sra. Newton.

— Sinto muito por tudo isso — digo, como se ela pudesse salvar a nossa reputação.

A sra. Newton concorda com a sua melhor atuação de falsa simpatia enquanto empurro Reese para fora da sala. Atravessamos o estacionamento quase correndo e sem dizer nada até entrarmos no carro.

— Como você pode ser tão burro?! — disparo assim que saímos do estacionamento da escola e pegamos o sentido da avenida.

Minha cabeça lateja de tanta cólera.

Ele afunda no banco.

— Desculpa, mãe. Agi sem pensar.

— É, você não estava pensando em nada nem em ninguém! Tudo o que importa é você mesmo! — Bato no volante. — Todo mundo só fala sobre a gente, e você acaba de jogar muito mais lenha na fogueira. Consegue imaginar as coisas que vão dizer agora?

— É com isso que você tá preocupada? — Os olhos dele se inflamam de raiva. — Com o que as pessoas vão pensar da gente? — Seu rosto se contorce de asco. — Eu posso ser burro, mas você me dá nojo.

Sou tomada de ira. Não consigo olhar para Reese. Estou perigosamente perto do limite. Minhas mãos tremem no volante. Preciso dar um jeito de me acalmar. As imagens ondulam diante de mim enquanto dirijo.

No banco do passageiro, Reese solta fogo pelas ventas. Seu uniforme escolar já está para fora da calça, e a bermuda será arrancada poucos minutos após chegarmos em casa. Ele apoia o tênis branco no painel numa atitude desafiadora. Não lhe dou a satisfação de pedir para tirá-lo dali. Meu filho olha para a frente, os olhos estreitos e hostis.

— Você está piorando uma situação já difícil — recomeço após alguns minutos.

— Por que você tá chorando? — O tom de voz dele é de pura irritação.

Enxugo as lágrimas do rosto; não percebi que chorava. Odeio chorar quando estou com raiva.

— As coisas estão muito difíceis, Reese, ou será que não notou?! — esbravejo.

— Sim, aposto que é muito difícil perder o filho bom e ficar encalhada com o ruim. Deve ser muito duro para você.

O interior do carro parece ficar sem ar.

Demoro um segundo para conseguir falar:

— Como pode dizer algo assim?

— Você sabe que é verdade. Todos sabem.

Sua entonação é triste, resignada.

— Não diga isso! — grito, repetindo logo em seguida: — Nunca mais diga isso!

— Mãe, para! Você está entrando na outra pista!

Minhas mãos agarram o volante com força. Não consigo controlar o tremor no corpo, muito menos o turbilhão de emoções me atravessando.

— Mãe! — Reese puxa o meu braço. — Você está transtornada demais para dirigir.

Eu ligo a seta para a direita e entro no estacionamento de um mercado. Minhas mãos continuam no volante mesmo após estacionar. A raiva e a dor me estrangulam. É impossível identificar onde uma começa e a outra termina.

— Meu Deus, você quase matou a gente... Deixa que eu dirijo.

— Eu não vou te deixar dirigir. Você nem tem carteira.

— Vamos pegar um Uber para casa, então, porque eu não vou ficar neste carro com você agindo como uma louca.

— Não estou agindo como uma louca — contesto, mas a histeria ainda impregna a minha voz. Respiro fundo, soltando lentamente o aperto no volante. — Também não vamos pegar um Uber. — Coloco as mãos no colo.

— E o que vamos fazer?

— Continuar sentados e esperar um minuto para nos recompormos. — Minha cabeça lateja no ritmo do meu coração.

— Eu tô numa boa.

Esfrego as têmporas.

— Muito bem, então eu não estou e preciso de um tempo.

O silêncio dura apenas alguns segundos. Reese começa a mexer no rádio e tentar enviar a música do celular para os alto-falantes. Coloco a mão sobre a dele para detê-lo. Sua música me irrita. Aquilo não é nem música – só palavras inventadas e sons ridículos. Meu toque o acalma.

— Desculpa por sempre estragar tudo, mãe.

— Você não estraga tudo sempre.

— Tudo bem. Eu sei que estrago. Eu só...

Ponho os dedos em seus lábios para impedi-lo de continuar.

— Por favor, Reese. Pare. — Solto o seu cinto de segurança. — Vem cá.

Puxo meu filho até o peito e o abraço. Ele se agarra a mim e começa a chorar. O freio de mão cutuca minhas costelas, mas eu o ignoro.

— Sou eu que peço desculpa — sussurro contra a sua testa enquanto ele chora. — Eu sinto muito, muito mesmo.

VINTE E QUATRO

DANI

Misturo o creme no café com a mão trêmula à espera do resto da casa acordar. Não dormi a noite toda. Fiquei deitada imóvel como uma estátua ao lado de Luna até os gritos noturnos de Caleb me fazerem ir para o quarto dele. Fiquei morrendo de medo de Bryan aparecer enquanto eu o acalmava, mas ele não veio. Luna também não acordou.

Meus olhos ardem como se estivessem cheios de areia. Antes de Luna adormecer ontem à noite, pedi que ela ficasse no quarto até Bryan sair para trabalhar esta manhã. Falei isso como se eu tivesse um grande plano em curso para nós assim que ele saísse, mas continuo tão perdida quanto estava ontem à noite. E se ele entrar no quarto dela e tentar conversar? Eu devo impedir? Isso nunca funcionou. E se ele não for ao trabalho? Já passa das nove. A ansiedade deixa o meu peito apertado.

Como eu poderia expulsá-lo da casa pela qual ele paga? É isso o que ele vai alegar. Foi isso o que ele já alegou antes. Minha cabeça está a mil com as possibilidades, nenhuma boa. É por esse motivo que tenho tanto medo de partir. Ninguém nunca fala sobre a logística de partir, como se sair de um relacionamento abusivo fosse simplesmente criar coragem e ir embora. A questão é que eu tenho de encontrar uma saída para Luna. Ela nunca mais vai falar comigo se eu ficar. As lembranças da noite passada invadem meu raciocínio.

Minha filha pôs a mão esquerda na cintura e empinou o queixo desafiadoramente ao anunciar:

— Fui à casa de Kendra e conversei com ela sobre o que aconteceu na ocasião em que Sawyer morreu.

Se ela tivesse cinco anos, teria até mostrado a língua.

Bryan voou da banqueta do bar.

— O que você disse?! — Ele a encarou.

O rosto de Luna era de pura indignação e orgulho por tê-lo enfrentado. Ela deu uma olhada rápida para mim como se dizendo "Viu? É assim que se faz", antes de voltar a encarar o olhar desafiador do pai.

— Eu disse que fui à casa de Kendra e contei tudo a ela.

Ela pareceu tão orgulhosa de dizer aquilo pela segunda vez quanto da primeira.

— Depois que proibi todos nesta casa de fazerem isso?

— Proibiu? — Ela começou a rir. — Por favor, pai.

As costas da mão do meu marido a atingiram antes que ela entendesse o que estava acontecendo. Eu também não pude prever. No início, Luna ficou chocada demais para chorar. Ela nunca pensou que o pai bateria nela. Foi o que ficou repetindo ontem, aos prantos. Aquele som não parou de ecoar na minha cabeça. Toda vez que eu fechava os olhos e tentava dormir, via Bryan se aproximando dela. Odeio estar nesta casa. Aconteceram coisas ruins demais aqui.

Sinto a presença dele antes de ouvi-lo assobiando ao descer as escadas e entrar na cozinha, apertando a gravata em volta do pescoço. Bryan acabou de se barbear e tomar banho.

— Pode ver se está direito? — Ele abre um largo sorriso para mim. — Não consigo acertar. É como se eu estivesse sem coordenação hoje.

Aperto minha xícara de café e recuo contra a bancada, colocando o máximo de distância possível entre nós dois. Tudo o que preciso fazer é mandá-lo embora. Esse é o primeiro passo. Dizer as palavras.

Ele arqueia as sobrancelhas fingindo surpresa com a minha reação à sua presença.

— Vejo que alguém continua chateada esta manhã.

— Chateada? Você bateu em uma criança, Bryan!

Apesar da minha decisão de me manter calma, a adrenalina dispara pelas minhas veias.

— Criança? — Ele torna a sorrir. — Deixa disso, ela já tem quase dezenove anos, Dani. Luna não é nenhuma criança.

Meus pensamentos se embaralham e correm em círculos.

— Mesmo assim foi errado.

É tudo o que eu consigo dizer. É tão insignificante. Eu quero mais, palavras mais fortes para descrever a magnitude do que ele fez, mas não encontro nenhuma.

— Não tenho tempo para isso. — Seu sorriso desaparece e leva junto o falso bom humor. — Preciso estar em uma reunião às dez.

Ele pega uma garrafa térmica do armário acima da pia e a enche com o café da cafeteira que preparei às seis.

— Luna agiu pelas minhas costas de propósito e falou com os Mitchell sem a presença de um advogado. Ela sabe que o que fez foi errado. Não entendo por que vocês duas estão tão bravas comigo.

A capacidade dele de distorcer as coisas é enlouquecedora. Bryan não vai me fazer questionar a minha sanidade desta vez. Há hematomas no rosto de Luna provando que ele é um monstro.

— Você precisa ir embora.

Eu me forço a parecer forte e confiante como quando pratiquei no espelho. Beth me orientou a me acostumar a dizer as palavras até elas saírem com facilidade.

— Eu preciso ir embora? Por quê? Por proteger a minha família? — Ele joga as mãos para o alto. — Desde o primeiro dia, tudo o que fiz foi proteger vocês. Estamos todos sob uma pressão absurda e sou eu quem carrega o fardo mais pesado, pois sou o responsável por garantir a nossa sobrevivência em meio a este caos. Ou já se esqueceu disso?

Ele aponta para a cozinha com as suas bancadas de mármore, pia de aço inoxidável e piso de ladrilho de concreto.

— Eu te dei isso. Tudo isso, e farei de tudo para protegê-lo. E por quê? — Ele caminha na minha direção.

Eu me preparo à medida que ele se aproxima.

— Porque amo a minha família mais do que qualquer outra coisa no mundo. Vocês são as pessoas mais importantes para mim. Posso ter perdido a paciência ontem porque estava frustrado. Eu não deveria ter feito o que fiz, mas cuidar da própria família quando ela está sendo ameaçada é instintivo.

— Você não ficou apenas frustrado e perdeu a paciência. Você bateu na Luna.

Seja firme. Fale claramente.

— Lamento por me importar tanto. — Bryan dá de ombros como se fosse ele o ofendido.

Meu coração bate forte.

— Não volte para casa depois do trabalho.

Meu marido solta uma risada exagerada.

— É claro que vou voltar para casa depois do trabalho, querida. Esta é a minha casa, e não tenho nenhum problema com nada que esteja acontecendo nela. Se você tiver um problema com algo por aqui, então fique à vontade e saia você.

Bryan dá meia-volta e sai pela porta da frente, deixando-me em pé na cozinha com a xícara de café ainda nas mãos. Meu celular vibra na bancada com uma mensagem de Luna lá de cima:

O papai já saiu?

VINTE E CINCO

LINDSEY

Dobro a última toalha e a coloco no topo da pilha antes de guardá-la no armário embaixo da pia. Jacob tomou dois banhos de esponja hoje em vez de um, como era habitual. Sua enfermeira o limpou uma vez pela manhã, antes da fisioterapia. Porém, como gosto que ele seja limpo depois dela, providenciei o segundo banho do dia. Por mais que eu insista em sessões diárias, o hospital não permite porque o nosso plano de saúde não cobre; desse modo, o fisioterapeuta só vem dia sim, dia não. Andrew se ofereceu para pagar por fora, mas eles recusaram. Na certa já se queimaram vezes demais e não estão dispostos a ceder. Nos outros dias, eu mesma assumo e faço o melhor que posso para imitar os exercícios, embora não saiba se estou aplicando a quantidade certa de pressão ou mesmo se estou fazendo os alongamentos certos.

— O que achou da fisioterapia hoje? — pergunto, olhando para Jacob.

Demorei menos do que esperava para me acostumar à traqueostomia. O tubo parece mais natural no pescoço dele do que na boca. Sua cabeça disforme ainda me incomoda. A incisão vai fechar e deixar uma cicatriz quando o tubo for retirado, mas seu crânio ficará côncavo para sempre, como uma abóbora podre após o *Halloween*. Acaricio seu rosto, sentindo falta dos cabelos que eu afastava de seus olhos desde que ele tinha dois anos.

— É, tem razão. Também não gosto dele como gostava do Sean. De qualquer forma, não teremos tempo para nos acostumarmos demais com ele. Você será transferido para o Prairie Meadows em breve.

Mal posso esperar para sair deste andar. Estou feliz por termos deixado a UTI, mas nunca nos acomodamos aqui, e não acredito que iremos. Ninguém demonstra muito entusiasmo ao cuidar dele. É como se estivéssemos em uma cela, embora este devesse ser o passo seguinte em sua reabilitação.

Vou até o outro lado da cama. As mães dos seus colegas do time de futebol mandaram mais flores esta tarde. Elas mandam toda semana.

— É difícil não estar no campo? — pergunto, ajeitando a folhagem do arranjo.

Embora as mães enviem aquelas flores toda semana, as visitas dos jogadores do time estão diminuindo. Na primeira semana, eles fizeram uma vigília de vinte e quatro horas na sala de espera da UTI, mas, com o passar do tempo, as pessoas parecem ficar cada vez mais desconfortáveis perto dele. Elas não querem dizer, mas sei que perderam as esperanças e que a presença dele as deprime. Por mim, tudo bem. Prefiro que fiquem longe, então.

— O seu time estava muito bravo com você, hein? Eu gostaria que tivesse me contado o que vinha acontecendo com você e os seus amigos. Sei que contou ao seu pai, mas odeio admitir que ele não é muito bom quando se trata de meninas. Isto é, fui eu que tive que convidá-lo para sair pela primeira vez.

Abro um sorriso com aquela recordação, pensando em quantas vezes a contamos às crianças. Elas adoram ouvir como dei um lance pelo pai em um leilão de caridade organizado pela minha fraternidade.

— Havia muitas coisas acontecendo sobre as quais você não conversava comigo. Por que não se sentiu seguro em vir falar comigo sobre seja lá o que estivesse acontecendo entre vocês?

Observo seu corpo em busca de alguma ação, como se eu fosse uma máquina de ressonância magnética. Daria qualquer coisa pelo mais leve movimento.

— Mentiu para mim sobre beber?

Não é como se não tivéssemos conversado sobre bebida. No verão passado, os meninos foram pegos no centro da cidade depois de fugirem para assistir a uma briga entre o zagueiro e astro de um time de futebol e o arremessador do time de beisebol deles. Metade da classe havia feito a mesma coisa, e assim as coisas logo ficaram turbulentas. A polícia invadiu a aglomeração depois que o carro de um grupo capotou no estacionamento do posto de gasolina. Os policiais ameaçaram multar todo mundo por consumo de álcool por menores de idade e vandalismo. Eles levaram os meninos de volta para casa de Kendra cheirando a álcool. Caleb vomitara na camisa.

Quando Jacob chegou em casa, invadi o seu quarto. Ele tentara entrar discretamente pela porta dos fundos, mas eu o esperei a manhã toda. Kendra ligara mais cedo para me contar tudo. Acredito que ela teria mantido esse episódio em segredo também, mas foi obrigada a contar porque metade de Norchester já sabia; as notícias se espalham rápido. Esperei Jacob deitar e pensar que tinha se safado para puni-lo invadindo o seu quarto e puxando suas cobertas de uma só vez.

— Levanta! — gritei.

Ele tentou pegar as cobertas de mim, mas eu as puxava de volta cada vez que ele o fazia.

— Mãe, para! O que você tá fazendo? — Sua voz estava diferente, como se doesse falar. — Devolve isso.

— Eu mandei levantar. — Minha raiva revestia cada palavra. Eu não estava brincando.

Jacob não podia se dar ao luxo de se meter em confusão e arriscar perder a bolsa. Não podemos pagar uma escola particular para três filhos sem ajuda. Ninguém sabe que recebemos auxílio financeiro, nem mesmo Jacob. Só porque Andrew é médico, todos presumem que somos riquíssimos, mas reumatologia é uma das especialidades mais mal remuneradas. Foi por isso que me esforcei tanto para dissuadi-lo durante a faculdade de Medicina, mas ele não cedeu e até hoje adora trabalhar com idosos. As pessoas naturalmente supõem que tenho uma vida luxuosa, o que não poderia estar mais longe da verdade.

Jacob se espremeu contra a cabeceira da cama, dobrando os joelhos junto ao peito e abraçando-os apertado. Peguei um dos seus travesseiros e joguei nele.

— Você estava bebendo ontem à noite! — exclamei, balançando o dedo para ele.

— Eu não estava.

Ele parecia indignado. Estaria mentindo ou furioso por ser acusado indevidamente?

— Caleb disse que você estava.

Eu não ia perder tempo jogando. Caleb não admitiu nada, mas uma das melhores maneiras de fazer adolescentes confessarem é levá-los a pensar que alguém os dedurou. Alguma coisa se acendeu nos olhos de Jacob, mas logo desapareceu.

— Eles é que estavam bebendo.

Ele puxou as cobertas de mim mais uma vez, e eu afrouxei o aperto.

— Caleb e Sawyer?

Jacob concorda.

— Você não bebeu nada?

Ele baixou os olhos e ficou encarando as listras do edredom.

— Eu fingi que bebia.

Seu pescoço foi ficando vermelho e o rubor se espalhou até as orelhas – a mesma reação do seu pai ao ficar envergonhado.

Esperei Jacob falar mais, mas ele não continuou.

— Sinto muito se era para eu entender o que você quis dizer com isso, mas não entendi.

— Eu não gosto de beber, vocês sabem disso. Mas, se eu não bebo, todos me olham como se eu fosse uma aberração. Então, tomo uns goles e finjo que bebo o resto. — Ele deu de ombros. — As garotas fazem isso o tempo todo, a gente tira sarro delas por esse motivo. Eu simplesmente sou melhor que elas, por isso ninguém percebe que estou fingindo.

— E foi só isso?

— Mãe, por que você fica me fazendo a mesma pergunta sem parar? Que saco! — Ele revirou os olhos para mim.

Eu daria qualquer coisa para que ele abrisse os olhos e os revirasse daquele jeito dramático agora. Sento-me na beirada da cama e desejo que ele os abra. Todos os dias, um médico ergue suas pálpebras e ilumina seus olhos, e o resultado é o mesmo: nenhuma reação. Suas pupilas estão fixas e dilatadas; elas não encolhem com a luz como deveriam.

Será que ele bebeu mais do que alguns goles naquela noite? O relatório completo de toxicologia ainda não ficou pronto. O detetive Locke disse que sairá a qualquer momento. Uma parte minha espera que ele estivesse bêbado. Se nenhum deles estivesse em juízo perfeito, seria mais fácil entender o que aconteceu.

— Eu te contei que o seu pai arranjou um advogado hoje?

Não me lembro se contei. Os dias se misturam uns aos outros, e às vezes não consigo lembrar se estou falando com ele em voz alta ou na minha cabeça. Passar tanto tempo no hospital é como estar sempre com *jet lag*.

— Vamos encontrá-lo pela primeira vez amanhã. É estranho ter um advogado. Eu me sinto uma criminosa só em dizer isso.

Jacob é a única pessoa para quem contei. Não quero que Dani fique se achando do jeito que ela faz sempre que tem razão quanto a algo pelo qual brigamos.

— O detetive Locke quer falar com a gente de novo, então é o momento perfeito. Eles examinaram o seu *notebook* e desejam nos deixar em dia sobre o que encontraram. Ele fez o assunto parecer muito sério ao acrescentar que precisava ser logo. O detetive é sempre tão dramático sobre tudo...

Reviro os olhos. O detetive me deixou duas mensagens sobre um "assunto urgente", com meia hora de intervalo entre cada.

— É por isso que vamos consultar o advogado amanhã. — Eu me debruço e beijo sua testa. A sensação da pele dele é cerosa e rígida, como de uma boneca muito cara. — Tem alguma coisa no seu computador sobre a qual eu deva saber? Se houver, você deveria me contar agora — sussurro.

VINTE E SEIS

KENDRA

Cada ruído me causa pontadas nas têmporas e vira meu estômago do avesso. Já vomitei duas vezes, mas isso não me alivia nem um pouco. Não como acontecia na faculdade. Por isso eu não fico mais bêbada. O simples mexer dos olhos já faz a minha cabeça rodar. Cansei de tomar esses comprimidos. Não suporto me sentir assim toda manhã.

Desenrolo os lençóis de Sawyer das minhas pernas. Preciso parar de dormir aqui. Repito a mesma coisa para mim todas as manhãs, mas, no final da noite, eu… Quem estou tentando enganar? Em geral, no meio da tarde já estou debaixo das suas cobertas. É a única forma de me sentir segura.

Ontem à noite, Paul gritou para mim que isso não era saudável e não pude nem discutir. Nunca falei que o que estou fazendo é saudável.

Meu corpo implora para que eu me deite e durma por mais duas horas, mas Reese foi suspenso da escola, então tenho de me levantar. Paul vai enchê-lo de perguntas quando chegar em casa do trabalho, e Reese não pensará duas vezes para contar que fiquei na cama o dia todo de novo. Os dois não têm um pingo de compaixão.

Meu marido se mostra a cada dia mais irritado. Eu nunca o vi assim antes. Ele range os dentes com tanta força que tenho a impressão de que vai quebrá-los. A raiva irradia dele, e na noite passada não foi diferente. Paul afirmou sem parar que era pelo flagra de Reese fumando, mas nosso filho ter problemas na escola não é exatamente uma surpresa. Desde o seu primeiro dia no jardim de infância, Paul e eu brincamos que teríamos sorte se ele concluísse o ensino médio. Não que ele não seja inteligente. Reese é brilhante à sua maneira. Ele simplesmente não se importa com a escola nem permite que lhe digam o que fazer. Ele não entende o comportamento de outras pessoas ou por que elas fingem gostar umas das outras quando não gostam. Por isso sei que a ira de Paul não era por isso. Além do mais, ele não ficou tão chateado quando descobrimos que Reese estava vendendo drogas. Portanto, sua raiva obviamente não é fruto de um cigarro eletrônico.

Eu também nem estou brava com Reese por isso. Não é como se as advertências nos *outdoors* e nas laterais dos ônibus surtissem qualquer efeito, exceto aumentar a curiosidade dos jovens a respeito. Como poderiam, com um *slogan* como "Sabor de bala. Efeito de veneno"?

Mesmo assim, Reese não deveria estar fazendo aquilo, muito menos na escola.

Arrasto os pés até o banheiro de Sawyer, evitando me olhar no espelho quando passo. O celular dele está no chão ao lado da privada. Devo ter mexido nele antes de ir para a cama na noite passada. Essa é mais uma coisa que odeio sobre os comprimidos: não consigo me lembrar da última meia hora antes de adormecer.

Pego o celular e me sento no vaso, inserindo a senha rapidamente. O movimento me deixa tonta de novo. Uma onda de náusea me ameaça. Respiro fundo.

É o rosto de Jacob que preenche a tela, não o de Sawyer. Os cachos pretos como o céu da meia-noite. Os olhos castanho-escuros emoldurados por sobrancelhas arqueadas. Seus olhos eram sempre tão intensos, como se ele estivesse pensando muito. Ele era, de longe, o mais sério dos meninos. Ambos eram tão bonitos... Sawyer era atraente no estilo tradicional do sul da Califórnia – cabelos loiros, olhos azuis, pele bronzeada e dentes brancos e perfeitos. Mas a pele em tom oliva de Lindsey e a ascendência alemã de Andrew conferiram ao Jacob um toque étnico que não se conseguia identificar com exatidão e resultou em uma aparência misteriosa e altiva.

Seu jeito quieto e reservado se manifesta nas fotos. Não que ele fosse tímido. Jacob era simplesmente um observador. Ele ficava um pouco para trás e observava antes de qualquer movimento ou decisão, e era por isso que sempre o deixávamos no comando das coisas. Ele era o responsável. Contávamos com Jacob para falar a verdade no caso de uma situação duvidosa ou se alguém estivesse em apuros.

As pessoas agora pisam em ovos perto de Lindsey e sua negação sobre a tentativa de suicídio de Jacob. Elas têm pena da sua recusa em aceitar aquilo. Ninguém diz isso diretamente para Lindsey, mas é visível na maneira como a olham e falam com ela. Sou a única que acredita nela, mas as pessoas têm mais piedade de mim do que de Lindsey. Elas nos rotulam como duas mães em profundo luto. É fácil dizer isso, mas só porque estou de luto não significa que perdi a capacidade de raciocinar. E a questão é a seguinte: suicídio é um ato impulsivo, e Jacob jamais fez nada sem ponderar primeiro. Ele era o mais velho dos três — dois meses à frente de Sawyer — e era como o irmão mais maduro, sempre a voz da razão. Ele também não tinha um pingo de egoísmo, por isso parece impossível que tivesse coragem de deixar família e os amigos para trás, tendo que lidar com uma perda tão grande. Uma tentativa de suicídio não faz sentido.

Escuto a voz de Reese do outro lado da porta:

— Mãe? Você tá bem?

— Estou. Já saio em um segundo.

Uso minha melhor entonação cantarolada de mãe, embora isso faça minha cabeça voltar a latejar. Decidi que estarei presente para ele e serei legal. Meu colapso no carro ontem foi terrível. Reese precisa de mim agora. Mais do que nunca.

Vasculho mais fotos no celular de Sawyer. Ele registra Jacob de uma forma que eu nunca vi antes. É surpreendente como ele parece viril em algumas. Seu rosto fechado habitual se transforma com um sorriso brincalhão. A última foto do álbum é um impressionante perfil dele. O seu rosto tem uma gentileza que não costuma estar presente. Os cabelos estão despenteados e ele olha para longe como se houvesse algo lindo no horizonte.

— Mãe! Você tá vindo? Tô morrendo de fome.

— Come uma tigela de cereal.

O garoto tem catorze anos. Já devia saber preparar o próprio café da manhã.

— Eu não quero cereal.

Pronto, começou a reclamação.

— Caramba, Reese, eu pedi para me dar um segundo.

Preciso me forçar a transmitir paciência na voz. Deixo o celular de Sawyer na cômoda ao lado do banheiro. Vou olhar essas fotos de novo esta noite e encaminhar as melhores para Lindsey.

— Já passou um segundo. Você tá aí há uma eternidade. Tá fazendo cocô? O que faz aí dentro?

Preciso reunir toda a minha força de vontade para não gritar para ele calar a boca. Lavo as mãos, olhando para o papel de parede na tela de Sawyer. É um *cartoon* bobo dele fazendo um gol, e não poderia ser mais diferente do álbum que acabei de ver. Eu não imaginava que Sawyer era um fotógrafo tão talentoso. Ele nunca demonstrou interesse nisso para mim. Será que tinha outros talentos ocultos?

Talvez eu não o conhecesse tão bem quanto pensava.

VINTE E SETE

LINDSEY

Andrew entra cabisbaixo na sala do detetive Locke e ocupa a cadeira ao meu lado, murmurando desculpas pelo atraso. Ele quase nunca se atrasa. Usa uma camisa branca abotoada até o colarinho com uma gravata escura e paletó combinando, mas, apesar das roupas recém-passadas, continua parecendo desleixado. Seus lábios finos estão apertados.

— Oi, querido — digo, pegando sua mão. — Ainda não começamos, então você não perdeu nada.

Andrew afrouxa a gravata em volta do pescoço.

— Fiquei preso em uma emergência com um paciente.

Sua nuca fica vermelha. Meu marido é um péssimo mentiroso. Há quanto tempo ele vem mentindo? Eu devia estar prestando mais atenção.

O detetive Locke não percebe, ou, se percebe, não se importa, porque ele vai direto ao ponto sem comentar sobre o atraso de Andrew ou sobre o fato de que ele próprio também se atrasou. Fiquei vinte minutos sozinha esperando esses caras quando poderia ter ficado no hospital para a primeira parte das rondas da tarde. Sinto-me tão irritada por ter que esperar quanto Andrew ficou por se atrasar.

O detetive Locke inclina o monitor do seu computador para nos mostrar a tela, preenchida pelo rosto do nosso novo advogado, Dan. Ele não pôde comparecer à reunião tão em cima da hora, mesmo porque só volta de Toronto na quarta-feira. Dan não tem a aparência nem o jeito de falar dos advogados que já conheci. Tomara que Andrew não o tenha contratado só porque o seu serviço era barato. Meu marido sugeriu reagendarmos até ele poder estar aqui pessoalmente, mas não estou disposta a esperar tanto.

Eu vou, e não há nada que você possa fazer para me impedir, declarei na nossa conversa ontem. Aquilo foi dirigido ao Andrew, mas a impressão era de que eu ameaçava os dois, visto que estávamos em uma chamada a três. Soei muito mais dura do que pretendia. Andrew não me deixaria vir sozinha; assim, Dan concordou em estar disponível via *webcam* no horário programado, embora não tenha ficado muito satisfeito com isso. Definitivamente não era a melhor maneira de começar um novo relacionamento, mas as circunstâncias não nos deixavam muita escolha. Dan passou os últimos trinta minutos do telefonema dando conselhos sem muito entusiasmo, como se não esperasse que os seguíssemos. Eu os repasso rapidamente na cabeça enquanto me preparo para as perguntas do detetive.

Deixem que ele fale o que sabe.

Não ofereçam nenhuma informação a ele.

Não mintam, mas não contem a verdade se ela puder colocar vocês em apuros.

A última regra me incomoda, pois é mais uma sugestão de que somos criminosos. Como um advogado pode nos representar se acredita que fizemos algo errado? Estou ansiosa para começar. Pelo menos as apresentações formais estão fora de cogitação, uma bem-vinda consequência do atraso de Andrew.

— Em primeiro lugar, quero agradecer pela gentileza e pela prestatividade ao oferecerem acesso a todas as contas do Jacob — começa o detetive. — Conseguimos economizar muito tempo na investigação por terem entregado voluntariamente o *notebook* e as senhas para uma busca.

Já notei uma diferença em seus modos por haver outra pessoa conosco durante o interrogatório.

Andrew me lança um olhar penetrante que é impossível não notar. A maior parte da nossa conversa com Dan foi centrada em como demos à polícia acesso ao *notebook* de Jacob e suas contas *on-line* de boa vontade. Dan afirmou que jamais deveríamos ter feito aquilo sem uma ordem judicial. Ele insistiu que recebêssemos uma lista detalhada de tudo o que foi tirado da casa. A questão é a seguinte: se não temos nada a esconder, por que agir como se tivéssemos? Estamos nos comportando como culpados sem termos feito nada de errado. Eu não pretendia dar à polícia motivo para duvidar de mim ao me recusar a entregar os pertences pessoais de Jacob.

O detetive Locke sorri para nós. Seus olhos são calorosos e gentis. Ele gosta de nós dois e tem trabalhado conosco. O que o detetive fará se nos transformarmos em muralhas intransponíveis durante esta conversa? Porque foi isso o que Dan insinuou que deveríamos fazer a cada pergunta. Ele disse que nos pressionariam por informações que poderiam usar contra nós mais tarde, então não devemos oferecer nada de útil.

Eu retribuo o sorriso do detetive. Andrew não.

— A nossa equipe técnica fez uma varredura completa no *notebook* e descobriu as coisas básicas que se esperaria encontrar no computador de qualquer pessoa. Nada disparou alertas significativos ou emitiu sinais vermelhos. O Jacob tem uma presença *on-line* bastante normal.

Ele pigarreia – é o que faz quando está desconfortável. Eu me preparo para o que está por vir.

— Que tipo de coisa vocês encontraram? — Inclino-me para mais perto.

— Coisas muito comuns para um adolescente que vive na era digital. — Ele abre um meio-sorriso.

— Pode ser mais específico? — pergunto.

— Pornografia — responde Andrew. — Ele quer dizer que encontraram pornografia, Lindsey.

— Ah... — Eu me recosto na cadeira, envergonhada.

— Havia algo... — Andrew aperta o ponto entre os olhos como se a pergunta fosse difícil. — Não sei bem como perguntar isso... Vocês encontraram algum pornô... ahn... perturbador?

Por que ele perguntaria isso? O que há de errado com Andrew? Quem se importa com o tipo de pornô a que Jacob assistia? Eu não quero saber. Ergo a mão como se estivesse no ensino fundamental e precisasse que o professor me chamasse antes de falar, embora não espere pela permissão do detetive Locke como eu faria com um professor.

— Olha, eu... não quero ter de ouvir a resposta. Se vocês vão falar sobre pornografia, poderiam fazer isso quando eu me ausentar da sala?

O detetive Locke dá risada. Eu nunca o ouvi rir antes. Será que é por causa da participação de Dan?

— Eu não os chamei hoje para falar sobre o histórico de pornografia de Jacob. — Ele volta a atenção para Andrew. — E, se isso ajuda, não havia nada fora do normal.

Os ombros de meu marido desabam de alívio e ele se ajeita no assento.

— Pedi que vocês viessem porque ainda há uma conta oculta no *notebook* que não conseguimos acessar com as combinações de nome de usuário e senha que nos forneceram. Tivemos sorte com as outras, mas, não importa o que façamos, a nossa equipe não consegue entrar nessa. Ela tem sido usada como a conta principal para acessar outros sites, e temos de verificar o histórico.

O que eles estão tentando encontrar enterrado no histórico de pesquisas dele? A vida secreta de um adolescente deprimido? Eles já encontraram suas contas secretas nas redes sociais. Isso não foi uma grande surpresa, considerando que as descobri há mais de um ano. Fico mais de olho nelas do que nas públicas. Esses jovens podem ser brutalmente cruéis hoje em dia. Adorei ver que Jacob mantém a integridade mesmo *on-line*, quando supõe que não está sendo observado. Nunca me ocorreu mexer em seu *notebook*, que ele só usava para coisas relacionadas à escola. Pelo menos era o que eu pensava.

— Conseguem imaginar alguma outra senha? Algo que possa ser útil?

Andrew e eu olhamos um para o outro, nos comunicando em silêncio como casais fazem quando estão juntos há quase vinte anos. Quando nos pediram permissão para examinar todos aqueles dispositivos, tentamos pensar em tudo. Acho difícil imaginar que tenhamos deixado algo passar. Já cogitamos possibilidades bastante remotas da primeira vez, e é difícil acreditar que nenhuma delas funcionou. Olhamos de volta para o detetive Locke ao mesmo tempo, dando de ombros.

— Droga. Eu esperava que vocês pudessem nos ajudar. — Ele parece decepcionado.

— Isso significa que não conseguirão acessar essa conta? — O rosto de Andrew está contraído de preocupação.

— Nada disso, nós ainda podemos entrar nela. Porém, será necessário enviar o *notebook* para a equipe superior, mas ela fica em Los Angeles e trabalha com um volume de casos de um quilômetro de comprimento. Vai demorar uma eternidade para voltar. — O detetive suspira, frustrado. — Mas acho que é o jeito. Não temos escolha. Precisamos ver o que há nessa conta. Se Jacob se esforçou tanto para escondê-la, é provável que contenha exatamente o que procuramos.

Engulo meu pavor, o que deixa um gosto desagradável na boca.

Andrew solta a minha mão e pigarreia como se estivesse prestes a fazer um discurso.

— Não percam tempo. A conta é minha.

Viro o rosto para encarar meu marido.

— O que você quer dizer com "a conta é minha"?

— Quero dizer que ela é minha. — Ele se recusa a me fitar. Seu olhar percorre a sala sem se deter em coisa alguma. Andrew está obviamente abalado. — Eu a criei com as informações de Jacob.

Diversos alarmes disparam dentro de mim.

— Não estou entendendo. Para quê? Por que você faria algo assim?

Toda a cor se esvai do rosto de Andrew. O suor escorre por sua testa.

— Meu Deus... — A constatação me atinge como se eu tivesse sido atacada com uma arma de choque. — É com isso que está tão preocupado? Todo esse tempo, pensei que você estivesse surtando por causa de Jacob, mas estava com medo de ser pego. O que você tem feito?

— Eu ia te falar. Só estava tentando encontrar a hora certa — responde ele, apressado, como se as palavras estivessem presas havia muito tempo, apenas esperando para sair.

A sala parece rodar. Começo a me sentir enjoada. Isso não pode estar acontecendo. Agarro os apoios de braço da cadeira. Meu corpo enrijece de medo como se eu estivesse prestes a despencar em um brinquedo de parque de diversões. Não consigo engolir.

— Não tenho feito nada na vida real. É tudo *on-line*. Eu nem sei quem ela é. Ela só queria um amigo. Assim como eu. — Andrew está falando rápido demais para meu cérebro assimilar.

— Presumo que possa nos fornecer acesso a essa conta — interrompe o detetive Locke.

Até esqueci que ele estava na sala. A humilhação faz meu rosto arder. Dan pigarreia, nos lembrando de sua presença também.

— Vocês precisam mesmo ver isso? De que forma irá ajudar Jacob? — O constrangimento de Andrew é indisfarçável. Ele coça a pele irritada das mãos.

Tem a ver com sexo. Só pode ser. Essa é a única coisa que provocaria esse tipo de reação nele.

Dan se intromete:

— Se fornecermos os endereços IP e o histórico para vocês verificarem todas as contas será o suficiente?

O detetive Locke está tão calmo e controlado como no início da conversa.

— Contanto que as informações batam, deve ser, sim.

Quanto treinamento terá sido necessário para ele conseguir permanecer sentado e inalterado enquanto a vida das pessoas desmorona ao seu redor? Por que ele não decidiu ter essa conversa conosco por telefone? De repente, eu entendo: ele armou para nós dois. O detetive Locke tramou aquilo. Não acredito. Ele queria estar presente para ver nossas reações.

VINTE E OITO

DANI

Puxo a porta de vidro da delegacia e examino rapidamente a sala de espera vazia. Existem opções demais. Será que Bryan presume que vai entrar e se sentar ao meu lado? O que ele fará se eu disser para ele não sentar? O que o detetive Locke vai pensar se nos acomodarmos afastados um do outro? Meus pensamentos se atropelam. Mostro a identidade para a recepcionista, que mal levanta a cabeça de trás de sua janela de acrílico.

Escolho um lugar no centro da sala: completamente neutra. Deixarei a decisão para Bryan e tentarei ao máximo não surtar com qualquer surpresa que o detetive Locke nos reserve. Ele deixou uma mensagem de voz apressada pouco antes do almoço pedindo para passarmos lá o mais rápido possível devido a uma reviravolta interessante no caso sobre a qual ele queria discutir. Quando liguei de volta confirmando, ele se recusou a revelar mais. Tive muito cuidado em marcar um horário em que Bryan pudesse comparecer. Não tive notícias dele o dia todo. Foi sua assistente quem confirmou a disponibilidade às quatro horas.

Como se pensar nele invocasse a sua chegada, meu marido passa pela porta de braços dados com Ted, jogando a cabeça para trás e rindo daquele jeito ridículo e exagerado de quando quer ser notado. Os passos do advogado coincidem com os dele, e os dois ocupam cadeiras na parede oposta. Ted olha de mim para Bryan, e de novo para mim. Eu dou de ombros, como se devesse a ele uma explicação para nossa distância.

Felizmente, não precisamos esperar muito até Locke nos chamar. Ele nunca nos leva às salas de interrogatório ao longo do corredor como as que vejo na TV. Não sei se isso é bom ou ruim. Sigo Ted e Bryan para dentro do cômodo. Ocupo uma das cadeiras diante do detetive Locke como sempre, mas Ted e Bryan ficam em pé atrás de mim, como se sugerindo que não esperam que a reunião demore muito. Locke não parece se incomodar, e se ajeita em seu lugar costumeiro à mesa. Ele leva um tempo para folhear os papéis no tampo. Atrás de mim, meu marido coça a garganta de impaciência enquanto esperamos. Tento não estremecer. Ele não me olhou nem uma vez sequer. É como se eu nem estivesse ali. Ted está seguindo suas deixas.

— Que bom revê-lo, Martin — diz Ted, quebrando o gelo.

— Digo-lhe o mesmo. — O detetive encontra o papel que procurava e o coloca em cima da pilha. — Não quero tomar muito do tempo de vocês. Sei que todos aqui prefeririam estar fazendo outras coisas. Tive a oportunidade de conversar com diversos amigos e colegas do Caleb, bem como alguns dos seus professores. Todos têm sido bastante flexíveis em nos ajudar a entender tudo a fundo.

Há uma mudança perceptível em seu tom de voz quando ele continua:

— Vocês descreveriam o Caleb como tendo um gênio forte?

Lá vamos nós. Era só uma questão de tempo. Respiro fundo antes de responder:

— Você tem que entender...

Ted põe a mão em meu ombro para me interromper e pergunta ao Locke:

— Aonde quer chegar?

— Quero ter uma ideia do temperamento do Caleb. Ele fica com raiva facilmente?

— Ele não tem um gênio forte. — A mentira sai sem que eu precise pensar. Posso sentir a satisfação de Bryan sem ao menos olhar para ele.

— Você concordaria? — O detetive se dirige a Bryan.

— Caleb não fica com raiva — declara meu marido sem nenhuma hesitação.

— Hum... Interessante, porque os seus professores e colegas deram uma impressão um tanto diferente. Todos eles descreveram Caleb como dono de um temperamento explosivo. — O detetive folheia os seus papéis. — Na verdade, uma pessoa o chamou de "cabeça quente". Por que acham que tanta gente o descreveu dessa forma? Ele só era assim na escola?

— Ele não era assim em lugar nenhum. Caleb podia ter uma personalidade forte e se defender quando se sentia injustiçado, mas isso não significa ter a cabeça quente. Isso implica algo completamente diferente — responde Bryan, mantendo a compostura.

— Quer dizer que ele nunca teve problemas por uma... vejamos... "postura ameaçadora em relação a um professor" no ano passado? — Locke recita o que suponho ser o relatório disciplinar que tem nas mãos.

Temos o mesmo relatório guardado em casa. Já passamos por isso com a escola, e não quero passar de novo com o departamento de polícia. Caleb nunca ameaçou professores. Ponto. Não sou uma daquelas mães que agem como se o filho não fizesse nada de errado. Não se trata disso. Consigo admitir quando estou errada e ensinei os meus filhos a fazerem o mesmo, mas Caleb tinha todo o direito de enfrentar a sra. Arias por ser acusado de algo que não fez.

— Uma das suas professoras ficou chateada quando Caleb não concordou com uma nota que tirou em um teste — explico pela milésima vez.

O detetive se mexe na cadeira e arqueia as sobrancelhas.

— Ele tirou zero por plágio, não foi? Não foi esse o motivo da discussão?

— Tecnicamente, sim, mas Caleb ficou zangado quando...

Ted interrompe Bryan:

— Já entendemos que Caleb vem tendo problemas na escola. Que adolescente não tem? Podemos prosseguir?

— Muito bem — o detetive fala. — Podemos falar sobre quando Caleb foi suspenso por cuspir na comida de alguém?

Arrasto minha cadeira para trás.

— Isto está ficando ridículo. Vamos repassar todos os incidentes que Caleb teve na escola desde o jardim de infância?

Que negócio é esse, uma caça às bruxas? Não estou gostando nem um pouco. Nem Bryan, cuja raiva, atrás de mim, é palpável.

— Não, mas vamos repassar os que envolveram comportamentos violentos com outros alunos. — Locke parece muito satisfeito, como uma daquelas pessoas que nunca tiveram nenhum poder de verdade na vida e que, quando conseguem um gostinho de como é, deixam logo subir à cabeça.

Em vez de se dirigir ao detetive Locke, Bryan fala com Ted:

— Ele está fazendo parecer muito mais grave do que na verdade foi. Exatamente como a escola lidou com a questão, como se Caleb fosse um valentão cruel que atormentava crianças de propósito, o que não poderia estar mais longe da verdade. Ele só estava tentando fazer os amigos rirem. Nada mais.

Concordo com a cabeça, ansiosa. Caleb é um grande palhaço, e a coisa que ele mais adora no mundo é fazer as pessoas rirem. Ele exagera de vez em quando? Sim, mas suas intenções são sempre boas.

Ele jamais faria mal a alguém de propósito.

— Eu gostaria de chamar Caleb de novo para um interrogatório, desta vez com a terapeuta de trauma. Já a consultei, e ela concordou em se juntar a nós. — O detetive Locke nem tenta fingir que precisa da minha permissão. Sua atenção está focada no advogado.

— Ficamos mais do que felizes em cooperar com a investigação. Todas as regras criadas anteriormente serão aplicadas a este depoimento também, é claro — diz Ted, sem perder o ritmo.

— Caleb ainda não está falando, então não sei de que isso vai adiantar — aponta Bryan.

Locke dispensa o comentário com um dar de ombros.

— Você ficaria surpreso com o que essa garotada revela quando percebe que já sabemos os seus segredos.

* * *

Eu baixo a cabeça e corro pelo estacionamento da lanchonete, afastando as preocupações decorrentes do encontro com o detetive esta tarde. Ninguém de Norchester frequenta o lugar, exceto como uma opção de última hora para um café da manhã, mas não queremos correr o risco de sermos vistas. Lindsey e eu escolhemos uma unidade a dezesseis quilômetros de distância só por precaução.

Abro as pesadas portas de vidro e procuro Kendra. Encontro-a logo, em uma mesa no meio do restaurante. Com o seu suéter estampado de flores e lenço cor-de-rosa amarrado na cabeça, ela não poderia destoar mais dos caminhoneiros e dos jovens de vinte e poucos anos que acabaram de se afastar da bancada. O cheiro de bebida e de fumaça entranhada de cigarro se mistura ao da gordura de bacon e das panquecas. É quase como se estivéssemos segurando cartazes anunciando como estamos deslocadas aqui. Isso só aumenta a minha sensação de ser uma criminosa. Por isso, corro até a mesa, evitando contato visual com qualquer pessoa no local. Kendra começa a se levantar para me cumprimentar, mas gesticulo para que permaneça sentada. Não precisamos chamar mais atenção. Eu me acomodo de frente para ela.

— Pedi um café para você.

Ela aponta para a caneca de cerâmica pesada na minha frente antes de desatar o lenço e amarrá-lo frouxamente em torno do pescoço. A metade superior de seus cabelos loiros está em um coque sustentado por uma presilha e a outra se esparrama por seus ombros estreitos. Desde que tudo aconteceu, é a maneira mais arrumada que a vejo.

— Obrigada. — Ponho as mãos em volta da caneca.

Nós duas nos encaramos por cima da mesa. O rosto de Kendra é pequeno. Seus lábios são perfeitamente redondos. Naturais, não aqueles lábios falsos que deixam as mulheres ridículas. Os dela são reais. Provavelmente já nos sentamos assim milhares de vezes em centenas de lugares ao longo de mais de trinta anos de amizade, mas hoje parece um constrangedor primeiro encontro, e não tenho ideia do que dizer. Não fico sozinha com ela desde antes do acidente. Há tanta coisa não dita entre nós que nem sei por onde começar.

Tomo um gole do café. Kendra serviu a medida perfeita de creme e açúcar para mim. Se ela está começando a se recompor, não quero estragar tudo, então escolho as palavras com cuidado:

— Como está se sentindo depois da visita da Luna?

Evito mencionar que o encontro deveria ter sido com Caleb, em vez disso.

— Obrigada por deixá-la ir me ver — responde ela, evitando o assunto também. — Luna te contou sobre o que conversamos?

Confirmo com a cabeça. O relato de Luna saiu em pedaços enquanto eu cuidava dela na outra noite. Não fiquei surpresa ao descobrir que minha filha estava na mesma festa, tampouco que os meninos foram expulsos depois de brigarem por alguma estupidez. Tudo me pareceu um comportamento adolescente bastante normal; o exato tipo de coisa que acontecia quando eu e minha amiga estávamos no colégio, e que decerto ia acontecer nesta mesma noite em algum lugar.

— O que você acha? — Kendra devolve a pergunta.

Eu a avalio como ela tem feito comigo, uma tentando sondar a outra como se nenhuma fosse confiável. Não tenho motivos para não confiar nela. Bem, exceto por aquela ocasião. Houve aquela vez, mas não falamos sobre o assunto. Nunca. Nem mesmo na noite em que aconteceu. De qualquer forma, ela também não tem motivos para desconfiar de mim. Não sou uma pessoa desonesta.

— Parece que eles estavam mais bêbados do que pensávamos e provavelmente nada daquilo teria acontecido se não estivessem — digo, encarando-a.

Luna também me contou que os meninos pegaram o que estavam consumindo naquela noite no bar da casa de Kendra. Eu sabia que não era da minha porque as únicas bebidas alcoólicas que entram em nossa casa são as garrafas que Bryan leva escondido. A culpa não pode mais ser atribuída apenas à arma, e eu estaria mentindo se negasse um certo alívio em não assumir mais tanta responsabilidade.

Desta vez, é ela que confirma com a cabeça.

— E aí, que tipo de coisa o detetive Locke tem te perguntado? — A ousadia de Kendra me pega de surpresa, embora não devesse.

— Bem, coisas como quanto tempo Sawyer passava na minha casa e quanto tempo Caleb ficava lá, se notei algo diferente ou estranho nos dias que antecederam o acidente... — E acrescento rapidamente: — Exceto que ele não chama de acidente. Já reparou nisso?

Ela faz aspas no ar ao responder imitando a voz grave do detetive Locke:

— A noite do incidente.

— Exato. — Apesar da gravidade da situação, abro um sorriso. — Mas ele faz muito mais perguntas sobre Caleb e seu comportamento do que sobre Sawyer. E para vocês?

— Basicamente a mesma coisa. Ele fica dando voltas quanto aos meninos terem brigado recentemente ou qualquer tipo de desentendimento. — Kendra faz uma pausa, levando um minuto para avaliar o que quer dizer antes de indagar: — Eles não andavam brigando nem nada, né?

Seus olhos parecem repletos de dúvida.

— Não. De forma alguma. Eles estavam bem. Estava tudo bem.

— Certo.

Tomamos mais um gole de café. Desvio o olhar primeiro, vigiando a porta à espera de Lindsey. Ela já deveria estar aqui. O silêncio entre mim e Kendra parece interminável.

— A Lindsey me mandou uma mensagem um pouco antes de sair avisando que estaria aqui assim que Jacob dormisse — comento para quebrar o gelo.

Kendra se inclina sobre a mesa e segura minha mão como se fosse me contar um segredo.

— Tá. Antes de ela chegar, posso só te dizer como acho assustadoras algumas das coisas que ela faz com Jacob?

— Meu Deus, eu também! — exclamo, tentando manter a voz baixa. — Não consegui falar com ninguém sobre isso e me senti a maior megera por pensar assim.

— Acredite, não é só você. Tipo esta noite. Ela só vem depois que o Jacob estiver dormindo. — Kendra ergue as sobrancelhas. — Mas eu me sinto tão mal por ela...

— Eu também. Em algum momento, ela simplesmente terá de aceitar a condição dele. Não pode ser bom alimentar esperanças desse jeito. Isto é, já se passaram mais de três semanas.

Desde que os nossos mundos mudaram para sempre, nós três contamos quantos dias se passaram. Devia haver um certo alívio por sobreviver às primeiras semanas – e espero que tenha havido para elas –, mas eu ainda estou no marco zero. Quero abrir a boca e desabafar sobre como os últimos dias têm sido, me livrar da dor arraigada em mim como um câncer, mas preciso dar apoio emocional a Kendra, não o contrário.

— Como você está? — pergunto, voltando meu foco para ela.

Era toda a deixa de que Kendra necessitava para abrir as comportas. Ela pega lenços de papel da bolsa Louis Vuitton ao seu lado e passa a descrever sua turbulência emocional. Não consigo me concentrar em nada do que ela está dizendo. Concordo com a cabeça nos momentos apropriados e faço o melhor para parecer interessada, mas não estou presente. Tudo em que consigo pensar é no que vai acontecer quando eu chegar em casa. Esta tarde, Bryan e Ted saíram da delegacia sem se despedir de mim. Qualquer tipo estranho de aliança que tenhamos criado lá dentro se dissipou rápido. Não tive mais notícias de meu marido pelo resto do dia.

Estou com medo de ir para casa por não saber o que me espera lá. Quando voltei da delegacia, Luna havia ido embora. Ela deixou uma carta em um envelope lacrado no meu travesseiro que não consegui me obrigar a ler. Ainda não. Tentei falar com ela por mensagem, mas ela não respondeu. Quero contar que mandei o pai dela embora. Eu disse as palavras *vá embora*, mas não significou nada. Minhas palavras não significam nada para ele, que provavelmente está relaxando no nosso quarto assistindo a algum esporte, sem uma única preocupação no mundo.

Minha terapeuta afirma que Bryan é um narcisista. Ela diz que ele não tem capacidade de sentir empatia pelos outros. Debati aquilo com ela por um bom tempo. É impossível ter o tipo de infância caótica e abusiva que ele teve e esperar escapar ileso, mas é justamente isso. Beth alega ser esse contexto o que faz dele um candidato perfeito para o narcisismo. Não me importo como chamam. Só quero que ele vá embora sem nos fazer mal.

Tudo tem acontecido tão rápido que não sei o que fazer. Beth falou que pequenos passos já ajudavam, que eu não precisava fazer tudo de uma vez, então é o que tenho feito. Uma coisa depois da outra para finalmente deixá-lo. No entanto, mal consigo juntar dinheiro para as sessões semanais com ela, e estou longe de poder prover um lar estável para Caleb e para mim. Ainda não possuo dinheiro suficiente guardado para dar entrada em um apartamento.

Não tenho acesso às nossas finanças há mais de vinte anos, e conto com a minha mesada para pagar as despesas. No começo, achei tão fofo e romântico Bryan querer cuidar de mim do jeito que ele fazia. Foi assim que ele retratou na época: cuidar de mim. Era desse modo que ele apresentava tudo, e parecia muito doce. Logo que ficamos noivos, ele passou a se encarregar das nossas finanças. Eu ainda trabalhava na Macy's e entregava a ele alegremente os meus cheques quinzenais. Nunca fui boa com dinheiro, e estava mais do que satisfeita em ter outra pessoa cuidando daquilo tudo por mim. Naquela época, eu não sabia sobre a existência do outro Bryan. Ainda não o conhecia, por isso me sentia uma princesinha mimada.

Agora sou uma prisioneira.

VINTE E NOVE

KENDRA

Estou em frente à casa da Delta Tau. Como há um fluxo constante de motoristas de Uber parando no meio-fio, ninguém me nota estacionada do outro lado da rua. Eu pretendia ir para casa depois do encontro com Dani e Lindsey. Contudo, em vez disso, vim para cá. Um desejo inconsciente de refazer os últimos passos de Sawyer me atraiu.

Não consigo ficar em casa sem tomar aqueles remédios, mas, como não quero mais ingeri-los, precisava de um lugar para ir. Normalmente eu iria para a casa da Lindsey ou da Dani; se isso não fosse uma opção, eu imploraria para uma delas sair comigo até cederem, porém, isso é inviável agora.

Não entrei nem me aproximei da casa da Dani ainda, e tenho certeza de que nunca mais vou conseguir. Não sei como ela suporta morar lá. Como alguém aguenta ficar na mesma casa onde uma pessoa morreu, ainda mais uma pessoa que você amava, com quem se importava? Nenhuma de nós toca nesse assunto. Nós o contornamos como experientes dançarinas. Foi essa a sensação que tive no encontro desta noite também. Pelo menos ela ficou ali me ouvindo divagar e chorar antes de Lindsey aparecer.

Lindsey não estava mais calma que Dani. Para ser franca, a ansiedade dela era tanta que mal deu tempo para tomar uma xícara de café. Ali, diante de nós, suas pernas tremiam, batendo na mesa de vez em quando e fazendo os talheres tilintarem. Seu rosto está pálido como quando ela teve mononucleose e dormiu um mês de junho inteiro. Lindsey precisa sair mais do hospital. Mencionei isso a ela, mas imediatamente me senti uma hipócrita, já que mal saio de casa e passo todo o meu tempo enfurnada no quarto de Sawyer.

Minhas pernas estão agora tremendo mais do que as dela na lanchonete. O suor escorre pelas minhas costas. Ao mesmo tempo que quero desesperadamente liberar aquele veneno de meu corpo, tenho medo do que acontecerá quando acabar. Não sou uma viciada. Eu exagerava nas festas na adolescência e na faculdade, mas isso acabou depois que tive filhos. Fico tonta com duas taças de vinho, e não me lembro de ter tomado nada mais forte que um Tylenol na última década. Não gosto desses comprimidos nem de como me sinto ao ingeri-los, mas a única alternativa a eles é um sofrimento emocional debilitante. A perda de controle e a falta de chão que me invadem são assustadoras. É melhor não sentir nada. Talvez seja assim que os viciados começam.

O que os jovens da Delta Tau podem fazer se eu entrar e perguntar se alguém estava lá na noite em que Sawyer morreu? Será que algum deles terá pena de mim e se manifestará? Eles vão responder às minhas perguntas? Duvido, mas vão me gravar e postar para todo o mundo ver. Meu vídeo saindo do hospital naquela noite teve mais de quinhentas mil curtidas. Reese se gaba das nossas estatísticas como se elas fossem motivo de orgulho.

Tiro da bolsa o celular de Sawyer e desbloqueio a tela. Não vou mais a lugar nenhum sem ele; guardo o aparelho com mais cuidado do que o meu. Encontro a série de vídeos a que tenho assistido, arquivada com aquelas fotos tão bem tiradas. Então, aperto *play* no último.

De novo, é Jacob. Sempre Jacob. Desta vez, ele está de pé no *closet* de Sawyer, de costas, sem camisa e com os seus músculos ondulando até o cós elástico da cueca boxer. O jeans rasgado cai baixo nos quadris. Ele está descalço.

— Jacob... — chama Sawyer por trás da câmera.

Ele se vira e sorri. O vídeo termina.

Meu peito se contrai. Aperto *play* outra vez. E outra. Mesma coisa. Nada muda. Um arrepio percorre minha espinha. Não são as imagens do vídeo que me perturbam, é o desejo. A voz de Sawyer está tomada dele ao dizer o nome de Jacob, e os olhos de Jacob retribuem o fogo.

Deixo o celular cair em meu colo.

TRINTA

LINDSEY

Não tomo cuidado para não fazer barulho ao entrar em casa. Andrew disse que não importava quanto tempo o meu encontro com as meninas pudesse levar, ele me esperaria acordado para conversarmos sobre o que aconteceu na sala do detetive Locke. Esse é o meu bom Andrew. O meu sempre-fazendo-a-coisa-certa Andrew. *Claro que teremos uma boa conversa sobre o seu mundo secreto na internet antes de dormir, porque hoje conheci o Andrew Mau.*

Sentado no sofá da sala de estar, ele parece um pai ansioso à espera do filho que já extrapolou o toque de recolher. Há dois copos d'água na mesinha de centro à sua frente. Sua consideração me irrita. Ocupo a poltrona diante dele, me recusando a sentar ao seu lado e colocando a mesa de centro entre nós para ele não poder me tocar. Depois, cruzo braços e pernas.

— Precisamos conversar — começa ele.

Seus cabelos escuros estão espetados para todos os lados. Meu marido aplica gel toda manhã para mantê-los alinhados e afastados do rosto. Porém, não importa a quantidade utilizada: tudo se desmancha no final do dia. Ele continua com as roupas de trabalho em vez da calça de moletom que veste quando fica pronto para relaxar, o que significa que está preparado para sair de casa, se necessário. Ótimo.

Concordo com a cabeça, sinalizando para ele continuar.

— Alguns anos atrás, eu...

Quase me levanto da poltrona.

— Você acabou de dizer "alguns anos atrás"? Há quanto tempo isso vem acontecendo?

— Quase dois anos. — Sua expressão me diz que as coisas só vão piorar daqui para a frente.

Preparo-me para o que ele está prestes a revelar.

— Eu criei um perfil em um site para pessoas casadas que procuram companhia. — Ele estica o braço sobre a mesinha e segura o meu pulso, tentando alcançar a minha mão. — Olha, não é um site de namoro. Eu te disse que não é o que parece, e acredite: sei bem como parece feio.

Puxo a minha mão de volta e o encaro. Nunca tive vontade de cuspir em ninguém, mas estou com tanta raiva que, por um segundo, considero dar uma bela cuspida na cara de Andrew. É nojento e grosseiro, assim como o que ele fez ao nosso casamento. Quase vinte anos para virarmos piada. Um clichê.

Andrew continua, a voz estranhamente monótona:

— É um site criado especificamente para pessoas interessadas em novas amizades sem envolvimento sexual algum. Gente que quer amigos fora do casamento, mas seus cônjuges não permitem...

— O que você quer dizer com seus cônjuges não permitem amigos fora do casamento? Sempre deixei você ter amigos.

Não sou do tipo ciumenta. Nunca fui, pelo menos não com Andrew. Eu não precisava ser por confiar nele, de todo o coração. Essa confiança foi um dos principais motivos para eu ter me casado com ele. Durante todo o ensino médio, Andrew fazia tudo segundo as regras, não importava o que os outros ao seu redor fizessem. Ele era o tesoureiro do conselho estudantil e presidente da equipe de Matemática. Por isso eu não prestava atenção a ele na época. No entanto, quando chegou a hora de começar a pensar no meu futuro, meu marido foi o candidato perfeito.

Andrew balança a cabeça como se eu não estivesse entendendo o que ele estava tentando me mostrar.

— Se eu tivesse te contado, você teria me enchido de perguntas a respeito.

— Quer dizer que agora estou sendo punida por fazer perguntas? Tá falando sério? — Cansei de manter a voz baixa. Não me importo se acordar as crianças.

— A conversa teria se transformado nisto, e eu não desejava ter esta discussão com você. Eu queria um relacionamento que fosse todo meu e dissesse respeito apenas a mim para eu me sentir um indivíduo novamente. Sentia que não havia sobrado nenhuma parte só minha. Me desculpe se isso te magoa.

Ele parece arrependido de verdade, como se não quisesse que isso estivesse acontecendo tanto quanto eu. Sua bondade faz tudo doer mais. Não sei como.

— Eu me perdi ao me tornar pai e marido. Quis redescobrir quem eu era. Conhecer outras pessoas me ajudou a fazer isso.

— Houve mais de uma?!

Para mim, chega. Não espero que ele responda para sair da sala de estar e me dirigir às escadas. Andrew me segura por trás.

— Por favor, Lindsey, pare. Basta olhar o *site*. Você vai entender o que eu quero dizer. — Ele tira o celular freneticamente do bolso de trás da calça, abre o site e o mostra para mim.

Amigos casados. Com um *slogan: Procurando companhia fora do casamento sem a culpa de um caso?*

Ele não está mentindo. Pelo menos não sobre o *site*. Enquanto dou uma olhada rápida naquilo, a tristeza cresce em meu peito. A página é voltada para homens e mulheres que sentem falta da intimidade e amizade em seus casamentos, mas não querem trair.

— Agora você entende?

Continuo segurando o celular, rolando pela tela sem pensar ao mesmo tempo que ele fala. O *site* se orgulha dos seus milhares de usuários mundo afora que desejam entrar em contato. Você pode escolher o que procura como em qualquer outra página de namoro, com opções que vão desde a troca de informações até um "companheirismo afetuoso", o que soa quase sexual para mim.

— Tudo o que faço e cada relacionamento que tenho está relacionado a você e às crianças. Não me sobrou nenhum amigo que não esteja conectado a você de alguma forma ou que não me conheça desde a pré-escola. O *site* me deu um espaço só meu, me permitiu explorar quem eu era de novo. Foi divertido.

— E você conheceu alguém... — Faço uma pausa enquanto procuro a palavra certa. — ... "especial"?

— No ano passado, mais ou menos nesta época. Estávamos em muitos *chats* em grupo e outros encontros, mas por um bom tempo não trocamos mensagens instantâneas. Até que uma noite ela apareceu muito chateada e não havia ninguém mais *on-line* além de mim. Acabamos conversando, só nós dois, e somos próximos desde então.

— Próximos?

O que isso quer dizer, afinal? Nós dois deveríamos ser próximos. Sou a esposa dele. Andrew não precisa ser próximo de outras mulheres. Existe apenas um motivo para homens quererem intimidade com mulheres, mesmo os melhores.

— Qual é o nome dela?

— Não sei o nome dela.

— Qual é, Andrew? Para isso aqui dar certo, precisa ser sincero.

— É sério. Essa é a questão. Ninguém sabe nada sobre os detalhes reais da vida do outro, a menos que ele decida revelá-los, e nenhum de nós nunca fez isso. Nenhum de nós queria. Eu só a conheço como MayDay39. Eu a chamo de May.

Há um toque de afeto em sua entonação ao dizer o nome dela.

— Como ela te chama?

— L.

— Ela te chama de L? Uma letra? Por que te chama assim?

— Lindsey, por favor, não. Algumas coisas você não deveria ouvir. Isso só vai te machucar mais. — Ele me olha, implorando.

— Agora você se preocupa com os meus sentimentos? — A raiva inunda meu sistema nervoso. — Por que ela te chama de L?

Ele abaixa a cabeça e a voz.

— Porque o meu nome de usuário é Largado_em_Londres.

— Você não mora em Londres — declaro o óbvio antes de registrar a resposta dele.

Andrew me dá tempo para me lembrar de quando fomos para lá.

— Meu Deus! Foi naquela época? — Eu me apoio no corrimão para me equilibrar enquanto deslizo até o degrau e sento na superfície de madeira.

Foi nossa primeira viagem internacional. Para mim, foi tudo mágico, mas, pelo jeito, Andrew se sentiu tão solitário naquela cidade que entrou em *sites* procurando novas amigas.

Ele se senta no degrau abaixo de mim e põe a mão em meu joelho. Eu o vejo fazer isso, mas minhas pernas não parecem conectadas ao meu corpo.

— Sinto muito por tudo isso. — Ele se esforça para não chorar.

— Quando se tornou sexual?

Ele hesita e se afasta até a parede ao lado da escada.

— Eu já falei. Não era nada disso. Acredite em mim, não era. Nunca nem trocamos fotos. Mesmo se quisesse, eu não a reconheceria se a visse na rua.

— Mas hoje cedo você falou que pretendia me contar sobre ela e estava apenas juntando coragem. Por que estaria com tanto medo se ela fosse apenas uma boa amiga? Não faz sentido.

Ele dá de ombros. Nada daquilo faz sentido. Eu não sou idiota.

— Qual é o seu *login*? — Abro a caixa no *site*.

— Hum... É... Quer dizer, precisamos entrar no meu perfil? É meio constrangedor. Posso te contar tudo o que está nele. O que você quer saber?

Estreito os olhos, desafiando-o a me desafiar.

— Quero ver por mim mesma.

Entrego o celular a Andrew para ele inserir as informações. Ele o aceita com relutância e não faz nenhuma movimentação para digitar.

— Andrew, quero ver o seu perfil.

Ele sacode a cabeça como um animal preso em uma armadilha – que, neste caso, ele armou para si mesmo.

— Não quero te magoar.

— Por que isso me magoaria? Você disse que não era sexual.

Os olhos dele se enchem de medo e mal-estar. O que poderia magoar mais do que sexo? Quando me dou conta, é como levar um soco no estômago.

— Você estava gostando dela, Andrew?

TRINTA E UM

DANI

Entro no quarto de Caleb na ponta dos pés para não o acordar, caso ele esteja dormindo. Seus olhos se abrem antes que eu alcance a cama. Coloco o dedo indicador diante dos lábios para ele não se mexer nem fazer muito barulho. Bryan está a uma curta distância e ainda escuto sua TV ligada, então não sei se ele já dormiu ou não. A última coisa que quero é que ele se levante e comece a andar pela casa.

Deito-me ao lado de Caleb e o abraço. A frente de sua camisa está colada no peito, molhada de suor.

— Teve um dos seus pesadelos?

Ele afirma com a cabeça contra o meu peito.

— Desculpa não estar aqui quando você acordou. Fui encontrar a Lindsey e a Kendra em Chatsfield e um acidente de trânsito engarrafou o caminho para casa. Foi muito ruim?

Ele mostra oito dedos. Gillian e nós desenvolvemos um sistema de classificação para os seus ataques. Algo a ver com criar sua hierarquia de ansiedade. Eu o abraço com força e tento enviar cada gota do meu amor para seu corpo.

— Bom, agora estou aqui e vou dormir do seu lado pelo resto da noite, se quiser. Isso ajuda?

Ele força um meio-sorriso. Posso ver sua clavícula, apesar do corpo atlético. Caleb perdeu peso nas últimas semanas. É impossível obrigá-lo a comer, então estou recorrendo a enormes *shakes* de proteína como os que lutadores tomam para ganhar massa muscular. Eu o obrigo a ingerir pelo menos dois por dia. Preparei todos os seus pratos favoritos, mas nada traz seu apetite de volta.

Esfrego suas costas e sinto seu corpo lentamente derreter no meu. Ainda é cedo o suficiente para ele voltar a dormir e ter algumas horas decentes de descanso antes de o sol raiar. Quando seus pesadelos o acordam depois das três, ele quase nunca volta a dormir, e esses dias acabam sendo horríveis porque ele não é capaz de se controlar. Seus médicos concordam que dormir bem é a coisa mais importante para ele, mas também a mais difícil. Eu também teria medo de dormir. Os sons que ele faz enquanto sonha não parecem humanos.

Às vezes, quando estou deitada no escuro ao seu lado, me pergunto se o fantasma de Sawyer assombra a nossa casa. Ele deu o seu último suspiro caído no chão da nossa sala de estar. Para onde o seu espírito foi? E se ele ainda estiver aqui?

Caleb muda de posição. Como deve ser para ele estar nesta casa?

Cruel.

É a palavra que imediatamente me vem à mente.

Se eu ler a carta de Luna será isso o que verei escrito? Ela quase disse essa palavra quando soube que voltaríamos para cá após o acidente. Tenho certeza de que é por esse motivo que ela veio conosco – para poder estar por perto e proteger Caleb das lembranças. Odeio ter concordado com Bryan em vez de argumentado mais, só que eu não sabia mais o que fazer. Foi uma decisão terrível, e agora veja só o que aconteceu. Posso não me amar o suficiente para exigir um tratamento melhor, mas amo os meus filhos demais, e eles merecem tudo de bom.

— Caleb? — sussurro. — Está acordado?

Ele geme como se tivesse acabado de cair no sono. Eu o balanço pelo ombro.

— Vamos. Levante-se.

O rosto dele é uma mistura de surpresa e confusão. Ele se senta devagar na cama e levanta as mãos com as palmas para cima, como se perguntando "O que foi?".

Falo rápido e baixo à medida que começo a jogar em sua mochila as coisas de que ele poderá precisar.

— O seu pai bateu na Luna ontem à noite depois de descobrir que ela foi à casa da Kendra para falar sobre o acidente.

Ele arregala os olhos de espanto.

— Eu sei. É horrível. Por isso ela foi embora. E é por isso que nós também iremos.

Ele pula da cama e veste um jeans que estava largado no chão; procura os tênis e os calça assim que os encontra.

— Vamos para a casa da vovó. — O plano me vem à mente no momento em que nos dirigimos à porta com as coisas dele.

Faço o meu filho parar antes de sairmos e me viro para ficarmos cara a cara.

— Caleb, meu amor, me perdoe por ter feito você voltar para esta casa.

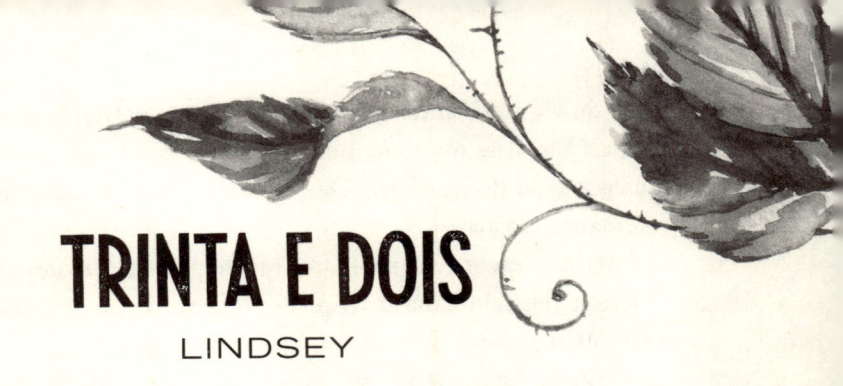

TRINTA E DOIS

LINDSEY

Tento passar um dos braços de Jacob em volta de mim, mas ele cai e fica pendurado junto ao tronco, sem vida. Para que fique parado no lugar, é preciso segurá-lo, então desisto e deito minha cabeça no peito dele. O respirador o faz subir e descer em um ritmo constante. É hipnótico e artificial, tudo ao mesmo tempo.

— Eu queria que tivesse me deixado chegar perto assim de você — sussurro.

Nos últimos dois anos, à medida que Jacob foi se tornando mais independente, nós nos distanciamos um pouco. É natural e significa que estou fazendo direito o meu trabalho, visto que o objetivo da maternidade é educar os filhos e torná-los indivíduos saudáveis. Um certo afastamento é consequência disso, mas não torna o processo menos doloroso.

Eu não planejava voltar para o hospital a esta hora. Minha intenção era dormir algum tempo e sair às cinco, antes que todo mundo acordasse, mas não consegui ficar em casa com Andrew depois daquela conversa. Ela não teve fim nem resolução. Nós apenas a interrompemos.

— O seu pai se apaixonou por outra pessoa. Dá para acreditar nisso? — Solto uma risada. Não há como não identificar a histeria contida nela, o que só me faz soltar outra. — O seu pai. De todas as pessoas.

Eu bufo.

Era esse o seu segredo. Andrew se apaixonou por uma anônima na internet.

— Ele garantiu que não há nada de sexual na história e que eles só conversaram. Que nunca trocaram fotos. Apenas bate-papo. E sabe de uma coisa? Acredito nele.

Agora, em vez de uma risada maníaca, é um soluço que escapa. Ele ia me deixar. Ele não quis admitir. Não o meu bom Andrew, porque bons maridos não deixam as suas esposas e famílias.

— Se algum homem pode ter um caso envolvendo apenas emoção, é o seu pai. Ele disse que a mulher o fez sentir coisas que nunca sentiu antes. O que isso quer dizer, afinal? Quem fala esse tipo de coisa? Parece saído de um romance cafona.

Lágrimas escorrem espontaneamente pelo meu rosto.

Estou desmoronando. Minhas emoções estão em frangalhos. Não consigo mais resistir. Tudo se foi. Sinto-me destruída.

— Ele vinha pensando em como me contar antes de você se machucar, querido.

O Andrew Bom não poderia viver com o que o Andrew Mau fez. Ele teria ido embora se isso não tivesse acontecido. Tenho certeza disso, pois se meu marido se apaixonou tanto por outra pessoa, não pode estar mais apaixonado por mim; ele não acharia isso justo com a gente. Mesmo quando erra, Andrew é tão bom... Isso me faz odiá-lo ainda mais.

— Ele ficou repetindo como estava comprometido comigo, com a nossa família. Quer ficar.

O meu Andrew Bom. Claro que ele ficará. Andrew não poderia viver consigo mesmo se fosse embora agora.

— O que você acha?

Tento ouvir qualquer som de vida escapando do meu filho. Jacob ficou na minha barriga durante nove meses. Em algum nível primitivo, meu menino deve saber como preciso que ele me dê um sinal de que ainda está ali em algum lugar. Que tudo isso não é à toa. Que não nos esforçamos tanto para fazer tudo certo apenas para sairmos aniquilados e irreconhecíveis. Apenas os ruídos do seu respirador em sincronia com alguns outros bipes da sala do outro lado do corredor respondem.

— Você não está ouvindo nada disso, está?

Os soluços angustiados sobem pela minha garganta. Eu me forço a contê-los.

— Consegue me ouvir, Jacob? Responda — sibilo em seu ouvido.

Nada.

Dou um forte tapa nele – mais forte do que eu pretendia. Rapidamente olho pela sala, como se alguém pudesse ter entrado sem eu perceber e me visto agredindo-o. Estamos sozinhos.

Dou uma última olhada ao redor e levanto a barra de sua camisola hospitalar até expor sua coxa pálida. Bato nela como se fosse um saco de pancadas na academia. A minha mão deixa uma marca vermelha. Haverá um hematoma amanhã.

Pulo da cama e aproximo meu rosto até ficar a centímetros do dele.

— Você sentiu isso? Sentiu? Faz alguma coisa! Qualquer coisa!

Estapeio sua bochecha.

A mesma expressão sem vida. Seus olhos estão fechados como se ele estivesse em um sono profundo.

Eu recuo, tropeçando.

Acabei de bater em meu filho.

Apoio as costas na porta do banheiro e vou deslizando por ela até o chão. Mordo a parte interna da bochecha para não chorar, mas aqueles soluços não aceitam ser ignorados. Eles me atingem como uma onda violenta do oceano, e eu mergulho nela.

TRINTA E TRÊS

KENDRA

Entrego o celular para Lindsey. O vídeo de Sawyer e de Jacob que encontrei ontem à noite já está selecionado e pronto para ser assistido.

— Estou dizendo: Jacob e Sawyer estavam tendo um relacionamento.

— E você sabe disso por causa de um vídeo? — Lindsey chacoalha a cabeça, incrédula.

Ela fita ao redor como se não soubesse onde olhar.

Pedi para Lindsey me encontrar no refeitório do hospital em vez de no quarto de Jacob. Eu não aguentaria vê-la interagir com ele nem estou com energia para conversa fiada, então aleguei estar com fome e querer tomar o café da manhã.

— Apenas assista. Você verá.

Empurro os ovos encharcados pelo prato e dou uma pequena mordida na torrada enquanto Lindsey vê o vídeo. Quanto mais o assisto, mais me convenço de que havia algo entre os dois.

Ela me devolve o celular de Sawyer com um dar de ombros distraído. Seu rosto está marcado pelo cansaço.

— Vai saber o que eles estavam fazendo...

— Tá falando sério? — Pego o celular de volta e aponto para o vídeo pausado. — Jacob está tentando ser sexy!

— Talvez eles estivessem gravando isso para uma menina.

Ela diz aquilo como se não quisesse que se tratasse dos dois. Lindsey nunca foi homofóbica – o que há de errado com essa mulher? Ela olha de novo para a tela.

— Ele faria o mesmo se estivessem gravando um vídeo para uma menina. De qualquer maneira, não vejo qual é o grande problema.

— Isso significa que os nossos filhos podiam estar ficando.

É impossível que ela não veja como isso é importante. Porque adiciona uma peça enorme ao quebra-cabeça. Não quero ser direta e ter que dizer, mas triângulos amorosos complicados são o motivo mais antigo do mundo.

— Todos ficam com todos hoje em dia, Kendra. É um mundo completamente diferente daquele em que crescemos. — Ela diz isso com aquele tom de voz de mãe iluminada que adquiriu depois do nascimento de Sutton.

Eu poderia contar para Lindsey muita coisa que ela não sabe sobre o mundo em que os nossos filhos viviam, mas não há necessidade de aborrecê-la mais quando é óbvio que ela está tendo um dia difícil. Jacob deve tê-la mantido em claro pela maior parte da noite.

— Certo, então tanto faz, todo mundo fica com todo mundo. Mas você não tem nada a dizer sobre a possibilidade de Jacob e Sawyer estarem ficando?

Não consigo imaginar como não ter. Não posso parar de pensar nisso. Fiquei revendo todas as fotos, e a conexão entre os dois é palpável. Como pudemos não notar? Será que eles transavam quando Jacob vinha dormir em casa? Desde quando aquilo estaria rolando?

E quanto a garotas? Elas também viviam lá em casa. Já as peguei na cama de Sawyer em mais de uma ocasião. Será que a minha casa era uma zona livre para fazer sexo? Não poderia ser, poderia? A ideia me deixa enjoada.

Eu vivia insistindo para Sawyer usar proteção. Lindsey morria de medo de Jacob engravidar uma garota e arruinar sua bolsa de estudos para a faculdade, mas eu é que precisava me preocupar. Jacob era tão inteligente quanto atlético – ele arranjaria outra oportunidade se estragasse as coisas por causa de uma garota. Sawyer, no entanto, nunca se importou com os estudos. Os esportes eram a única coisa que o mantinha na escola e longe de problemas, então nós o incentivávamos a praticá-los e a manter distância de garotas. Nós o encorajávamos a sair com meninas diferentes e não arrumar uma namorada séria. Talvez o tenhamos empurrado longe demais em outra direção.

Ela dá de ombros com indiferença mais uma vez.

— Eu me esforço ao máximo para não pensar nos meus filhos transando com alguém.

Que mentira deslavada. Lindsey está mesmo me dando nos nervos. Sua pequena atuação de "não tô nem aí" pode funcionar com os outros, mas não comigo. Por que ela está se dando ao trabalho?

Abaixo meu garfo.

— O que está acontecendo?

— Como assim? — Ela pisca rápido duas vezes seguidas.

Aponto para ela.

— Isso. Você está agindo como um robô. Para tudo o que digo, você fica, *Hum... não sei. Pode ser... Lá lá lá*. Você não é assim. — Gesticulo de cima para baixo, da sua cabeça aos seus pés. — E você está horrível. Passou a noite em claro?

Seu lábio inferior estremece e seus olhos se enchem de lágrimas. Eu não queria fazê-la chorar. Corro para o seu lado da mesa, ocupo a cadeira mais próxima e jogo o braço em torno de seus ombros.

— Conta para mim o que está havendo.

Seu corpo parece tão frágil perto do meu... Lindsey nunca se alimenta quando está estressada. Espero que isso não desperte o seu distúrbio alimentar. Ela é uma pessoa diferente quando ele está ativo. Talvez seja isso o que está acontecendo. Assim que eu sair daqui vou escrever para Dani e perguntar a sua opinião. Dani é sempre muito melhor do que eu em detectar os sinais. Além disso, Lindsey conta coisas para ela que não conta para mim. Ela acredita que não entendo seus problemas relacionados à balança só porque nunca tive problemas com o meu peso, ou algo assim. Ela sempre foi mais magra do que eu.

Lindsey sacode a cabeça. Prendo uma mecha de seus cabelos rebeldes atrás da orelha. Minha amiga enxuga as lágrimas furtivamente, mas as gotas estão caindo mais rápido do que ela consegue secá-las.

— Só estou cansada demais. É muito difícil cuidar de Jacob e ficar no hospital o tempo todo.

— Você precisa deixar as pessoas te ajudarem.

Ela está no próprio mundinho há quase um mês e me excluiu completamente, fazendo o mesmo com Dani. Era apenas uma questão de tempo até que cedesse à pressão.

— Você não está sozinha.

Lindsey pega o guardanapo ao lado do meu prato inacabado, assoa o nariz e o amassa. Ela respira ofegante algumas vezes, lutando para recuperar a compostura.

— Obrigada — agradece após finalmente se controlar.

— Sou sua melhor amiga. Estou sempre aqui para você. — Dou um beijo em seu rosto e continuo: — Não importa o que aconteça.

Mesmo que Jacob tenha matado Sawyer, porque ele está preso no purgatório – o que parece uma punição adequada por acabar comigo e destruir minha família.

TRINTA E QUATRO

DANI

Minha mãe coloca uma xícara de café diante de mim na mesa da cozinha. Quando Caleb e eu aparecemos na sua porta às duas da manhã, ela não fez nenhuma pergunta. Apenas nos mandou entrar como se estivesse nos esperando e imediatamente começou a preparar o quarto de hóspedes. Pego o jarro de creme e despejo uma colher de chá na caneca. Eu mal podia esperar para ter idade suficiente para beber café e usar este jarro. Sempre o achei tão fofo, com as margaridinhas estampadas em violeta na lateral... Às vezes, mamãe me deixava usá-lo para colocar leite no meu cereal, mas nunca era a mesma coisa.

Mexo o café enquanto minha mãe se serve de uma xícara. Ela se senta de frente para mim e envolve a caneca com as mãos da mesma forma que estou fazendo com a minha. Seu remédio para a pressão arterial está ao lado dos comprimidos para alergia e de uma pilha de correspondências fechadas no meio da mesa, bem como do abridor de cartas do meu pai. Já se passaram quase vinte anos desde que um câncer o tirou de nós, mas sua presença ainda inunda a residência como se ele nunca tivesse ido embora, como se pudesse entrar pela porta da frente a qualquer momento.

— Então? — pergunta minha mãe.

Ela pode ter se mantido em silêncio ontem, mas isso não significa que não espera algumas respostas esta manhã. Eu adoraria ter alguma para dar. Não cresci em um lar violento. Nunca vi meu pai bater em minha mãe. Ele raramente ficava bravo com ela e, quando ficava, fazia o possível para não levantar a voz, pelo menos na nossa frente. Eles se amaram mútua e respeitosamente por trinta e sete anos. Coisas assim não deveriam acontecer com pessoas como eu, que cresceram em bons lares, com pais amorosos. Não sou como as estatísticas. Não faço ideia de como cheguei a este ponto.

— Seja o que for, querida, vamos superar — começa ela depois que mais alguns segundos se passam e não respondo. — Todo casamento atravessa períodos difíceis. Seu pai e eu passamos por muitos ao longo do tempo, sobretudo quando vocês eram mais jovens.

Eu balanço a cabeça. Repeti essas exatas palavras tantas vezes para mim mesma que perdi a conta. No início, sempre que pensava em ir embora, me lembrava de como prometi amá-lo nos bons e nos maus momentos, apesar de tudo, não importando o que acontecesse, pois é isso o que significa ser casado. Bryan sabia como eu levava meus votos a sério e nunca deixava de mencioná--los quando sentia que eu estava escapulindo. Se não funcionasse, ele citava estatísticas sobre os efeitos prejudiciais de um divórcio sobre os filhos. Ele se aproveitava do meu comprometimento com a família.

— Tem alguém doente? — A cor se esvai do seu rosto com a possibilidade de ter que enfrentar outro desafio difícil no meio deste.

Faço que não de novo e começo a falar antes de perder a coragem e inventar uma história alternativa para encobrir meu marido, como já fiz tantas vezes antes:

— Duas noites atrás, Bryan bateu na Luna porque ela foi conversar com a Kendra apesar de ele ter proibido. Quer saber? O motivo não importa; foi errado. Ele bateu nela, e isso foi errado. Luna foi embora, na certa supondo que eu não faria nada a respeito, já que é sempre assim. Nunca tomei uma atitude durante toda a vida dela. Mas esse tempo acabou. Já era.

Minhas palavras se atropelam, saindo apressadas e desconexas, mas não consigo organizá-las direito.

— Não tenho ideia do que vai acontecer agora. Por favor, mãe, não fale com ele nem diga que estou aqui. Bryan vai descobrir onde estou. No entanto, mesmo assim, não quero que você fale com ele.

Meu olhar voa até a porta da frente. Meus pais nunca tiveram um sistema de alarme, contando apenas com uma fechadura antiga.

— Não o deixe entrar. — Estou ficando sem fôlego. Não posso parar. Ainda não. — O casamento estava muito ruim. Tipo o tempo todo. Lamento por ter mentido sobre isso, mas não quero falar a respeito agora, tá bom? Foi isso o que aconteceu. É por esse motivo que estamos aqui. Se eu entrar no assunto em detalhes, sou capaz de simplesmente desmoronar. Não posso fazer isso agora. Eu simplesmente não posso...

— Shhh... Calma, querida. Tá tudo bem. Acalme-se. — Minha mãe coloca a mão sobre a minha. — Você não precisa falar sobre nada que não queira.

Desmoronar não é uma opção. Caleb está lá em cima e precisa de mim. Luna está em algum lugar por aí e também precisa de mim, mesmo que ela nunca mais atenda às minhas ligações ou responda às minhas mensagens de texto.

— Tá. — Respiro fundo, me acalmando, esperando que minhas emoções continuem sob controle. — Podemos só nos concentrar em descobrir como ajudar Caleb a se sentir seguro novamente?

TRINTA E CINCO

LINDSEY

Apresso-me pelo corredor até a sala de conferências, onde deixei todo mundo esperando por quase dez minutos. Esqueci completamente da reunião com a equipe médica de Jacob. Voltei para o quarto dele depois do café da manhã com Kendra e perdi a noção do tempo. Quase contei a ela sobre Andrew, mas desisti no último segundo. Era ele quem vinha tendo um caso, mas, de alguma forma, sinto que fui eu quem fez algo errado, e preciso esconder aquilo. É certo chamar de caso? Meu marido não *fez* nada de fato. Ou fez? Visto que ainda não li nenhuma das suas conversas com a May, a dúvida e a suspeita obscurecem tudo o que ele disse. Morro de ciúme por eles terem apelidos um para o outro. Andrew e eu nunca tivemos apelidos.

Mais cedo, tive que passar a minha cadeira para o outro lado da cama de Jacob. Eu não conseguia parar de olhar para o ponto em sua coxa onde estavam os hematomas da noite passada, cobertos pelo lençol branco. Não acredito que fiz isso. Sempre me perguntei secretamente o que aconteceria se alguém o machucasse de verdade. Quando estão examinando seus reflexos e respostas, as enfermeiras e a equipe médica tomam tanto cuidado, como se ele fosse quebrar se usassem força demais. Sempre quis pedir que usassem mais força durante os exames, mas que tipo de mãe pede a uma enfermeira para machucar o seu filho? Obtive minha resposta, mas não gostei – Jacob nem se mexeu quando o machuquei. Tento afastar a culpa.

Costumávamos ter essas reuniões várias vezes por dia, porém, desde que nos transferiram de setor, elas diminuíram para uma vez a cada dois ou três dias. Abro a porta, murmurando minhas desculpas antes de entrar. Ocupo o primeiro lugar vago à direita.

Andrew está sentado ao lado do dr. Merck. Em outras circunstâncias, meu marido e eu coordenaríamos a nossa chegada para nos sentarmos juntos, mas desliguei o meu celular depois que Kendra saiu e não tornei a ligá-lo desde então. Talvez hoje seja um daqueles dias em que excluo o resto do mundo.

— Oi, Lindsey, bem-vinda. — O dr. Merck interrompe a conversa que está tendo com o dr. Levlon, à sua esquerda, para me cumprimentar.

O dr. Levlon é o anestesiologista de Jacob e só vem às reuniões quando falamos sobre cirurgias. Meu coração se enche de medo. Não posso lidar com mais uma cirurgia.

Andrew me olha nos olhos e abre um sorriso cansado. Direciono minha atenção para o outro lado da mesa, ignorando-o da mesma forma que fiz com suas mensagens a manhã toda até desligar o celular. Médicos e especialistas do andar de reabilitação ocupam o resto das cadeiras ao redor da mesa, embora a maioria deles não esteja familiarizada com o caso de Jacob. Reconheço a chefe do departamento de recursos humanos, Diana, sentada diante de Andrew.

— Oi, pessoal — digo, olhando pela sala antes de parar no dr. Merck, que sempre conduz essas reuniões.

Ele está conosco desde a entrada de Jacob no hospital. Merck já operava meu filho quando chegamos, em meio àquelas horas terríveis pairando num limbo entre o antes e o agora. Por mais irritada que eu possa ficar com ele, Jacob está vivo graças aos seus cuidados.

O dr. Merck cruza as mãos diante de si como se estivesse se preparando para começar uma oração. Ele tem quase sessenta anos, mas as rugas ao redor dos olhos são de alguém de setenta. Tantos anos lidando com crianças com lesões cerebrais afetariam qualquer um. Como de costume, ele não perde tempo e vai direto ao assunto:

— Gostaríamos de falar sobre a retirada de Jacob dos aparelhos.

Foi para isso que corri até aqui? Quantas vezes precisamos ter essa conversa? Eles estão tentando retirar Jacob dos aparelhos desde que ele falhou na escala de recuperação do coma três dias após o acidente e todos os dias desde então. As lesões em seu tronco encefálico significam que, mesmo se meu filho recuperar a consciência, poderá se esquecer de engolir e sufocar até a morte com a própria saliva. Pelo menos é o que dizem, embora ninguém tenha condições de nos dar cem por cento de certeza de ser realmente o caso, e eu já li muitas histórias em que não era. Sempre há um motivo diferente para quererem fazer isso, mas tudo se resume à mesma coisa, não importa o quanto tentem dourar a pílula com aquele jargão médico: eles perderam as esperanças de uma recuperação. Hoje não é um bom dia para falar comigo sobre esperança.

— Acreditamos que seria melhor...

Interrompo o discurso que ele está prestes a fazer. Já ouvi o suficiente para repeti-lo eu mesma.

— Por que passamos por todo o trabalho de uma traqueostomia para depois retirar o suporte de vida? Parece realmente desnecessário.

Andrew concorda.

— Depois de certo tempo, a intubação de longo prazo é prejudicial, e Jacob ultrapassou em muito essa janela. Conforme expliquei na ocasião, as infecções que começamos a ver continuariam surgindo, e provavelmente piorariam. Era a recomendação médica padrão para todos os pacientes com lesões cerebrais que atingiram um estado vegetativo. Por fim, queríamos deixá-lo mais confortável.

Ele pigarreia como se estivesse contente com a própria resposta e pronto para prosseguir, o que não me satisfaz. Passaram-se apenas alguns dias.

— Não existe maneira fácil de dizer isso, e eu sinto muito por nosso sistema médico atual muitas vezes reduzir pacientes a montantes em dólares. No entanto, sua seguradora se recusa a pagar para manter Jacob vivo em caso de morte cerebral.

— Eles podem fazer isso? — pergunta Andrew.

Não é a primeira vez que nosso seguro de saúde ameaça cortar a cobertura ou se recusa a pagar determinados procedimentos. As despesas de Jacob já ultrapassaram além da conta qualquer custo com o qual eles esperavam arcar.

— Ele foi declarado com morte cerebral do ponto de vista médico. Depois de tantos dias sem nenhuma mudança significativa, a seguradora pode, sim, solicitar o encerramento dos seus serviços. Para falar a verdade, estou surpreso por eles terem esperado tanto para enviar a papelada.

O médico faz uma pausa e olha para Diana antes de continuar:

— Muitas seguradoras com pacientes no estado de Jacob fariam isso em questão de dias. Os cuidados com ele teriam sido negados há muito tempo.

— Quer dizer que devíamos nos considerar sortudos? — Os olhos de Andrew cintilam de raiva.

— Mais uma vez, eu sinto muito. Adoraria que houvesse algo que eu pudesse fazer, mas não posso mudar o sistema, e já fizemos tudo ao nosso alcance por ele. — Os dedos do dr. Merck continuam entrelaçados.

— O que acontecerá se o retirarmos do suporte de vida e ele respirar sozinho? — Todos ao redor da mesa me olham como se eu fosse uma criança que acabou de perguntar como o Papai Noel entra nas casas sem chaminés.

— Como já expliquei antes, a probabilidade médica de isso acontecer é muito remota — afirma o dr. Merck da maneira prática costumeira.

A dra. Gervais, neurologista de Jacob, resolve se manifestar:

— Considerando a extensão dos danos cerebrais, sua chance de ganhar na loteria é maior que a de Jacob se manter vivo por conta própria.

— Sabemos disso — afirmo.

Ela não é a primeira médica a mencionar a estatística da loteria.

— Daremos um jeito de pagar pelos seus cuidados com o nosso dinheiro. — Andrew tem se oposto tão veementemente a desligar as máquinas de Jacob quanto eu.

Nós dois não vacilamos, não importa o que nos digam, ameaçando até envolver advogados se necessário. Nunca foi segredo que a maioria da equipe médica do nosso filho não concorda com as nossas decisões sobre os seus cuidados.

O dr. Merck e o dr. Levlon se olham. Os demais continuam em silêncio.

— Vocês fazem ideia de quanto custam os cuidados médicos contínuos de que Jacob necessita? — pergunta Diana do outro lado da mesa.

Ela está maquiada como se fosse para uma boate em vez de um emprego na administração de um hospital. Seus cílios postiços não combinam com o terno formal apertado no corpo.

Andrew dá de ombros.

— Dinheiro não é problema quando se trata do nosso filho. Outras famílias já estiveram na mesma situação e deram um jeito. Podemos arrecadar fundos. Posso arranjar mais um trabalho.

Já conversamos sobre o refinanciamento da casa para ajudar a pagar as despesas médicas que começaram a se acumular e todas as horas perdidas de Andrew.

Diana consulta um relatório aberto à sua frente, mas suspeito que ela já tenha gravado as informações contidas nele.

— Cuidar do Jacob custa mais de onze mil dólares por dia. São centenas de milhares de dólares por mês para sustentar uma vida artificialmente quando todos os sinais externos de vida cessaram.

— Vocês não podem nos pressionar a fazer algo que não queremos — devolve Andrew enquanto o meu coração se aperta.

— Não sei se estamos sendo claros. Essa é a próxima etapa indicada no tratamento médico dele, e seu seguro se recusou a pagar por qualquer outra coisa além dela. Sendo assim, depois que toda a papelada for encaminhada, não poderemos continuar a tratá-lo neste hospital. — O dr. Merck parece determinado.

O dr. Levlon, cujo rosto está tão sério quanto o do colega, concorda enquanto o dr. Merck fala, demonstrando seu apoio, e nos diz:

— Acreditamos ser do interesse dele.

— Bem, nós somos os pais dele e não acreditamos que seja. Há mais alguma questão sobre a qual precisamos conversar? — Meu marido arrasta a cadeira para trás, se afastando da mesa como se estivesse pronto para se levantar e ir embora.

— Sua seguradora se recusa a pagar pelo suporte contínuo, e o hospital tem o dever de não prolongar o sofrimento de Jacob — repete o dr. Merck.

— Sr. e sra. Grant — começa Diana para nós dois, endireitando-se no assento —, vocês podem lutar contra isso se quiserem e têm todo o direito de buscar aconselhamento jurídico para ajudá-los. Vocês podem até entrar em contato com o nosso departamento de recursos humanos e pedir uma ordem judicial para interromper esse processo. — Ela enfia a mão no bolso do terno e tira um cartão de visita, que desliza sobre a mesa para Andrew. — Algumas famílias na mesma situação optam por fazer exatamente isso. Aí estão os nomes de alguns advogados que elas já escolheram para auxiliá-las. Contudo, por favor, saibam que sua luta pode lhes render algumas semanas, talvez até um mês ou mais; eventualmente, porém, vocês receberão uma ordem judicial para deixá-lo partir. E sabem o que acontece a seguir? — Ela não espera a resposta. — Vocês terão usado cada centavo que possuem em honorários de advogados e custos judiciais. Portanto, perguntem a si mesmos o seguinte: isso é do interesse de seus outros filhos? Da sua família?

Andrew e eu não respondemos, atordoados.

— Talvez devêssemos ouvir o que mais eles têm a dizer — sussurro quando finalmente recupero a voz.

Não acredito que estou dizendo aquelas palavras, mas não parece haver escolha e eu não sei mais o que fazer. Minha vida está se desfazendo na minha frente, e não há nenhuma atitude que eu possa tomar para impedir.

Andrew balança a cabeça teimoso, repetindo "Não".

O dr. Merck desdobra as mãos e coloca uma delas nas costas de meu marido.

— Escute o que sua esposa está tentando dizer.

Não me escute. Não tenho ideia do que estou fazendo ou dizendo. Nunca me senti tão perdida ou sozinha. Sinto-me completamente sem chão.

— Como assim, Lindsey? — Andrew se levanta, corre até mim, se agacha ao lado da minha cadeira e põe a mão em meu braço. — O que está fazendo? Você quer mesmo tomar esse tipo de decisão no estado emocional em que se encontra?

Os olhos dele estão arregalados.

Eu afasto meu braço de sua mão.

— Eu não estou em nenhum estado emocional! — esbravejo.

É claro que estou. Não dormi nada na noite passada, minha cabeça lateja, meu estômago se revira de bile.

Ele aponta para minha aparência desgrenhada.

— Olha só para você. É evidente que não está emocionalmente melhor após descobrir...

Eu o interrompo, contendo as lágrimas.

— Não se preocupe com as minhas emoções.

Não posso lidar com a humilhação pública do caso dele além de todo o resto. Já estou desmoronando com o peso disso tudo.

O clima na sala fica ainda mais desconfortável.

— Tá falando sério? Você quer mesmo falar sobre desistir dele?

A voz de Andrew soa pesada de tristeza. Todos os olhares estão voltados para nós, mas ele é tudo o que vejo. Dou um aceno de cabeça quase imperceptível em sua direção. Ele segura minhas mãos para se firmar.

— Por que não damos a vocês dois um minutinho a sós? — sugere o dr. Merck.

* * *

Nosso minutinho a sós se transformou em quatro horas, mas não conseguimos sair da sala. Tudo vai mudar quando o fizermos. Estamos apenas prolongando o inevitável, mas não importa. Não estamos prontos.

Passamos a primeira meia hora chorando tanto que era impossível formular uma frase, quanto mais conversar sobre o que quer que fosse. Nós nos agarramos um ao outro, em um momento íntimo demais para palavras.

— O que a gente faz? — pergunta Andrew quando finalmente se afasta. Sua voz foi reduzida a nada além de pura dor.

— Ligamos para o Dan.

Parecia a coisa mais lógica a fazer, então foi isso o que decidimos. Mas o conselho dele não foi o que queríamos ouvir. Ele concordava com o que Diana dissera. Poderíamos até brigar para impedir, mas seria como tentar conter um trem em movimento. Situações como a nossa são como um divórcio – ninguém sai ganhando e todo mundo se machuca.

A estimativa de Dan quanto aos gastos na justiça foi maior que a de Diana. Andrew e eu não tínhamos como negar que aquela briga nos deixaria financeiramente arruinados, com mais dois filhos para criar. Sutton acabou de terminar o jardim de infância, e não demora muito para Wyatt começar a faculdade, o que dobrará nossos gastos com mensalidades. Seria justo com eles? Quais necessidades são mais importantes? Tudo aquilo me deixava doente.

Nossas lágrimas e nossa conversa cessaram. Andrew está com a cabeça deitada nos braços como se de castigo na sala de aula, exausto demais para fazer qualquer outra coisa. Eu torço um fio solto da minha camisa em volta do dedo repetidamente enquanto olho para os ponteiros do relógio. Lembro-me de respirar sempre que o ponteiro dos minutos chega ao número doze. Durante cinquenta e quatro minutos, ninguém bate na porta. Talvez signifique que, até que enfim, desistiram.

Meu marido ergue a cabeça. Seus olhos são como túneis atravessados por uma dor implacável.

— Eu sinto muito, Lindsey. — Sua voz falha no final.

Ele está falando sobre Jacob ou sobre nosso casamento?

— Este não é o momento. — Não posso ouvir suas desculpas agora, não importa sobre o que sejam.

— Eu sempre soube que seria castigado por isso.

Não há como confundir a referência. Sua culpa católica remanescente é grande, mas não podemos lidar com ela neste instante.

Seu casinho estúpido não é nada em comparação com a perda de nosso filho. É como se minhas entranhas estivessem sendo arrancadas. O peso daquela perda dificulta minha respiração. Precisamos sair desta sala e enfrentar o mundo – um mundo que nunca mais será o mesmo assim que atravessarmos a porta. As vidas inocentes de meus filhos estão destruídas. Eles tiveram o coração partido uma vez, e teremos que fazer tudo de novo antes que eles tenham a mínima chance de recuperação. Como explicar nossa decisão depois de tudo o que dissemos sobre Jacob e sobre não desistir?

Alguém bate na porta. Antes que tenhamos a chance de responder como antes, o dr. Merck passa a cabeça pelo vão.

— Lamento, mas é hora de falar sobre os próximos passos. Esperamos o máximo que foi possível.

TRINTA E SEIS

DANI

Caleb está espremido entre minha mãe e eu no sofá quando meu celular vibra com uma chamada. É a terceira nos últimos cinco minutos.

— Desculpa, pessoal, mas preciso atender. — Tiro os ombros de baixo do braço de Caleb e me levanto, limpando as migalhas de salgadinhos da frente da camisa.

— É a Luna?

Minha mãe desvia o olhar da TV, imediatamente esperançosa por um reencontro. Ela não faz ideia de quanto tempo Luna consegue me ignorar quando quer, então espera que a neta volte correndo a qualquer segundo, mas minha filha é capaz de sumir por semanas quando tem vontade.

Balanço a cabeça.

— Quem me dera. Estou pensando em passar pelo apartamento dela mais tarde para ver se as luzes estão acesas. Talvez eu fique um tempo estacionada na calçada. — Paro por um segundo. — Seria esquisito demais?

Caleb deixa escapar uma risadinha. A mamãe e eu congelamos. Isso é o mais próximo que ele chegou de emitir um som que não fosse chorar de soluçar ou gritar durante o sono. Será que ele percebeu? Devo dizer alguma coisa? Caleb põe mais pipoca na boca e continua focado no filme. A mamãe também está boquiaberta. Não quero estragar tudo.

Ela pisca como se tivesse recuperado de súbito os sentidos.

— Sim, é exagero, querida. Melhor não fazer isso. Dê um pouco de espaço para a pobrezinha.

Eu concordo, chocada demais com a pequena manifestação de Caleb para conseguir formar palavras.

Mamãe aponta para o aparelho na minha mão.

— Quer que a gente espere você enquanto faz sua ligação?

— Ah, é — respondo num tom agudo que não tem nada a ver comigo, mas Caleb não percebe. — Eu ia ligar de volta para Kendra. Ela já me ligou três vezes, então deve ser importante.

Obrigo-me a ir para a cozinha, mas fito minha mãe por cima do ombro ao passar atrás do sofá e murmuro um agradecimento para ela. Ela sorri de volta e se aproxima de Caleb. Os dois estão cobertos por uma das colchas de retalhos que mamãe faz. Desde o acidente não vejo meu filho relaxado assim. Meu coração derrete com as primeiras pontadas de esperança por uma recuperação.

Pego uma garrafa de água da geladeira e vou para o quintal.

— Eu sabia! Eu sabia! Eu sabia! — grito assim que a porta bate atrás de mim e não tenho mais como ser ouvida.

Eu giro, dançando de felicidade sob as estrelas. Saímos de casa há apenas um dia e ele já apresentou uma melhora. A mamãe está disposta a nos deixar ficar o tempo que for necessário para pensarmos no que fazer. Ela fala como se uma reconciliação fosse possível, mas só porque não sabe da história toda.

Aguardei notícias de Bryan o dia inteiro, mas não tive nenhuma. É a última coisa que eu esperava dele. Meu marido costuma me infernizar e se recusa a ser ignorado quando brigamos. O padrão dele é deixar broncas raivosas na minha caixa postal até enchê-la e passar horas enviando mensagens de texto furiosas, mas não houve nada disso. Não confio nada naquele sumiço repentino, mas não permitirei que ele estrague este momento.

Mal posso esperar para contar para Kendra sobre Caleb. Ela vai ficar tão animada! Toco no nome dela, que atende de cara, sem esperar que eu diga nada e sem se incomodar em me cumprimentar.

— Vão tirar o Jacob do suporte de vida amanhã — ela desabafa.

— O quê? — Todo o momento anterior desaparece naquele instante. — Não pode ser. É impossível que a Lindsey faça isso. Deve ter acontecido alguma coisa.

— Eu sei. — A preocupação de Kendra é palpável. — Isto é tão estranho. É como se ela tivesse mudado de ideia da noite para o dia. Isso é tão atípico para ela, especialmente depois de ter lutado tanto por ele. Não faz sentido.

Jacob passou por inúmeras emergências desde que chegou ao hospital e, em alguns momentos, tivemos certeza de que o perderíamos. Recebíamos ligações no meio da noite o tempo todo avisando sobre quedas nos níveis de saturação de oxigênio indicando que ele sobreviveria só mais um dia ou que o fluido acumulado em seu cérebro estava causando ataques, mas faz um tempo que não recebemos nenhuma.

— Talvez ele tenha piorado e só agora ela esteja tendo tempo de contar às pessoas — sugiro.

— Não sei mesmo. Ela me mandou uma mensagem há uma hora e pediu para eu te avisar.

Lindsey não podia ter enviado uma mensagem em grupo para nós duas? Por que sempre preciso descobrir coisas importantes através de Kendra? É uma reação infantil, mas ter consciência disso não a inibe.

— Você falou com ela? — pergunto, deixando o ciúme de lado e tentando agir como uma adulta.

— Foi só essa mensagem de texto. Não sei o que fazer. É por isso que estou te ligando.

Ela parece exausta.

— Creio que não há nada que possamos fazer a não ser estar com ela.

Tornei-me talentosa em estar com alguém passando por dores inimagináveis. Passei horas de luto e pavor com Caleb. No começo, eu me sentia tão impotente... Minha vontade era fazer algo para ajudá-lo a se sentir melhor, mas não era isso o que ele queria ou precisava. Meu filho experimentara algo terrível, vira coisas que nenhum jovem deveria ter que ver, e nenhuma palavra de conforto ou apoio tornaria tudo menos hediondo ou doloroso. Somente quando aceitei isso pude, de fato, dar apoio a ele.

Ficamos alguns instantes em silêncio até Kendra recomeçar:

— Acha que ela espera que estejamos lá quando acontecer?

— Presumo que sim.

Ela arfa bruscamente.

— Não sei se posso fazer isso. — Sua voz treme. — É muito recente... É que...

Eu não a espero terminar a frase.

— Claro. Tenho certeza de que Lindsey vai entender.

TRINTA E SETE

KENDRA

— Lindsey vai entender, né? — pergunto ao Paul.

Ele está curvado sobre o dever de Álgebra na nossa mesa de jantar, tentando resolver o problema do qual Reese já desistiu há uma hora, antes de subir para tomar banho. Nosso filho ainda precisa fazer todas as suas tarefas e trabalhos de casa durante a suspensão, ou seja: estamos substituindo seus professores. Paul fez a maior parte do trabalho para ele.

Já passei quase dois dias sem um comprimido, e estou andando por aí como se fosse coberta de Teflon porque um solavanco pode me mandar para o abismo novamente. Não escuto nada estimulante para conseguir manter as emoções sob controle. Nada de música. Nada de redes sociais. Livros. Fotos. Nada. Não quando estou tentando funcionar no mundo. Mesmo assim, mal consigo me controlar. Tive um colapso no posto de gasolina ontem à noite e ainda não consegui atravessar o supermercado sem ter um ataque de pânico.

— Eu não tenho como estar lá para… Viu? Não consigo nem dizer as palavras.

— Você não precisa estar — afirma Paul, me deixando escapar daquilo como Dani fez antes.

Fico tão grata pela compreensão dele quanto fiquei pela dela.

— Você vai?

Ele balança a cabeça.

— Mandei uma mensagem para Andrew perguntando se ele queria que eu fosse, mas ele afirmou que não.

— Ainda não consigo entender a indiferença dela quanto ao vídeo.

Paul concorda comigo sobre a tensão sexual entre Sawyer e Jacob no vídeo. Mostrei a gravação para ele assim que a encontrei, e sua reação foi idêntica à minha. É estranho falar sobre isso na véspera da morte de Jacob, mas, em minha cabeça, ele não está mais aqui. Lindsey demorou tanto para aceitar... Eu disse a Paul para me deixar partir imediatamente caso um dia eu tenha morte cerebral. Não gostaria de viver assim. Aquilo não é viver.

— Por falar nisso, andei examinando os vídeos e as fotos da casa Delta Tau naquela noite. — Ele sorri como uma criança na escola.

Não espero nem um segundo para me intrometer:

— Descobriu alguma coisa?

Paul me surpreendeu com suas habilidades de perseguidor virtual. Ele vem trabalhando na missão desde que Luna nos contou sobre a festa na Delta Tau, procurando qualquer coisa relacionada aos meninos. Meu marido quer culpar alguém, e uma fraternidade universitária cheia de menores de idade bebendo é o lugar perfeito para apontar o dedo.

Ele empurra de lado o dever de Reese, pega o seu *laptop* e o abre. Há imagens e vídeos de redes sociais na tela. Os vídeos são difíceis de conseguir. A maioria foi postada em formato de *stories* e desapareceram em vinte e quatro horas.

— Não há quase nada daquela noite. Esses jovens não são burros. Garanto que apagaram tudo assim que o detetive Locke apareceu fazendo perguntas.

— Não confio nele.

Como Locke poderia saber sobre a festa e esconder da gente? Só há uma resposta: ele não confia em nós, e é impossível confiar em alguém que não faz o mesmo por você.

— Locke só está fazendo o trabalho dele. De qualquer forma... — Paul clica em um dos vídeos, ampliando-o para tela cheia — ... comecei a pensar: quais são as chances de aquela ter sido a primeira vez dos meninos em uma festa na Delta Tau?

Concordo com a cabeça ansiosamente. Estou gostando do rumo da conversa.

— Os meninos já estiveram lá algumas vezes antes. Nosso filho gostava um bocado de festa. — Ele cutuca meu ombro. — Parecia a mãe dele.

Eu o empurro de brincadeira.

— Cala a boca!

Paul e eu reatamos o namoro em uma festa de fraternidade da faculdade, depois de nos formarmos na escola. Ele invadiu o banheiro em que eu estava e vomitou na pia. Agora, ele me beija na bochecha e eu rio, mas minha risada fica presa na garganta, como se eu tivesse quebrado uma regra não verbalizada: você não tem permissão para se divertir depois da morte de um filho, ou estará desrespeitando a memória dele. Paul não percebe e continua como se estivesse tudo bem. Como ele consegue fazer isso?

— Andei pesquisando em outras festas e finalmente tive sorte. Encontrei isto, no meu horário de almoço.

Ele aperta o *play*. A tela se enche com jovens se mexendo sem parar. Conversa alta, risos e música ao fundo. Sawyer aparece dançando sem camisa, os braços para cima, segurando uma cerveja em uma das mãos e cumprimentando alguém com a outra. Seu habitual sorriso se espalha pelo rosto. Uma garota passa pela multidão e começa a se esfregar nele. O sorriso dele fica ainda mais largo. Paul dá uma pausa no vídeo e o amplia. Ele não diz nada. Seja o que for, Paul quer ver se eu mesma percebo sem a influência dele.

No começo, não consigo tirar os olhos de Sawyer e da garota dançando praticamente em cima dele, mas não há nada de errado com os dois. Eles não poderiam parecer mais felizes. Então, volto a atenção para o resto da cena e logo vejo Jacob parado na entrada do mesmo corredor por onde o casal acabou de passar. Ele está encostado no batente da porta de braços cruzados, olhando para Sawyer e a garota. Suas feições parecem distorcidas de raiva, de fúria. Só há uma forma de descrever o brilho em seus olhos: assassino.

TRINTA E OITO

LINDSEY

Já se passaram cinco horas desde que desligaram os aparelhos de Jacob. Andrew e eu permanecemos grudados em nossos lugares ao lado da sua cama. Minhas costas doem de ficar curvadas assim por tanto tempo, mas não consigo me mexer, nem Andrew. A cabeça de Jacob está apoiada e sendo embalada em meu braço esquerdo, enquanto meu marido segura seu ombro, descansando uma das mãos de leve em seu peito. Nós nos revezamos conversando com ele. Às vezes, cantamos; outras, lemos. Nossos rostos estão encharcados de lágrimas; os lençóis brancos que o cobrem ficam molhados.

A enfermeira entra toda hora para perguntar se precisamos de alguma coisa. Água? Comida? Usar o banheiro? Recusamos toda vez, e toda vez ela assinala que tudo bem nos sentarmos um pouco ou caminharmos para esticar as pernas, já que pode ser um processo demorado. Na última vez em que ela entrou, Andrew gritou para que nos deixasse em paz. Espero que ela respeite.

O momento em si foi rápido. Depois que todas as máquinas foram desconectadas e tudo estava pronto, vimos um movimento apressado para cima e o tubo sendo retirado da sua garganta. Eles tamparam o orifício da traqueostomia e recuaram enquanto prendíamos a respiração e esperávamos o que aconteceria a seguir.

Andrew e eu estávamos um de cada lado do leito, nas mesmas posições em que estamos agora. Wyatt e Sutton se despediram antes de tirarem Jacob das máquinas. Nós não os queríamos no quarto, no caso de Jacob ser uma daquelas pessoas que parecem sufocar até a morte. Os dois estão na sala de espera com os outros. Reunimos um grupo pequeno: apenas a família e os amigos mais próximos.

A respiração e a frequência cardíaca de Jacob devem diminuir e depois parar. Escuto com espanto os sons dele respirando sozinho exatamente como escutava quando ele era um recém-nascido. Ele foi meu primeiro bebê e tudo era novidade. Portanto, como qualquer mãe de primeira viagem, eu estava sempre atenta a tudo o que ele fazia. Passava horas olhando para meu filho adormecido, tão fascinada quanto amedrontada. Se ele dormisse por tempo demais, eu encostava o dedo sob seu nariz para ter certeza de que ainda respirava. Nunca passei um minuto sequer olhando para Wyatt ou Sutton dormindo. Não porque eu não quisesse, mas porque nunca havia tempo suficiente para me sentar e observá-los adormecidos.

Mais uma vez, sou levada de volta à sua infância. O círculo da vida, embora este círculo tenha sido quebrado e esteja retrocedendo. Era ele quem deveria me assistir voltando à infância, não o contrário.

* * *

— Quanto tempo ele pode continuar assim? — Andrew pergunta a Manuel, um enfermeiro, assim que ele entra na sala.

As olheiras de Andrew estão escuras como se estivéssemos acordados há dias. Essas oito horas foram terrivelmente longas. Da última vez que Jacob oscilou entre a vida e a morte, nossa adrenalina estava a mil ajudando a nos escorar. O sentimento de desolação não tem o mesmo efeito.

Manuel ajusta os travesseiros atrás da cabeça de Jacob como se isso fizesse alguma diferença, mas entendo a necessidade de fazer algo que não seja apenas ficar sentado em silêncio ao lado de uma cama. É a segunda mudança de turno; então, se Jacob decidir continuar respirando, Manuel estará conosco nas próximas oito horas.

— Como os médicos explicaram esta manhã, a maioria leva cerca de seis horas para falecer. Alguns, um pouco menos. Outros, um pouco mais.

— Sim, mas quanto tempo? — Andrew não aceita respostas vagas. Ele gosta de encurralar os enfermeiros, como se eles fossem lhe dar mais informações do que os médicos.

— Não temos como prever. Não existe certeza médica quanto a nada disso. — Manuel é alto, musculoso e tem os cabelos loiros bem claros rapados de cada lado, com um redemoinho na nuca.

— O que significará se ele continuar respirando sozinho? — Há um toque de esperança na voz de Andrew.

Não faça isso, Andrew. Por favor... não.

— Poderá significar muitas coisas diferentes. Esses processos levam tempo. Às vezes, os mais jovens lutam para se segurar. Pode ser útil os seus entes queridos lhes darem permissão para partir...

— Nós temos feito isso — interrompe Andrew.

Ele tem feito isso. Eu não. Não consigo mandá-lo partir quando quero gritar "não me deixe".

— Ah, isso é ótimo — diz Manuel, como se tivéssemos feito algo do que nos orgulhar.

Ele verifica outra vez a única máquina à esquerda da cama, que monitora os sinais vitais de Jacob para indicar quando sua respiração e seus batimentos cardíacos pararem.

— O dr. Merck virá aqui no final da noite para conversar sobre o que vocês gostariam que fizéssemos nesse ínterim.

Que maneira estranha de se referir à lacuna entre o agora e a morte. Quanto mais esse tempo se estende, mais sinto medo de sair, porque significa que a partida dele está mais próxima e eu não quero perdê-la. Não tenho condições de imaginar que eu não esteja segurando sua mão quando meu filho der o passo final. Prendi o xixi durante tanto tempo hoje que provavelmente terei uma infecção urinária. Uma hora, acabei não aguentando mais e disparei pelo corredor para voltar o mais rápido possível, sem perder tempo sequer lavando as mãos na pia do banheiro. Usei a do quarto de Jacob em vez disso.

— Há algo que possamos fazer para facilitar as coisas? — Odeio pensar nele sofrendo.

— Nada além de esperar — declara Manuel, se preparando para sair. — O dr. Merck virá em breve para falar sobre as próximas etapas.

Não deveria haver outra etapa. Isto deveria ser o fim.

TRINTA E NOVE

KENDRA

— Em primeiro lugar, quem é a garota? Já sabemos? — Amplio a imagem capturada do vídeo e a examino como se eu pudesse ter perdido algum detalhe nas primeiras dez vezes em que a ampliei.

É uma linda jovem de pele morena e cabelos escuros e cacheados, que ela joga sobre os ombros sedutoramente a cada poucos segundos. A menina usa uma regata branca apertada, que deixa à mostra um sutiã preto por baixo, e uma calça jeans rasgada que realça as pernas compridas. Eu não a reconheço como uma das garotas que Sawyer já trouxe para casa, mas ele também não trazia muitas. Presumi que era por não ter uma namorada séria, coisa que ele também dava a entender, mas talvez não fosse o caso. Talvez meu filho tivesse uma namorada.

Ou um namorado. A ideia surge meio segundo depois. Talvez Jacob?

Paul alterna para uma das outras abas abertas, exibindo capturas de tela do *Instagram* da moça. Libby Walker, caloura na Berkeley. As fotos dela são tudo o que mais odeio na rede social: pouca roupa e poses sedutoras com frases cafonas sobre como aproveitar o dia e ser sua melhor versão nas legendas.

— Vasculhei todas as contas dela nas redes, assim como as dos seus amigos mais próximos. Não há mais nenhuma foto dela e do Sawyer juntos. Também não consegui encontrá-los juntos em nenhuma foto em grupo. Assim, aposto que se trata apenas de uma garota qualquer com quem ele dançava na festa naquela noite.

Diminuo o *zoom* e volto, centrando no rosto de Jacob.

— Não consigo identificar se ele está com raiva do Sawyer ou dela, e você?

Paul balança a cabeça.

— Já ampliei essa coisa e assisti ao vídeo pelo menos cem vezes desde que o encontrei. Tentei descobrir isso em provavelmente todas. Juro que não sei dizer. A única coisa certa é que ele está irado.

— Eu nunca o vi tão zangado. Nunca.

Jacob puxou a Andrew nesse sentido: calmo, moderado.

— Será que o detetive Locke viu isso? — comenta Paul, pensando em voz alta.

Não falo com Locke há quase vinte e quatro horas. É o máximo de tempo que passamos sem ter contato desde que ele entrou em nossas vidas, mas de que adianta se ele não nos conta toda a verdade? É o mesmo que mentir para mim.

— Você mandou isso para ele, Paul?

— Ainda não.

— Vai mandar?

Ele inclina a cabeça de lado, me olhando com curiosidade.

— Eu nunca considerei não mandar. Acho que não imaginei ter essa opção.

Dou de ombros.

— Bem, ele não tem sido sincero e aberto conosco.

— Isso é bobagem. Além do mais, o que temos a ganhar escondendo isso do detetive? Não podemos fazer nada por conta própria. Tipo sair por aí e interrogar a moça pessoalmente.

— Você tem razão. — Odeio admitir, mas ele tem.

— E, para ser franco, ainda confio nele.

Eu bufo.

— Claro que confia.

— O que quer dizer com isso? — Meu marido ergue as sobrancelhas, ofendido.

— Você sempre pensa o melhor das pessoas.

— Ceeeerto — ele arrasta a palavra. — Lamento pelo meu otimismo, tá?

Meu celular vibra com uma notificação, fazendo meu coração parar de bater. Tem sido assim o dia todo. Estamos desde o café da manhã esperando notícias de Jacob. Normalmente, eu não pegaria o celular no meio de uma conversa porque sei como isso enlouquece Paul, mas pode ser alguma atualização. Ele se cala, e eu verifico o que é.

— E aí? — Paul está tão ansioso por notícias quanto eu.

— Ele ainda está respirando sozinho — respondo com descrença. — Talvez a Lindsey receba o milagre dela, afinal.

QUARENTA

DANI

Esperar alguém morrer é muito parecido com esperar alguém nascer. O hospital nos deu um quarto particular enquanto aguardamos mais atualizações sobre Jacob. Há quadros de paisagens em cada parede; uma do topo das montanhas cobertas de neve e as outras de praias. Uma TV no canto repete uma sequência infinita de comerciais hospitalares porque não dá para mudar de canal, mas alguém deve ter ligado antes para ter mais do que apenas silêncio para ouvir. Eu gostava mais do silêncio. Duas mesas cheias de revistas velhas e alguns livros doados ocupam o espaço entre os sofás e as cadeiras.

Há poucas pessoas no cômodo: apenas parentes próximos e amigos íntimos, mas ainda parecemos lotar o espaço. Wyatt parece infeliz por estar preso em um quarto apenas com adultos e a irmã caçula. Pobre Sutton. Alguém realmente devia levá-la para casa. Nós nos revezamos para distraí-la, e neste momento a mãe de Lindsey passeia pelos corredores com ela de novo.

O que fazer se ele não morrer logo? Como decidimos quem fica aqui e quem vai embora? São quase seis da tarde, e eu cheguei às oito da manhã. Nunca pensei que ficaria aqui o dia todo. Ninguém pensou.

Não posso ficar mais. Preciso conversar com minha mãe sobre Bryan. Ela está me mandando mensagens sem parar a respeito, e o meu medo é de que tente bancar a casamenteira e acabe marcando um encontro surpresa entre nós dois para resolvermos as coisas. Ela já aprontou essa antes – Bryan a conquistou desde o primeiro dia; aos olhos dela, ele é incapaz de errar.

Não era para eu ter sido filha única. Minha mãe queria muitos filhos – pelo menos três, ela sempre dizia –, mas a cesariana inesperada terminou em uma histerectomia de emergência para ela. Mamãe jura que meu pai era o seu verdadeiro amor e que ela nunca mais namorou, mesmo depois de todo esse tempo, de modo que a atenção e a adulação de meu marido a conquistaram de cara. Ainda conquistam.

Não sei como fiquei surpresa ao descobrir que Bryan estava mandando mensagens para ela, mas, mesmo assim, meu estômago foi até a boca.

"Não fale com ele!", escrevi depois que ela finalmente admitiu que os dois vinham se comunicando. Tive que perguntar sobre o assunto três vezes antes de arrancar sua confissão.

Desconfiei quando ela começou a sondar por que saímos de casa e a me perguntar se eu estava bem de uma forma que implicava que o problema era comigo. Essa era uma das táticas favoritas de Bryan: levar todos a pensarem que *eu* era a louca. Tentei deixar Bryan logo após o nascimento de Caleb. Ele passara um fim de semana inteiro bebendo na frente da tv, e aquilo desencadeou um ataque verbal brutal contra mim como qualquer soco, me deixando igualmente paralisada. Bati na porta de minha mãe com as crianças quase exatamente como fiz duas noites atrás, exceto que era dia e eu nunca disse que pretendia deixá-lo. Ela supôs que eu tinha apenas resolvido fazer uma visita surpresa.

À medida que o dia passou, comecei a me questionar e a me perguntar como criar dois bebês sozinha. Conforme Caleb se agitava e Luna, do alto dos seus dois anos de idade, se recusava a cooperar com qualquer coisa, minhas dúvidas só aumentavam. Bryan apareceu na hora do jantar e a mamãe o recebeu como se estivesse à sua espera aquele tempo todo. Não fiquei surpresa quando ele chegou naquele dia, mas sempre me perguntei o que teria acontecido se eu não tivesse entrado no jogo dele.

No entanto, eu entrei e o segui quando ele saiu da casa, me despedindo da minha mãe como se o dia tivesse se desenrolado de acordo com o plano. Assim que entramos no carro, dei meu primeiro ultimato: "Se você não parar de beber, eu vou embora". Bryan apenas riu, e voltamos para casa sem ele jamais concordar em parar. Foi quando percebi que tinha algo muito errado comigo, mas não da maneira que ele dava a entender para os outros.

Mamãe me importunou por horas porque eu não queria detalhar o que vinha acontecendo por mensagem. Ela ficava dizendo que eu não tinha que contar tudo e que ela só precisava de uma ideia geral para saber melhor como agir com ele. Só que esse não é o tipo de conversa que você tem por mensagem.

Bryan, por sua vez, me ignorou completamente. Depois de anos de ameaças sobre o que aconteceria se eu o abandonasse, essa é a postura que eu menos esperaria. Mamãe me enviou *prints* das mensagens que ele mandou para ela. Eram doces, repletas de adoração e preocupação:

> Estou muito grato porque a Dani tem um lugar para ficar.

> Obrigado por cuidar da minha família durante este momento difícil. Espero que você consiga ajudar a Dani a entender tudo pelo que ela está passando.

> Por favor, me avise se eu puder fazer alguma coisa ou se você quiser conversar. Estou aqui.

Estou furiosa. Como Bryan ousa tentar virar minha mãe contra mim? Tenho de ir para casa e explicar tudo a ela. Olho para o relógio, convencida de que mais uma hora se arrastou, apenas para ver que se passaram apenas doze minutos desde a última vez que olhei. Pego as minhas coisas e aceno com a cabeça para o pai de Lindsey. Ele fica agradecido pela distração e corre até mim.

— Preciso ir. Tenho que cuidar de alguns assuntos em casa. Eu sinto muito — sussurro.

Há algo em salas de espera de hospitais que leva todos a falarem em voz baixa, quer seja necessário, quer não.

Ele me dá um abraço apertado.

— Não se preocupe. Foi um longo dia. Nenhum de nós esperava ainda estar aqui.

Olho para o corredor que leva ao quarto de Jacob. Nenhum sinal de atividade. Os médicos mal entram lá.

— Pode dizer à Lindsey que a amo quando ela sair?

* * *

Assim que saio dali, sinto o ar frio soprar em mim e o aceito com prazer. Que bom que nunca tive que viver entre as paredes de um hospital. Não sei como Lindsey consegue. Ela é de uma categoria especial de supermulher.

Corro até o carro, ansiosa para chegar logo em casa e conversar com mamãe. Pego o celular para avisar que estou indo.

— Oi, Dani.

Bryan surge de trás da minivan estacionada ao lado do meu carro. Eu congelo enquanto ele a contorna e se aproxima de mim.

— Como estão as coisas lá em cima? — Ele aponta para o hospital.

Não se deixe enganar pela sua falsa preocupação.

— O que está fazendo aqui? — Examino discretamente o estacionamento em busca de câmeras, e me movimento para a esquerda para ficar mais perto da luz.

Meu marido dá mais um passo em minha direção, e eu recuo. Ele ri da minha reação como se achasse aquilo divertido.

— Por que está tão nervosa?

— Estou cansada. Foi um longo dia e quero ir para casa.

— Então, vamos. Por que não deixa o seu carro, já que teve um dia tão longo, e vamos para casa no meu?

Ele tenta passar o braço ao meu redor, mas me afasto.

— Por favor, Bryan. Eu só quero ir embora.

Ele bloqueia a porta com o corpo. Xeque-mate.

O ar entre nós é elétrico, pesado.

— Estou muito preocupado com você. — Ele infla o peito, os músculos aparecendo sob a camiseta branca, e completa: — Suas amigas também.

— Não, elas não estão. Minhas amigas vêm lidando com muita coisa. Elas não têm tempo para se preocupar comigo.

Não se deixe enganar pelas suas mentiras.

— Não me refiro à Lindsey e à Kendra.

Com quem mais ele tem conversado? Eu não sou próxima de mais ninguém. Ele está falando sobre minha mãe?

Eu me contenho antes de afundar mais no buraco negro criado por seus pensamentos delirantes.

— Eu gostaria que você se afastasse da minha porta para eu entrar no meu carro e ir para casa da minha mãe. — Digo isso com a mesma calma forçada e o calculismo com que costumava falar com os nossos filhos quando eles eram pequenos.

— Que impressão pensa que vai dar quando a polícia descobrir que você teve um colapso nervoso e tirou Caleb de casa? — Ele arqueia as sobrancelhas e zomba de mim com desdém.

Meu estômago embrulha. Uma fúria incandescente pulsa dentro de mim. *Respire. Não se defenda. Não importa, de qualquer maneira. Ele vai simplesmente distorcer suas palavras até elas contarem uma história que você não reconhece.*

— Já pedi para você sair da frente, e não vou pedir de novo — devolvo com o máximo de autoridade que consigo reunir, tentando manter firme o tom de voz.

Ele começa a rir.

— Não vai me pedir de novo? O que pretende fazer, Dani?

Ele se alimenta do seu medo. Não deixe que o perceba.

— Se não se afastar de mim, vou chamar a polícia.

— Por qual motivo? Por eu estar parado em um estacionamento público? — Bryan agarra meu braço, cravando os dedos em mim. — Você me dá nojo.

Bryan me empurra ao soltá-lo, fazendo-me tropeçar para trás. Ele dá meia-volta e começa a se afastar.

Pulo para dentro do carro e bato a porta, travando-a o mais rápido possível. Meus dentes batem como se eu estivesse com frio. Calafrios percorrem todo o meu corpo. Não consigo impedi-los ou controlá-los. Minha perna e meu pé tremem sobre o freio quando ligo o motor. Começo a dar marcha à ré, a câmera retrovisora mostrando as costas de Bryan ainda atravessando o estacionamento. Saio rapidamente dali e sigo rumo à casa de minha mãe.

Por favor, não deixe que ele me siga até lá.

QUARENTA E UM

LINDSEY

— Se ele passar desta noite, pediremos outra tomografia computadorizada. — São nove horas, e o dr. Merck finalmente conseguiu ir nos ver. — Nós podemos...

Ergo a mão para interrompê-lo:

— Isso quer dizer que existe uma chance de Jacob sobreviver a esta noite e superar isso?

Ele balança a cabeça.

— Não é isso o que estou dizendo. A probabilidade de Jacob ter qualquer atividade cerebral é mínima.

O doutor diz a mesma coisa antes de cada tomografia, e o relatório é sempre igual – dano cerebral generalizado –, mas ele já se enganou uma vez sobre o assunto. O dr. Merck me vê agarrada à possibilidade, apegando-me a ela enquanto minha mente trabalha a mil, imaginando, questionando. Ele afrouxa a gravata.

— Então por que se dar ao trabalho de uma tomografia? — pergunta Andrew. — O que estão procurando?

O dr. Merck parece desconcertado, embora nunca vacile. Será que está escondendo alguma coisa? De repente, nada disso parece certo.

— Queremos ter certeza de que tudo continua igual antes de avançarmos para a próxima fase. — Ele pigarreia e acrescenta: — Se Jacob continuar a sustentar a própria função respiratória, poderá começar a sentir dores musculares decorrentes da desidratação. Seria uma cena difícil de assistir e, como devem imaginar, muito difícil de vivenciar também. É algo estressante para os pais e entes queridos.

Do que ele está falando? Ninguém havia falado de nada disso. Jacob não deveria sentir dor. Era para ser rápido e indolor. Foi o que o doutor disse. Ele prometeu.

A expressão preocupada de Andrew espelha a minha.

— Por que ele sentirá dor?

— Após alguns dias de desidratação severa, os músculos sofrem câimbras. As piores costumam ser nas pernas, e as pernas dele são bem musculosas. A boa notícia é que elas passam relativamente rápido e podemos dar analgésicos para ajudar.

Meu mundo está girando, balançando e tremendo. Como ele sentiria dor se está paralisado? "Sem atividade do tronco encefálico" – é isso o que dizem os relatórios. Danos no córtex cerebral esquerdo.

— Mas Jacob está respirando. — Meu coração bate forte; ouço a pulsação latejar. — E há mais de doze horas.

— Sim, isso foi inesperado — admite ele com uma objetividade distante.

— Sendo assim, o que podemos esperar? — Andrew torce as mãos, desesperado por algo em que se agarrar.

— Sinto muito, mas não existe certeza médica quanto aos cuidados terminais.

QUARENTA E DOIS

DANI

— Só não sei como você pôde manter *este tipo* de relacionamento por todos esses anos e nunca me contar — diz mamãe.

Quando cheguei em casa do hospital, ela me esperava com chá de lavanda e camomila. Levei dez minutos para me acalmar, mas, assim que consegui, comecei a contar a partir do confronto com Bryan no estacionamento mais cedo e fui retrocedendo, revelando todos os segredos que enterrei por todos esses anos.

— Não houve apenas um motivo, mamãe. Foram vários. O principal era que eu mesma não queria acreditar. Contar a alguém tornaria tudo real. Eu tinha vergonha.

E eu o amava, mas não digo essa parte porque me faz parecer ainda mais patética do que já me sinto. Entretanto, é verdade. Nunca me apaixonei por ninguém como me apaixonei pelo Bryan.

Por anos, pensei que eu ia terminar ficando com Paul. Alimentei uma paixão secreta por ele por todo o ensino médio, embora nunca tenha dito uma palavra sobre os meus sentimentos a ninguém, muito menos à Kendra. Ela ainda se refere a si mesma como a capitã das líderes de torcida sempre que fala daquela época, mas éramos cocapitãs. Paul era o zagueiro e a estrela do time, então fazia sentido me unir ao seu melhor amigo, Josh – que por acaso também era a estrela dos *running back*. Lindsey se sentiu deixada de lado e não ficou muito feliz por termos formado casais. Aquilo resultou em todo tipo de ciúme e tensão, mas o quarteto era uma combinação tão fácil... Além disso, Lindsey poderia ter ingressado no grupo, mas ela nunca teve namorado fixo no colégio. Eu não me senti mal por isso na época, mas, quando vi Jacob e Sawyer deixando Caleb de fora no futebol ao longo dos anos, me dei conta de como deve ter sido doloroso para ela.

Estar com Josh me permitia estar perto de Paul, e eu vivia tentando dar um jeito de ficar a sós com ele. Ainda sentia que ele era meu e nunca teria dado permissão à Kendra para namorá-lo se imaginasse que o relacionamento ficaria sério.

Apesar de como as coisas começaram, Josh e eu tivemos um último verão incrível, inclusive conversando sobre continuarmos juntos mesmo indo para faculdades em costas opostas do país. Eu o amei do jeito que a gente ama quando é jovem demais: de todo o coração e despreocupadamente. Josh terminou comigo na segunda semana do primeiro ano de faculdade e começou a transar com todo mundo na Tulane. Eu namorava e saía, mas, até conhecer Bryan no final do meu primeiro ano, nunca mais tive um relacionamento sério. Bryan estava quase se formando e era totalmente diferente de Josh, o único relacionamento que eu tinha para usar como comparação.

Bryan me levava para sair em encontros apropriados, coisa que ninguém nunca fizera antes. Por isso, logo pareceu que eu estava entrando em um filme romântico antigo no qual os homens se dão ao trabalho de namorar as mulheres formalmente. Ele me buscava com seu Porsche restaurado e me levava para jantar em restaurantes caros, com porções diminutas pelas quais eu nunca poderia pagar sozinha. Bryan não fazia nenhum dos joguinhos idiotas que os outros universitários faziam, fingindo gostar de mim um dia e me ignorando no dia seguinte. Ele me cobria de atenção e elogios, e eu engoli tudo aquilo como um cachorrinho faminto. É difícil imaginar que um dia fui tão ingênua.

— Além disso, ele bateu na Luna — declaro para minha mãe, afastando aquelas lembranças. — Isso supera tudo.

Ela me surpreende ao desviar o olhar.

— Bem, é um momento muito estressante e as pessoas podem ter reações incomuns quando as coisas estão caóticas assim.

Ela vem respondendo às mensagens dele. É por isso que eu lhe disse para não se comunicar com ele: porque eu sabia que Bryan daria um jeito de manipulá-la e distorceria tudo de acordo com sua lógica perturbadora.

— Ele não bateu na Luna porque estava estressado; ele bateu porque estava irado. — Tento controlar o tremor na voz. — Sabe qual é o maior motivo para eu nunca ter contado o que estava acontecendo no meu casamento a você ou a qualquer outra pessoa, mãe? — Eu a encaro sem lhe dar uma chance de responder. — Por ter medo de que não acreditassem em mim.

Arrasto para trás a cadeira em que estou sentada, e ela se choca contra na parede.

— Não estou dizendo que não acredito em você, querida. Mas é que... você me parecia tão feliz... Só isso. — Ela toma um gole de chá.

É difícil para minha mãe entender como o homem que ela amou como um filho por mais de vinte anos pode ser o mesmo autor de todas as coisas horríveis que passei a última hora descrevendo. Todos os xingamentos, as espionagens, as ameaças de levar as crianças se eu fosse embora e os buracos que seus socos deixavam nas paredes da casa durante os acessos de fúria. Por algum motivo, ela ficou especialmente horrorizada quando contei que peguei Bryan mentindo sobre bebida – na época em que eu ainda acreditava que o álcool era o responsável por roubar o homem com quem me casei e o flagrei com sua garrafa como se fosse uma amante. Ele ficou chateado, mas sua reação não foi se desculpar pelo que havia feito ou mesmo admitir a mentira; ele se enfureceu porque não sabia como obtive minhas informações e porque me recusei a revelar. Bryan programou um alarme e disse que, se eu não contasse quem era a minha fonte, teria que ir embora. Ele não conseguiria morar na mesma casa com alguém que não confiasse nele – como se eu tivesse feito algo errado ao descobrir suas mentiras. Meu marido ficou andando em círculos ao meu redor, com o tempo no cronômetro se esgotando, me provocando até eu ceder.

Não espero que minha mãe assimile tudo isso em uma única conversa. Levei anos para entender que o homem por quem me apaixonei nunca foi real. Ele não existiu, tudo não passou de um conto de fadas como os que eu lia para Luna quando ela era pequena. Eu me apaixonei pela imagem que ele apresentava ao resto do mundo e usava meticulosamente quando lhe era vantajoso, mas o homem por trás da máscara era insensível e mau. Aceitar essa verdade não foi fácil.

Resolvo mudar de assunto:

— Como o Caleb se saiu hoje à noite?

Estou exausta, mas não posso ir dormir sem saber como meu filho se comportou. Não passo tanto tempo longe dele desde que tudo aconteceu.

— Bem. — Ela parece igualmente aliviada por parar de falar sobre Bryan e entrar em um território mais familiar. — Jogamos duas partidas de buraco.

Tenho *flashbacks* de estar sentada à mesa da cozinha nas noites de sexta-feira. Mamãe tinha uma queda por noites de jogatina em família e adorava cartas, então a maioria dessas noites eram passadas assim. Ela ensinou meus dois filhos a jogar buraco, copas e pôquer. Eles tinham um baralho quando eram pequenos e sempre jogavam com ela, mas nunca comigo. Quando Luna entrou no ensino médio e começou a se afastar, tentei organizar noites de jogos em família, como mamãe fazia. Caleb adorou a ideia, mas Bryan jamais concordava com elas, por isso a tradição nunca pegou na nossa casa.

De inúmeras maneiras, minha casa nunca foi como o lar onde cresci, não importa o quanto eu tentasse recriá-lo. Embelezá-la ou mantê-la limpa não fazia diferença: o amor que me envolve em um casulo seguro aqui nunca preencheu nossa residência da mesma forma. A escuridão de Bryan cresceu cada vez mais até finalmente se sobrepor à luz. Talvez Sawyer tenha morrido em nossa casa porque ela já estava cheia de morte.

QUARENTA E TRÊS

LINDSEY

Caminhar de um lado para o outro no andar de Jacob enquanto o espero sair da tomografia só faz minha ansiedade aumentar. Andrew foi buscar café no refeitório. As enfermeiras o trazem se você pedir, mas ele precisava sair daqui – de perto de mim, desta sala. Já faz vinte e oito horas que não saímos do quarto para qualquer outra coisa que não seja usar o banheiro.

Todos os nossos músculos doem de tanto tempo sentados nessas cadeiras desconfortáveis. Não dormimos a noite toda. Mal nos falamos. Meu cérebro está sem bateria. Cada vez que Andrew pega o celular, me convenço de que ele está enviando uma mensagem para May. Quantas vezes, durante o último ano, estive no mesmo cômodo enquanto eles se comunicavam? Todas aquelas ocasiões em que pensei que ele estava conferindo algum placar de golfe ou lendo artigos do *LA Times* poderiam ter sido uma das suas conversinhas.

Nada de escandaloso está acontecendo em meu telefone. O aparelho apenas vibra com perguntas sobre Jacob e notificações quando alguém posta nos blogs que sigo de pais de filhos com lesões cerebrais. Pessoas têm me enviado mensagens de texto desde as sete horas, e eu adoraria ter alguma resposta para dar. Meus pensamentos ficam dando voltas, indo da preocupação com Jacob ao pânico sobre meu casamento ser exposto como uma grande mentira.

O elevador no final do corredor se abre. Meu marido e o dr. Merck saem sem Jacob.

— Pedi às enfermeiras que ficassem com Jacob para termos alguns minutos e conversarmos em particular — explica o dr. Merck quando me alcança. Ele aponta para o quarto de nosso filho e continua: — Por que não conversamos ali?

— Você se importa se ficarmos aqui? — Estou farta daquelas quatro paredes.

Ele olha para o corredor vazio para garantir que não há ninguém por perto.

— Dei uma olhada nas imagens de Jacob e já as enviei para a dra. Gervais para revisão, mas tenho certeza de que ela concordará com a minha constatação de que não houve nenhuma alteração na atividade cerebral.

Ele dá a notícia e espera para que a assimilemos. Sinto uma série de emoções: alívio, medo, culpa, desesperança, amor. A lista é interminável, e experimento todas as sensações sem parar em nenhuma em particular.

— Ele teve morte cerebral. A probabilidade de qualquer recuperação é nula. Vocês precisam decidir como proceder a partir daqui. — Ele diz isso da maneira mecânica que assume ao ticar um item da sua lista de afazeres.

Como proceder a partir daqui? Não era para termos que tomar mais decisões difíceis. Nossa parte está feita. Assinamos todos os documentos – os que dão à equipe médica consentimento para retirar o suporte e não prestar nenhuma das medidas de salvamento. Os riscos do procedimento foram descritos em detalhes e nós rubricamos cada linha ao lado das advertências.

— O que devemos fazer? — pergunta Andrew.

— Não existe resposta certa ou errada. Pais e mães são diferentes e cada situação é única — responde ele num tom evasivo.

Vejo a dor estampada no rosto de Andrew e seguro a sua mão. Nossas palmas grudam com o suor. Nenhum dos dois quer fazer as perguntas difíceis.

— Quando o trouxerem de volta, poderemos administrar medicamentos para dor, se quiserem, ou esperar até que Jacob comece a apresentar sintomas e ver se ele precisa. Talvez suas contrações sejam leves e nem demandem medicação. O único problema com a espera é que a medicação tende a ser menos eficaz quando aguardamos até que haja sofrimento.

— Então está dizendo que é melhor entrar com a medicação agora? — pergunto.

— Vocês decidem.

Se eu pudesse decidir, Jacob se levantaria e começaria a andar pela sala. Nós recolheríamos as nossas coisas e iríamos para casa como se nada disso tivesse acontecido. É isso que eu quero.

Olho para Andrew em busca de socorro. Ele enxerga a agonia em meus olhos.

— Não queremos que ele sinta dor. — Andrew está com a barba por fazer e os olhos turvos por se manter acordado a noite toda.

O dr. Merck dá um aceno de cabeça cortante.

— Vamos entrar com a medicação para dor, então.

O elevador apita do final do corredor. Um enfermeiro sai com Jacob e o empurra pelo corredor até nós. Vejo as meias laranja do *Naruto* pela barra do cobertor. O chão parece se mover conforme os dois se aproximam e, ao pensar em voltar para o quarto, uma sensação de desgraça iminente toma conta de mim. Apoio-me na parede, tentando me firmar até o mundo parar de girar.

— Podemos levá-lo lá fora? — Não sei de onde veio a ideia. Eu apenas a deixei escapar sem pensar.

— Não haveria motivo para não levarem. Ele está...

Não espero o médico terminar.

— Quero levá-lo lá fora. — A urgência na minha voz fica mais intensa. Eu me posiciono diante da maca, dificultando a passagem deles. — Pode deixar conosco daqui em diante — anuncio em um tom de comando.

O enfermeiro é um cara musculoso e atarracado de nariz grande, com marcas de catapora e pequenos olhos verdes que ele rapidamente volta para o dr. Merck em busca de aprovação. O médico concorda e o enfermeiro se retira como um soldado que acaba de receber uma ordem, deixando nós três em um semicírculo em torno da maca de Jacob. Nós olhamos para ele. Há segmentos de pelos novos crescendo em volta de sua cicatriz.

— Oi, Jacob. Sentimos sua falta — diz Andrew.

Talvez tudo o que ele precise seja sair deste hospital e sentir o sol batendo no rosto. E se sua alma já tiver deixado o corpo e estiver lá fora, esperando por ele em um espaço aberto? O choro sobe pela minha garganta.

— Por favor, podemos levá-lo lá fora?

QUARENTA E QUATRO

KENDRA

O detetive Locke passou aqui esta tarde para revisar o caso. Paul sugeriu que eu preparasse um almoço para nós como se ele fosse um velho amigo da família, embora tenha destruído minha confiança. Meu marido acredita que isso pode nos unir novamente e nos ajudar a compartilhar informações. Na hora pareceu uma boa ideia, mas agora, enquanto levo os pratos da cozinha para a sala de jantar, não tenho mais tanta certeza.

O detetive Locke parece estranho desde que se sentou. A refeição, no entanto, está perfeita. Encomendei tudo do Cecconi's e servi na melhor porcelana. Sorrio daquele segredo ao aparecer com o último prato: *carpaccio* de salmão. Delicioso. Ele é sempre elogiado.

Locke e Paul ocupam as extremidades da comprida mesa de jantar e eu me posiciono no meio, o que só a faz parecer maior.

— Vamos comer. — Abro um encantador sorriso de dona de casa e passo a saladeira para o detetive.

Ele a aceita com a mesma formalidade com que faz todo o resto.

— Pelo cheiro e aparência, está tudo delicioso.

Paul vai direto ao ponto:

— Achamos que seria mais fácil conversar sobre o caso durante o almoço. Pelo menos assim estamos mais relaxados e não temos que nos preocupar se alguém ouvir ou interpretar mal o que dizemos.

Ele não está seguindo o roteiro, mas confio nele. Já fechamos vendas suficientes ao longo dos anos.

Nós três vamos passando a comida pela mesa, comentando sobre cada prato conforme ele muda de mãos.

— Como está se sentindo sobre o caso? — pergunto, embora tenhamos falado sobre aquilo de manhã. É diferente em um ambiente informal. Espero que ele seja mais aberto.

— À medida que o tempo passa, as pistas diminuem, mas recebemos uma boa hoje. — Locke pega o copo d'água em vez do vinho ao lado do prato e toma um gole antes de prosseguir: — O *timing* deste almoço não poderia ser mais perfeito. Acabamos de receber o relatório de toxicologia completo. Parece que os três meninos estavam sob a influência de álcool, *cannabis* e Adderall.

— Então temos certeza de que os meninos estavam tomando Adderall? — Paul custava a acreditar.

— Sem dúvida. É uma epidemia e tanto em Pine Grove. Posso afirmar que metade dos adolescentes está tomando.

Incluindo Reese, mas nenhum dos dois sabe disso. Paul se opõe veementemente a dar medicamentos psicotrópicos para crianças. O diagnóstico de TDAH de Reese feito por seu pediatra, cerca de um ano atrás, não ajudou em nada a fazê-lo mudar de ideia. Meu marido estava convencido de que os problemas escolares de Reese eram por teimosia e preguiça, que ele se sairia melhor caso se esforçasse mais, mas eu não concordo. Reese era um desastre em qualquer coisa relacionada à escola, não importava o quanto se esforçasse, e fiquei com medo de ele não passar para o ensino médio na Pine Grove. A escola não aceita irmãos automaticamente como muitos dos colégios particulares da região, e precisávamos que ele entrasse com Sawyer. Peguei a receita com o pediatra sem contar ao Paul ou ao Reese. Eu já fazia os meninos tomarem vitaminas toda manhã, então ele não estranhou quando adicionei uma pílula à rotina matinal de nosso filho. Percebi uma diferença imediata – e não demorou muito para que suas notas refletissem isso.

Devíamos estar falando sobre Sawyer, mas só consigo pensar em Reese. O que acontece se ele estiver tomando Adderall além da dose que já lhe dou escondida? É por isso que meu filho anda tão difícil ultimamente? O quão perigoso é isso? Eu me forço a manter a concentração.

— Esses jovens usam para todo tipo de coisa. Muitos tomam durante as provas finais para manter o foco, ou durante a semana dos exames SAT, para conseguirem se manter acordados e estudar. Contudo, em sua maioria, eles tomam para se divertir. — Locke dá uma garfada na salada Caesar antes de pegar a pasta que deixara ao lado da cadeira antes do almoço e tirar um maço de papéis, que folheia. — Os níveis de substâncias químicas encontradas no organismo dos meninos mostraram-se altíssimos. Eles não estavam nem um pouco confusos, mas sim alucinados. É possível que nunca venhamos a saber o que houve, visto que nada faz sentido quando se toma tanta coisa.

No que Sawyer estava pensando, brincando com uma arma naquelas condições? Mas não posso ficar brava demais com ele; quantas vezes eu mesma não cambaleei pelos quintais dos vizinhos voltando para casa depois de uma festa na Delta Tau quando tinha a mesma idade? Fazíamos tantas tolices, como competir para ver quem dirigia melhor pelas ruas da cidade bêbado, atirando com armas de chumbinho nas placas de trânsito. Achávamos tudo hilário.

O detetive Locke mostra os papéis.

— Qual de vocês quer ver primeiro?

Paul se oferece e pega os documentos. Ele contorna a mesa e se senta ao meu lado para olharmos juntos, abrindo o relatório. As assinaturas e os títulos oficiais estão na parte superior, como em todos os documentos formais. A data indica dois dias atrás. Aponto-a para Paul sem dizer nada. Mais uma vez, nós conversamos com o detetive Locke esta manhã e ele não falou nada sobre o relatório de toxicologia já estar pronto.

O primeiro parágrafo é puro jargão sobre como o sangue foi coletado, transferido e armazenado. Os níveis de maconha e álcool estão claramente positivos, mesmo para meu olho destreinado. Os índices de anfetaminas estão altos devido ao Adderall. Nada mais parece fora do normal.

— É seguro dizer que as drogas e o álcool desempenharam um papel no incidente, provavelmente um dos principais — Locke afirma.

É impossível não se sentir uma adolescente repreendida, mas poderia ter acontecido com qualquer um. Bem, provavelmente não com Locke. Não me lembro de tê-lo visto em uma única festa durante todo nosso tempo no colégio, e algumas delas eram frequentadas por quase todo mundo, não importando a que grupinho pertencessem. Quantas idiotices já fiz porque estava bêbada? Muitas para lembrar. Não conheço ninguém que não tenha feito.

Por que a gente? Porque as nossas vidas eram perfeitas demais? Uma vez, voltando para casa de um dos jogos de futebol de Sawyer, descendo a montanha ao pôr do sol em um raro momento em que os meninos estavam se dando bem no banco de trás, comentei isso com Paul. Lembro-me de apertar sua coxa e dizer: "A nossa vida é perfeita". Ele sorriu para mim como se compartilhássemos o maior segredo do mundo.

Os talheres tilintam quando os homens voltam a comer, mas estou nervosa demais para conseguir engolir. Empurro a comida pelo prato enquanto crio coragem para falar. Era diferente quando eu confiava no detetive Locke.

— Sei que Paul mencionou a investigação que temos feito por fora, e gostaríamos de falar com você sobre algumas das nossas descobertas. — Minha convicção vacila. Eu tinha tanta certeza sobre as coisas quando éramos apenas nós dois... Agora, já não tenho tanta. — Encontrei fotos e vídeos no celular do Sawyer sugerindo uma relação sexual entre ele e Jacob.

Ofereço ao detetive o celular de Sawyer – o momento pelo qual esperei o dia todo.

Locke o aceita e aperta *play*. A tela é preenchida pelo corpo seminu de Jacob. Espero ver a surpresa no rosto dele, mas o detetive não parece impressionado.

— Vocês têm mais? Eu já vi isto.

— Viu?!

Como ele poderia ter visto este vídeo e não ter sugerido que Sawyer e Jacob estavam em um relacionamento? Por que ele não nos perguntou se os meninos vinham se relacionando sexualmente?

— Estava em um arquivo oculto — acrescenta Paul.

— Sim, nós examinamos todos os arquivos no celular, até os ocultos.

Minhas bochechas queimam de vergonha. Eles provavelmente já viram o vídeo do *Instagram* também. Paul pega o aparelho de volta e abre o outro vídeo.

— Que tal agora? — pergunta ele ao devolvê-lo.

Desta vez, a testa do detetive expressa curiosidade. Sorrio como uma criança e me viro para Paul. Ele tem a mesma expressão.

Locke bate na tela.

— Sabem quem é esta?

— Libby Walker — Paul e eu respondemos em uníssono.

— Existe...

Eu o interrompo:

— Paul vasculhou todo o mês anterior e posterior ao acidente. Não há nenhuma outra foto dos dois juntos. Eles não marcam um ao outro em nada nem curtem os mesmos *posts*. Nenhum dos seus amigos está nos mesmos círculos. Deve ter sido apenas uma dança aleatória em uma festa.

Locke continua ampliando a imagem de Jacob, tentando descobrir o alvo do seu olhar furioso, mas não há como saber. Os olhos chegam à mesma conclusão que os meus sempre chegam.

— No que diz respeito às fotos do Sawyer e do Jacob no celular do seu filho, não acho que revelem nada significativo ou que indiquem um relacionamento mais profundo. Os jovens hoje em dia são muito mais fluidos com a sua expressão e identidade sexual — ele opina.

Não posso deixar de me sentir uma puritana, o que é estranho, considerando que ninguém jamais me definiu assim.

— No entanto, para mim, essa raiva no rosto do Jacob é preocupante, ainda mais considerando os relatos de todas as discussões entre eles. O problema é que é impossível dizer o alvo da sua fúria na foto. — Ele devolve o aparelho para Paul. — Por falar em Jacob, alguma novidade?

— Ele ainda está resistindo. — Por uma fração de segundo, me odeio por desejar que Jacob tivesse morrido.

QUARENTA E CINCO

LINDSEY

Absorvo o ar fresco como se fosse eu a pessoa que passou vinte e cinco dias em um ambiente fechado. Não importa que estejamos em um beco com lixeiras de tamanho industrial enfileiradas de cada lado. O dr. Merck nos levou por uma entrada lateral usada somente pelos zeladores e pelas equipes de limpeza, mas não havia tempo para pensar em um plano melhor. Ele trabalha nisso há tempo suficiente para detectar um colapso iminente, e eu estava a milésimos de segundos de ter um. Assim, o doutor rapidamente convocou todo o pessoal para uma reunião improvisada com o objetivo de levar Jacob para a área externa do hospital.

Jacob continua deitado em sua cama, as grades grossas de plástico erguidas de cada lado como se houvesse uma chance de ele rolar. Os dois pares de meias dobram os seus pés de tamanho, mas eu não queria que ele sentisse frio na máquina de tomografia. Seu couro cabeludo mostra sinais de úlceras por pressão, o que me faz recomeçar a chorar.

— Não o coloque diretamente no sol — aconselha Andrew. — Ele está sem protetor solar.

A última coisa de que precisamos é de queimaduras dolorosas em sua pele exposta, mas não posso evitar. Talvez mantê-lo sob a luz do sol dê vida à sua pele pálida e ao seu corpo inchado e mole. Com o pé, abaixo a alavanca sob a maca e ergo a parte de trás da cama para incliná-lo sem que o sol atinja diretamente seu rosto. Não podíamos fazer isso antes, mas tudo é possível agora que tiraram seus tubos. De repente, seu corpo tomba para a frente. Andrew se precipita para segurá-lo e o mantém contra o leito, sentado. Estou morrendo por dentro e nem preciso olhar para o rosto de Andrew para saber que ele também. Abaixo a cama até uma posição intermediária em que o tronco de meu filho possa descansar facilmente sem cair para a frente.

Não faz diferença estarmos do lado de fora. Ainda não sinto ar suficiente chegando aos meus pulmões. Eu não quero estar aqui. Não sei se consigo fazer isso por mais tempo. Um soluço involuntário escapa dos meus lábios.

Andrew se estica sobre a cama e segura minhas mãos.

— Está tudo bem, Linds.

Ele não me chama de Linds há anos. Linds é de outra vida. Uma vida que não incluía fraldas e amamentação, planejamento de refeições, caronas para a escola e consultas médicas. Isso só me faz chorar mais. Eu não quero estar aqui. Não quero pisar naquele hospital de novo. Não quero levar Jacob de volta para lá. Só o que desejo é que minha vida volte a ser como antes.

— Precisamos ir para casa. Por favor, podemos ir para casa? — As lágrimas escorrem pelo meu rosto. — Não quero passar por isso de novo. Eu não posso. Vamos levá-lo conosco e deitá-lo na cama dele. Ou deixá-lo sentado no quintal junto da sua casa na árvore. Lembra como ele ficou feliz quando a construímos?

A testa de Andrew está coberta de suor.

— Vamos sair daqui.

— Você está falando sério?

A resposta dele me choca. Eu esperava que Andrew me olhasse como se eu tivesse enlouquecido por sugerir tal coisa. Talvez nós dois tenhamos, mas não posso levar Jacob de volta lá para dentro, e estou feliz porque meu marido sente o mesmo.

— Não quero que ele morra lá. Talvez ele também não queira. Pode ser isso o que ele está tentando nos dizer.

Os olhos de Andrew estão cheios de afeto, como ficavam nos momentos em que ele acalmava as crianças quando eram pequenas e iam tomar as primeiras injeções.

Meu coração se enche de amor por ele. Andrew é um homem tão atencioso... No instante seguinte, entretanto, me ocorre que ele pode ser um homem que não é mais meu.

— Podemos levá-lo ao campo de futebol.

Jacob passava mais tempo lá do que em casa. Ele ganhava vida naquele lugar como em nenhum outro.

— Vamos nessa. — Andrew sorri.

— Tem certeza?

Nós dois nunca fizemos uma única coisa impulsiva na vida.

Ele tenta engolir o nó na garganta.

— Chega deste lugar.

QUARENTA E SEIS

DANI

— Ligue a TV! — Eu corro para a sala de estar, onde Caleb, esparramado no sofá, assiste à segunda temporada de *Sons of Anarchy*.

Ele pausa a série e me olha com espanto.

— Me dá o controle remoto — ordeno, impaciente demais para explicar.

Minha mãe vem correndo do quarto dos fundos, onde passou a maior parte da tarde lendo.

— O que está acontecendo? — pergunta ela enquanto me atrapalho com os botões do controle, tentando encontrar a entrada da TV.

— Não faço ideia. Lindsey acabou de mandar uma mensagem dizendo que estão tirando Jacob do hospital. Dois segundos depois, a Kendra mandou mensagem também e falou para ligar a TV porque eles estavam no noticiário novamente.

— Para onde o estão levando?

— Para casa? — sugiro, dando de ombros. — Não consigo imaginar nenhum outro lugar para eles irem.

Caleb se levanta do sofá e pega o controle remoto de mim, irritado pela minha demora em encontrar o canal. Ele liga a TV a cabo quase imediatamente e passa para a KTLA. Aperto seu bíceps enquanto ouvimos o apresentador do noticiário noturno descrevendo como Lindsey e Andrew decidiram dar alta a Jacob contra os conselhos dos médicos. A imagem de Andrew é ampliada na tela, que reproduz um clipe gravado do lado de fora da entrada norte do hospital. Ele parece tão destruído quanto os pais daquelas crianças raptadas quando imploram para que o sequestrador devolva seus filhos. Minhas pernas ficam bambas. Eu me apoio em Caleb.

— Quase trinta e seis horas atrás, tiramos nosso filho dos aparelhos por determinarmos ser do seu interesse naquele momento. Os médicos nos avisaram que poderia demorar até seis horas para ele falecer. — Andrew quase engasga com as palavras. — Jacob continua respirando e lutando, o que a minha esposa e eu acreditamos indicar que ele ainda está lá em algum lugar. Talvez esteja tentando nos dizer algo. Quem sabe? — Ele chacoalha a cabeça em sinal de derrota, rapidamente perdendo o ânimo. — Decidimos levá-lo para casa. Pedimos que respeitem a privacidade da nossa família durante este momento difícil. Obrigado.

Andrew se afasta do microfone o mais rápido possível. Perguntas são disparadas para ele de todas as direções. Um homem que nunca vi antes o conduz para dentro do hospital sem lhe dar chance de responder a nenhuma delas.

O trecho com a declaração de Andrew é logo seguido por imagens dele e de Lindsey colocando Jacob na parte de trás de um veículo de transporte médico não emergencial. O vídeo é interrompido quando alguém entra na frente da câmera e a bloqueia com a mão, mas é longo o suficiente pra que se veja de relance o perfil do rosto inchado de Jacob. Espero que Lindsey não assista a nada disso. Os dois se esforçaram tanto para garantir que nenhuma imagem de Jacob e dos seus ferimentos vazassem para a imprensa... Eles não querem transformar o acidente em espetáculo, e também não são do tipo de gente que gosta de estar sob os holofotes. Embora o dinheiro pudesse ajudar, ambos rejeitaram todos os pedidos de entrevista, se recusando a lucrar com a tragédia. Lindsey, supersticiosa de uma hora para outra, jura que isso traria problemas cármicos ou algo parecido.

— Como eles pretendem mantê-lo em casa? — pergunta mamãe, constatando o mesmo que eu. — Como vão cuidar dele sozinhos?

Assim que me viro para responder, Caleb choraminga baixinho e cai de joelhos no chão. Ele segura a mesa de centro e geme como se estivesse com dor. Eu me agacho ao lado dele, tomando cuidado para não tocá-lo ou perturbá-lo mais ainda. Olho para a TV. A imagem de Jacob congela na tela, com os âncoras relembrando os telespectadores da tragédia e de que o caso ainda não resultou em nenhuma prisão. Caleb pega o controle remoto e preciso arrancá-lo das suas mãos, desligando a TV o mais rápido possível. No que eu estava pensando? Como pude esquecer que Caleb leva uma bomba-relógio dentro de si que pode ser disparada pela menor provocação?

QUARENTA E SETE

KENDRA

É estranho estar em meu quarto à noite. Só entro nele durante o dia para tomar banho e me arrumar, mas raramente faço isso, então não passo muito tempo aqui. Paul está deitado de lado com os braços embaixo do corpo. Ele manteve o meu lado da cama completamente intacto. Os travesseiros continuam na vertical. Meu marido virou apenas os do lado dele. Acho que era eu a responsável pelos lençóis torcidos todas as manhãs.

Os cílios de Paul parecem ainda mais compridos quando ele está dormindo. Eu nunca o observei dormir antes. Muitos se derretem quando contam como adoram ver os seus pares adormecidos, mas nunca fui uma dessas pessoas. Não sei quanto tempo se passou desde que me sentei no lado dele da nossa cama, mas não vim aqui para vê-lo dormir. Vim com a intenção de contar sobre Reese, mas não tenho coragem de acordá-lo.

Estou doente de medo. Paul ficará furioso, embora essa não seja minha maior preocupação. E se ele insistir que eu conte para Reese o que tenho feito? Meu filho vai ficar com mais raiva de mim do que Paul, e Reese é muito menos misericordioso que o pai. Meu coração dói só de pensar.

Eu me debruço e balanço de leve o ombro de Paul. Ele geme e se vira, puxando as cobertas ao seu redor. Traço um círculo em suas costas e sussurro:

— Acorda.

Paul ergue as pálpebras devagar e leva um segundo para espantar o sono até se dar conta de que sou eu. Ele abre um sorriso lento e cansado e afasta as cobertas com *aquele olhar*. Uma onda de ansiedade revira o meu estômago. Balanço a cabeça e me afasto, recuando rápido na cama.

Devíamos estar transando na noite em que Sawyer morreu. Somos como qualquer casal que está junto desde sempre e se esquece de fazer sexo, ocupado demais com o delicado equilíbrio entre trabalho, filhos e a tentativa de manter o controle de tudo. As coisas se achavam especialmente caóticas e já fazia um tempo que não ficávamos a sós; assim, providenciei para que Sawyer saísse com os amigos e dei permissão para Reese jogar pelo tempo que quisesse. Até comprei *lingerie* nova. Estremeço com aquela lembrança, me arrepiando e me esfregando como se estivesse usando aquela roupa minúscula agora. A culpa é apenas uma peça do meu caos emocional.

Paul se senta, esfregando os olhos.

— O que foi? — pergunta ele, finalmente semiacordado. — Tá tudo bem?

— Sim. — É difícil falar com aquele nó na garganta. — Eu queria conversar com você sobre Reese.

— Reese? — Ele arqueia as sobrancelhas, surpreso. — No meio da noite você precisava falar sobre Reese?

Afirmo com a cabeça, nervosa demais para falar. O que eu vinha fazendo não pareceu tão ruim até eu ter de expressar em voz alta.

— O que há, Kendra? Você tá começando a me assustar. — Ele levanta as cobertas como se fosse se erguer.

Faço um gesto para ele parar.

— Fique aí. — É até melhor ele estar sentado para isso. — Lembra quando levei Reese ao dr. Renault e ele o diagnosticou com TDAH?

— Claro — ele diz desconfiado.

— E se lembra de que ele receitou Adderall para tratar?

Paul estreita os olhos, tentando imaginar aonde estou querendo chegar. Ele já percebeu que, seja lá onde for, não é nada bom.

— Sim.

— Bom, no ano passado, Reese vinha apresentando problemas sérios nos exames para entrar no ensino médio e quase foi reprovado em Matemática.

Lembro ao Paul que ele não acompanha as notas e o progresso escolar de Reese com a mesma diligência que eu.

— Tive medo de que ele não entrasse na Pine Grove e não tivesse alternativa a não ser entrar na Huerte. Então, decidi ver se o remédio que o médico receitou o ajudaria a se concentrar.

Ressalto que foi o médico quem receitou. Não é como se eu tivesse dado ao meu filho um medicamento desnecessário ou falsificado a receita para adquirir uma droga ilícita.

— Fui à farmácia e comprei o Adderall que o dr. Renault havia prescrito. — Minha fala se torna mais lenta na parte seguinte: — Comecei a dar o remédio para Reese todas as manhãs.

Minhas mãos tremem. Eu as torço, tentando fazer com que parem.

— E agora temo que ele esteja usando drogas junto com o Adderall que já tomava. Receio que seja por isso que ele tem sido ainda mais difícil e indisciplinado.

— Você tem dado Adderall para Reese?

Confirmo com a cabeça.

— Durante um ano inteiro, e não me contou?

— Sinto muito — digo, mas aquelas palavras não significam muito quando ambos sabemos que só resolvi confessar porque tudo está vindo à tona.

A verdade é que nunca pretendi contar nada para Paul ou para Reese.

Ele joga as cobertas de lado e se levanta, procurando no chão a calça de moletom que largou em algum lugar antes de deitar. Meu marido a encontra e a veste. Ele contrai o maxilar ao colocar uma camiseta. Suas meias são as próximas.

— O que está fazendo? — pergunto.

— Eu vou correr.

Ele vai até o armário para pegar o par de tênis. Paul não corre há quatro anos. Os calçados podem nem estar lá.

Consulto o relógio.

— Paul, são três da manhã. Você não pode correr agora.

— Posso fazer o que eu quiser. — Ele se vira e me fuzila com os olhos. — Você faz.

QUARENTA E OITO

LINDSEY

— Por que Jacob está dormindo na nossa sala de estar? — pergunta Sutton pela terceira vez.

Não importa quantas vezes expliquemos – ela ainda não entende por que o irmão de quem a fizemos se despedir anteontem continua vivo em uma cama de hospital em nossa sala de estar hoje.

Eu me ajoelho no tapete onde Sutton brinca com suas Barbies há uma hora e pego um Ken, na esperança de distraí-la. Não tenho energia para explicar tudo a ela novamente. Já se passaram mais de quarenta e oito horas desde a última vez em que dormi, e meus olhos ardem após tanto tempo abertos.

— Mas por que, mãe? — Seu gemido me dá nos nervos.

— Decidimos trazer Jacob para casa para ele se sentir mais confortável e estar perto das pessoas que ama quando for para o céu.

— Mas ele já devia ter ido para o céu. — Ela faz um beicinho exagerado.

— Sim, já deveria.

Começo a sentir uma dor lancinante nas têmporas. Cadê Andrew? Por que ele ainda não voltou para tirar Sutton de casa? Não quero que ela fique aqui vendo Jacob morrer, assim como não queria que ela visse quando ele estava no hospital. Quando tomamos a decisão de deixar o hospital, não pensamos em como essa parte se desenrolaria. Fomos resolvendo o que fazer à medida que as coisas aconteciam, e as repercussões da nossa decisão pesavam sobre nós.

— Ele já está indo para o céu, só que está demorando um pouco para terminar a viagem.

— Por que está demorando tanto? Ele não pode andar logo? — pergunta ela, curta e grossa do jeito que as crianças sabem ser.

Fico com vontade de ligar para Wyatt e pedir para ele ficar com ela até Andrew voltar, mas ele não quer nada com Jacob morrendo dentro de casa e não fará nada para nos ajudar. Estou bem certa de que isso inclui não cuidar da irmã. Quando revelamos nossos planos na noite passada, ele pirou.

— O quê?! Não! — Ele balançou a cabeça como se estivesse barrando a informação. — Não podem trazê-lo para casa.

Jamais ocorrera a nenhum de nós dois que Wyatt discordaria da ideia. Tentamos garantir que era uma boa solução e o melhor para Jacob, mas Wyatt não era tão fácil de enganar quanto Sutton.

— Não podem fazer isso comigo. Como vou morar na casa em que o meu irmão morreu?! — Sua voz tinha um tom histérico.

Andrew tentou acalmá-lo, mas ele jurou que não ia mais descer até Jacob não estar mais aqui, e até agora cumpriu a palavra. Não sei mais o que fazer. Não sei o que fazer quanto a nada disso.

— Seu irmão vai partir quando estiver pronto — asseguro a Sutton, que pega uma boneca diferente, parecendo momentaneamente satisfeita.

Espero que Andrew chegue antes que a garganta de Jacob se encha de catarro de novo. Ele precisa ser aspirado regularmente. Passamos a maior parte da noite tentando evitar que ele sufocasse, nos revezando e virando sua cabeça para aspirar os cantos da boca o melhor possível com um utensílio de rechear peru. Quando sugeri usar aquilo, Andrew me olhou como se eu estivesse louca, mas funcionou bem o bastante para evitar engasgos e aqueles horríveis sons borbulhantes. Ele foi à loja de suprimentos médicos comprar um aspirador profissional.

Descanso a cabeça no pufe. O cansaço me cobre como um cobertor grosso. Sutton conversa comigo, mas é difícil acompanhar o que ela diz. Alguma coisa sobre um unicórnio. Pêssegos. Onde Andrew se meteu? Meus pensamentos se arrastam em câmera lenta. Bonecas Barbie saem de foco diante de mim. Tudo está pesado.

Talvez, se eu fechar os olhos por apenas um segundo...

* * *

— Mamãe, olha!

Acordo assustada com o chamado de Sutton.

Eu estava sonhando? Quando foi que adormeci? Meus pensamentos estão embaralhados. A voz de Sutton. Ela ainda está falando. Essa menina nunca para de falar. Cadê Andrew?

Minhas têmporas latejam de dor. Estou há dias demais sem dormir. Quando levanto a cabeça, fico enjoada. As bonecas de Sutton estão espalhadas em pequenos grupos no chão.

— Mãe, olha!

Eu olho para ela. Vejo seu tutu de balé cor-de-rosa em cima de Jacob e ela montada no peito dele. Sutton bate nas bochechas dele como se brincasse de adoleta com elas. Eu me ergo de um salto.

— Sutton! Saia de cima dele! O que é isso?! — Corro para a cama de Jacob e seguro o braço dela. — O que você está fazendo?!

Tenho vontade de sacudi-la.

— Olha! Ele acordou. O Jacob acordou!

Eu a tiro de cima dele com um movimento rápido, e ela tropeça no chão.

— Que ideia foi essa?! — Encaro minha filha com os dentes trincados de fúria.

Seu lábio inferior treme e seus olhos se enchem de lágrimas.

— Eu só queria ver se ele acordava...

— Nunca mais faça algo assim! Ouviu bem?! — Cutuco seu peito com o dedo. — Não pode bater no seu irmão assim.

— Mas, mãe, funcionou! O Jacob acordou.

— Para de dizer isso, Sutton. É sério.

Sutton aponta para ele. Desta vez, é a sua mão que treme conforme ela chora mais e mais alto por eu não acreditar em sua história. As lágrimas escorrem por seu rosto.

— Eu não tô mentindo. Ele acordou do cochilo. O Jacob não queria ir para o céu, mãe, ele não queria.

Tudo para. Solto seus braços magros lentamente e me levanto. Então, me viro para Jacob como se eu estivesse em um episódio de sonambulismo.

Os olhos castanhos do meu filho estão vidrados em mim.

— Meu Deus!

Seguro seu rosto e o encaro. Os olhos estão arregalados, sem piscar. Cubro seu rosto de beijos.

— Jacob?

Isso não pode estar acontecendo. Não é real. Seus olhos estão abertos. Sutton me dá a mão.

— Viu, mãe, eu te falei... — diz ela suavemente.

— Wyatt! — grito com toda a força. — Saia desse quarto! Seu irmão não está morrendo!

QUARENTA E NOVE

DANI

— Pode ficar e tomar um chá? — pergunto a Luna, que está arrumando suas coisas para ir embora da casa da minha mãe.

Ligamos para ela esta manhã pedindo ajuda com Caleb porque não podíamos mais fazer tudo sozinhas. Mamãe e eu, acordadas desde as quatro da manhã, tentamos aliviar a ansiedade dele, mas nada adiantava. Quanto mais nos esforçávamos, mais agitado ele ficava. Quase o levamos para o hospital, mas acionamos Luna como um último recurso para ver se havia algo que ela pudesse fazer. O pequeno lampejo de esperança que experimentei outro dia, quando ele deu uma risadinha, foi logo suprimido depois do seu grande abalo sofrido ao ver as imagens na TV noite passada. Caleb está quase tão mal quanto no dia em que o levamos do hospital para casa.

O remédio para dormir foi a única coisa que lhe deu algum alívio. Felizmente, tivemos três horas de sono decente antes de seus gritos atravessarem as paredes. Tentei tudo em que pude pensar, mas nada funcionou, nem o calmante pesado que o fizemos tomar às seis.

Luna ignorou a minha primeira ligação, mas, após ouvir minha mensagem, retornou imediatamente. Demorou algumas horas, mas sua mágica deu certo e Caleb está dormindo no sofá há mais de duas horas. Mamãe foi discretamente para os fundos da casa para nos dar privacidade para conversar.

— Não posso ficar — alega minha filha quando aponto para a chaleira no fogão. — Preciso estudar para o teste de História de amanhã.

— Tá. — Tento disfarçar a decepção. — É que eu gosto de ter você por perto. Sinto saudade.

— Nossa, mãe, tem só três dias. Você age como se eu tivesse desaparecido por semanas. Eu precisava de tempo para pensar. — Ela ajusta a mochila nas costas. — Leu minha carta?

— Não fique brava, mas ainda não.

Estico o braço e seguro suas mãos antes que ela possa disparar porta afora.

— Estou evitando, mas não porque não quero saber o que você tem a dizer. — Procuro em seus olhos a menina que costumava ser minha melhor amiga. — Já sei o que você pensa, e tem razão. Sei muito bem que te prejudiquei; acredite quando afirmo que eu nunca quis ser assim e que sinto muito por ter te magoado de tantas maneiras. Eu faria tudo diferente se pudesse.

— Não escrevi sobre nada disso. — Ela sorri e enxuga as lágrimas do rosto. — Bom, não é inteiramente verdade. Escrevi um pouco sobre isso.

Nós duas rimos. Dou um aperto em suas mãos e ela continua:

— Mas a moral da história era que eu estava orgulhosa de você. Você enfrentou o papai por minha causa. E nunca tinha feito isso antes.

— Sei. Ficou tão orgulhosa de mim que foi embora?

Ela sorri e o clima já parece mais leve.

— Eu estava envergonhada, Luna. Não me senti emocionalmente pronta para ler a sua carta. Mal consigo lidar com o resto, então fico com medo de que seja isso o que vai me levar ao limite. Preciso manter a compostura pelo Caleb. — Adiciono rápido: — E por você.

Ela concorda, parecendo entender, e muda de posição, como se incomodada pelo peso da bolsa.

— Você tem ideia do que desencadeou essa crise?

Balanço a cabeça.

— Não faço a mínima ideia. Não havia nada na gravação que Caleb não tivesse visto antes. Não é como se fosse a primeira vez que ele vê Jacob. Sinceramente, Jacob estava pior quando Caleb o visitou no hospital, e na época ele não reagiu. Portanto, não sei o que houve na noite passada.

Quando Caleb estava na enfermaria psiquiátrica, sua equipe médica o levou ao quarto de Jacob para uma visita. Foi o único pedido que ele fez enquanto esteve lá e, apesar de alguns receios, os médicos permitiram, pois ele se recusava a desistir. Os quartos tinham um quadro branco na parede usado pelas enfermeiras, onde Caleb escrevia repetidamente: "Eu quero ver o Jacob".

— A que horas é a terapia dele?

— Às duas. Espero que ele durma até a hora de sairmos. Gillian vai prepará-lo para o depoimento com o detetive Locke.

Eu me inclino para Luna.

— Posso te dar um abraço?

Luna se aproxima. Eu a puxo junto a mim, apesar de sua bolsa grande e pesada. Ela apoia a cabeça em meu ombro. Sinto o leve aroma de seu sabonete de lavanda.

— Obrigada pela ajuda hoje.

— Tudo certo.

— Não sei o que eu teria feito sem você durante tudo isso. Você tem sido incrível, Luna. De verdade.

Ela enrijece.

— Sabe por que voltei para casa e fiquei quando Caleb saiu do hospital?

— Para ajudar?

Não é disso que estamos falando?

— Eu adoraria estar fazendo tudo isso por causa de um amor profundo e sincero por meu irmão mais novo, como todo mundo imagina. E eu gostaria de ser o tipo de irmã mais velha que cuida do irmão mais novo assim, mas não foi isso. — Ela se esforça para continuar em meio às lágrimas e à emoção. — Uma boa irmã mais velha teria ficado com os garotos naquela noite. Eu sabia que eles estavam doidões demais para ficar sozinhos, ainda mais com tanta raiva um do outro. — Seus ombros despencam com o peso da responsabilidade que ela julga ter. — Se eu tivesse ficado aquela noite... nada disso teria acontecido. Eu...

— Querida, não é verdade. Não pode fazer isso com você. Como saber o que teria acontecido se você tivesse ficado?

Ela balança a cabeça, nem um pouco disposta a se deixar convencer.

— Sei muito bem o que teria acontecido, mãe. Eu teria feito os meninos irem dormir. É isso.

— Você não tem como saber.

— Tenho, sim. — Luna se afasta, e eu limpo o rímel borrado de suas pálpebras com os polegares. — Todos nós temos culpa nisso.

CINQUENTA

LINDSEY

A dra. Gervais aponta sua lanterninha para os olhos de Jacob uma última vez antes de encerrar o exame. Esqueci de respirar durante a maior parte do tempo. Na verdade, desde que Sutton estapeou Jacob e o acordou, pareço estar prendendo a respiração. A doutora se vira para Andrew e para mim.

— Isso é notável. — Ela balança a cabeça, descrente, como tem feito desde que chegou.

É estranho vê-la fora do hospital e sem uniforme. Estou sentindo a mesma coisa que meus filhos sentem quando encontram um professor no supermercado ou numa loja.

O dr. Merck se recusou a vir a nossa casa quando ligamos e lhe demos a notícia. Ele interrompeu Andrew, mal nos dando uma chance de explicar o que acontecera. Talvez ele não tenha permissão para falar conosco por causa de todo o drama envolvendo o caso. Os hospitais se armaram até os dentes de advogados como se pretendêssemos puni-los com um processo, mas não imagino por que faríamos isso. Não é culpa deles o nosso plano de saúde ser uma droga.

— Seus olhos não acompanham os movimentos, mas as pupilas reagem à luz. — Ela digita no celular com rapidez enquanto fala. Será que está enviando um e-mail? Mensagens? O que ela está dizendo sobre nós? — Estou animada para monitorar o seu progresso nos próximos dias.

— Isso significa que vai continuar tratando Jacob? — pergunto.

Diana nos avisou que, depois que deixássemos o hospital, nenhum dos médicos da equipe de Jacob poderia acompanhar seu caso. Aquilo ia contra o conselho médico e traria problemas de imperícia.

— Como sou contratada pelo hospital por fora, minha situação é diferente. Não sou uma funcionária oficial, então algumas das regras não se aplicam a mim. Falei com meu advogado no caminho para cá para garantir que não estaria quebrando nenhuma regra. — A doutora guarda o celular e volta a atenção para Jacob.

— O que fazemos agora? — Andrew ficou tão feliz em encontrar Jacob acordado quando chegou em casa que pegou Sutton e a rodopiou pela sala de estar. Ele não parou de sorrir desde então: está radiante como uma criança na manhã de Natal.

— Nós esperamos — responde a dra. Gervais.

De novo?

— Pode repetir exatamente o que estava acontecendo quando ele abriu os olhos?

A doutora está obcecada com a história. Ela nunca pareceu tão interessada nele no hospital.

Andrew adora ter a oportunidade de recontar tudo. Ele inclui detalhes dramáticos sobre como não dormíamos havia dias e estávamos exaustos, e fica ainda mais empolgado quando descreve como caí no sono e acordei com o som dos tapas de Sutton em Jacob. Tudo o que consigo fazer enquanto meu marido fala é relembrar o tapa que dei em Jacob na véspera de ele ser tirado dos aparelhos. E se o meu tapa o tiver acordado sem eu saber, como o de Sutton fez esta tarde?

— Será que isso o fez acordar? — pergunto depois que Andrew termina.

— Os tapas? — Ela ri. — Se fosse assim, nós simplesmente bateríamos em todos os nossos pacientes em coma até que recobrassem a consciência.

Eu rio de volta como se só estivesse brincando ao perguntar, mas uma pequena parte minha ainda não se convenceu. Enfim. Não importa. O importante é que Jacob está vivo. Não apenas vivo – ele está acordado.

CINQUENTA E UM

KENDRA

Encho mais uma taça de vinho. Apenas um pouco, só para me acalmar. Paul não voltou da corrida até a hora de Reese ir para a escola e mal falou comigo enquanto o preparava para sair. Estou feliz por ele estar voltando às aulas. Paul me enviou uma mensagem após deixá-lo avisando que ficaria no escritório o dia todo. Não me convidou para me juntar a ele.

Alguns minutos atrás, Paul me mandou outra mensagem dizendo que buscaria Reese na escola, mas passaria em casa antes para conversar comigo. Eu estava nojenta – sem banho e com a mesma calça de moletom havia três dias. Também não tinha me dado ao trabalho de escovar os dentes, que estavam cobertos de restos de alimentos. Corri para o banheiro e me recompus o mais rápido possível, entrando e saindo da ducha em nove minutos. Passei maquiagem pela primeira vez desde que Sawyer morreu. Não posso perder Paul. Seria a última gota para mim.

Ele entra em casa com as mesmas roupas de ginástica da noite anterior e cheirando a suor e meias velhas. Seus cabelos estão despenteados e a barba, por fazer. Duvido que ele tenha ido para o escritório.

— Onde esteve o dia todo?

— No escritório. Eu já disse.

Deixo escapar um suspiro.

— Paul, você não foi trabalhar com essa aparência. Eu te conheço.

— Mandei todo mundo para casa.

— Sério? Por que fez isso?

Não podemos perder um dia inteiro de trabalho sem motivo no período mais movimentado da semana – não depois de já termos perdido tanto. Temos ótimos assistentes e os nossos funcionários são os melhores do estado, mas nós dois somos a cara da empresa, aqueles nos quais as pessoas confiam.

— Não quero falar de trabalho. — Seu tom de voz é de raiva; seu olhar, frio ao encontrar o meu. — Pare de dar Adderall para Reese imediatamente.

Eu pigarreio, nervosa.

— Tudo bem, eu vou... Só preciso conversar com o pediatra sobre como fazer isso. Não se pode parar de repente com essas drogas. Existe um processo de desmame.

— Viu?! — Paul grita. — O remédio é perfeitamente inofensivo, mas Reese não pode sequer parar de tomá-lo sem diminuir pouco a pouco como um viciado em drogas? Você danificou o cérebro dele, Kendra. Irrevogavelmente!

A veia na testa dele está saltada.

— E fez isso sabendo que eu era contra. Não apenas em cima do muro. Totalmente contra.

— Sei que o que fiz foi errado. Eu devia ter te contado.

— Devia ter me contado? — Paul parece enojado. — Você nunca deveria ter feito isso, em primeiro lugar. Ele está tomando drogas com as mesmas propriedades químicas da metanfetamina.

— Não seja tão dramático.

Eu não consigo evitar. Paul está se comportando como se ministrar drogas receitadas para uma criança fosse o mesmo que dar heroína. Não é. Também fiz minha pesquisa.

— É verdade. Não é a minha opinião nem uma reação exagerada. É ciência. Neurociência pura. Se tirar os componentes básicos do Adderall ou de qualquer um desses outros estimulantes, eles são a mesma coisa. — Meu marido passa os dedos pelos cabelos. — E para quê? Por que deu isso ao nosso filho, Kendra?

— Eu... ahn... — Estou nervosa demais para falar. Nunca o vi tão furioso.

— Você sacrificou o cérebro dele só para matriculá-lo numa escola esnobe qualquer. É isso. E continuou dando o remédio mesmo depois que ele entrou na escola porque... o quê? Ele irrita os professores? Ele não é popular? — Paul inclina a cabeça. — Você não poderia ter um filho que não fosse tão popular quanto você foi no colégio, não é?

— Não se trata de ele ser popular. Reese mal está conseguindo terminar o ensino médio e apresenta problemas desde a pré-escola, então não aja como se ele fosse uma criança perfeita cujo cérebro inocente estou prejudicando. Reese vende drogas, Paul.

— Isso foi depois que você deu o Adderall a ele. Provavelmente esse fato o fez passar a vender.

— Não acredito que esteja zangado assim.

— Ah, é? — Paul me encara. — E eu não acredito que você não entenda por que estou.

Ele dá um passo para trás como se precisasse recuperar o autocontrole, cerrando e abrindo os punhos.

— Vou buscar Reese na escola e levá-lo a algum lugar divertido. Talvez ao traficante de crack que fica atrás da loja de conveniência.

— Agora você está sendo cruel. — Estou fazendo o meu melhor para não chorar, mas sem sucesso.

— Estive pensando... — Paul caminha até a porta. — Talvez seja melhor você continuar dormindo no quarto de Sawyer, já que gosta tanto de lá.

CINQUENTA E DOIS

DANI

Espero o café ficar pronto ouvindo Kendra chorar de soluçar no sofá. Eu ia servir uma taça de vinho para nós duas, mas, quando senti o cheiro denunciando que ela já estava bebendo, decidi pelo contrário. Seus cabelos estão oleosos e presos em um coque bagunçado no alto da cabeça. Ela tem uma expressão estranha e vazia no rosto. Paul e ela tiveram uma briga feia.

Na extremidade oposta do sofá, dobro os joelhos junto ao peito. Ela foi a minha casa antes e, quando ninguém atendeu a campainha, mandou uma mensagem perguntando onde eu estava. "Na casa da minha mãe", respondi; ela apareceu vinte minutos depois e não parou de falar desde então. Kendra é egocêntrica demais para enxergar ou querer saber por que estou na casa da minha mãe com meus pertences no quarto de hóspedes. Ela consegue ser irritante e nociva a esse nível, embora hoje isso seja uma bênção. Ainda não estou pronta para explicar o que está acontecendo para ela ou qualquer outra pessoa, especialmente depois de como foi contar para minha mãe.

— Meu casamento está desmoronando. Sabia que a maioria dos casamentos não sobrevive à morte de um filho? Eu imaginava que seria o oposto. Duas pessoas passam por essa coisa pavorosa juntas, algo que ninguém mais conseguiria compreender, de modo que, supostamente, isso as aproximaria, mas não. Na maioria das vezes, isso separa o casal. E se Paul e eu formos um desses casais?

— Vocês não são — asseguro. — Paul idolatra você.

Passei anos desejando e esperando que eles terminassem. Houve situações de desentendimento entre eles em que eu propositalmente dei a Kendra um conselho que eu sabia que chatearia Paul em vez de acalmá-lo, mas isso foi há muito tempo. Paul continua comprometido com ela desde a faculdade.

— Isso já foi verdade um dia, mas não sei mais. Não sei de mais nada. Nenhuma das minhas decisões faz sentido. Elas fizeram na época, mas agora não. E se tudo isso for, de certa forma, culpa minha?

— Calma. Nada disso é culpa sua. — Eu me ajeito no sofá.

— É, sim. Você não entende. Há coisas que você não sabe. Coisas que eu não te contei.

Ela está falando sobre seu casamento ou sobre o que aconteceu com nossos filhos?

— Não estou entendendo.

Kendra engole em seco.

— Paul saiu de casa porque descobriu que tenho dado Adderall para Reese em segredo.

Ela convenientemente deixou essa parte de fora quando descreveu como Paul saiu furioso de casa às três da manhã para correr e só voltou após o sol nascer. Kendra deu a entender que ele estava apenas transtornado – e eles têm muito com o que ficar transtornados –, por isso não achei nada de mais.

Ela logo acrescenta:

— E ele é veementemente contra dar remédios a crianças.

Claro que é. Quando Paul tinha doze anos, uma prima cometeu suicídio depois que seu médico receitou Prozac para uma depressão. A família de Paul jurou que ela passou por uma mudança completa de personalidade devido ao remédio e que foi isso o que a levou ao limite. Nunca conheci essa prima. Ela não morava por aqui, mas Paul teve por hábito passar duas semanas na casa da menina todo verão até o final do ensino médio. Isso arrasou a família toda. A tia dele nunca se recuperou.

— Por quanto tempo você deu isso para ele, Kendra? — É difícil disfarçar o tom de julgamento na minha voz.

— Pouco mais de um ano.

— E fez isso pelas costas deles o tempo todo? — Desta vez, o tom de julgamento se revela.

Kendra concorda. Seu rosto está repleto de culpa, mas não consigo identificar se ela está arrependida porque o magoou ou porque foi pega. Nunca é fácil saber quando se trata da minha amiga.

Eu ficaria furiosa se Bryan desse remédios psiquiátricos às crianças sem me contar. Não me oponho ao uso deles, mas não gostaria que Caleb ou Luna tomassem algo assim sem meu conhecimento.

— Os nossos meninos estavam tomando Adderall também — diz ela. — Eles tentaram arranjar alguns com Reese.

— Mas achei que Reese não soubesse que você estava dando isso para ele.

— E não sabia. Ele estava arranjando de outra fonte.

— Por que tem tanta certeza de que os nossos meninos vinham tomando?

Caleb não pode nem ingerir cafeína sem ficar ridiculamente eufórico. Não consigo imaginar o que um Adderall faria com ele.

— Os exames de toxicologia ficaram prontos. O detetive Locke os examinou conosco ontem. Tenho certeza de que ele vai te ligar hoje e repassar os resultados com você.

— Quer dizer que você leu apenas o relatório de Sawyer? Não viu os dos outros meninos?

— Não, mas Locke deixou bem claro que todos os três estavam fora de si naquela noite. Ele até admitiu que o álcool também desempenhou seu papel.

O que não significa nada. Locke pode ter dito isso apenas para ela se sentir melhor sobre Sawyer estar tão doidão. Os resultados de Caleb podem ser diferentes.

— Lindsey sabe?

— Sobre o Adderall ou sobre os resultados do exame de toxicologia?

— Tudo.

— Enviei uma mensagem avisando que o relatório de toxicologia estava pronto, mas ela não respondeu. Não contei a ninguém que estava dando Adderall para Reese.

É um segredo bem grande para se guardar por um ano, mas não me surpreende. Kendra sempre foi boa em guardar segredos.

— Não é como se eu estivesse escondendo de vocês. Eu só não queria que Paul descobrisse. A única maneira de fazer isso era garantir que eu fosse a única a saber. Não poderia arriscar alguém deixando escapar. Sei que não deve fazer sentido para você. — Ela vira o rosto.

Faz todo sentido para mim.

Kendra não é a única a guardar segredos.

CINQUENTA E TRÊS

LINDSEY

Vou até o pátio nos fundos para respirar um pouco. Estar em casa é mais claustrofóbico do que estar no hospital. Pelo fato de todos os quartos ficarem no andar de cima, não temos onde acomodar Jacob a não ser na sala, pois não há como subir com ele. A sala é o único cômodo grande o bastante para instalar a cama de hospital e ainda oferecer espaço suficiente para nos movimentarmos. O cheiro de doença pouco a pouco se infiltra no ambiente. Abri as janelas para arejar, mas até agora não adiantou.

As pessoas continuam parando para visitar. Garanto que Andrew mandou mensagem para todos os nossos conhecidos avisando que Jacob abriu os olhos. Não demorou muito para que começassem a bater à nossa porta com alimentos e suprimentos médicos aleatórios que julgaram ser úteis. Três pessoas diferentes trouxeram gaze, como se Jacob tivesse feridas abertas que precisássemos enfaixar. Todos andam pela casa e o observam como se ele estivesse em exibição num museu de bizarrices.

Seguro as costas de uma das cadeiras do pátio e inclino o tronco para a frente.

— Respira, Lindsey. Respira — digo a mim mesma, esperando que isso torne a instrução mais eficaz.

Jacob abriu os olhos. Isso é bom. O que há de errado comigo? Passei centenas de horas olhando para suas pálpebras fechadas e rezando para cada deus e divindade em que eu conseguia pensar pedindo por isso. Eu só ficava imaginando: se ao menos ele abrisse os olhos…

Agora eles estão abertos, mas se reviram como bolas de gude. Não suporto fitá-los agora – são mais perturbadores do que quando permaneciam fechados. Andrew segura seu rosto e encara seus olhos em absoluto êxtase e admiração, não sei como. Eu acreditava que, se Jacob abrisse os olhos, eu veria meu filho olhando de volta para mim. Mas não consigo vê-lo lá. Ele não está em lugar nenhum.

A voz estridente de Sutton viaja até mim e se mistura ao ar fresco. Ela declara a quem quiser ouvir que foi a responsável por acordá-lo. As pessoas ficam alimentando sua história e, se não tomarem cuidado, a menina vai acabar pensando que tem algum tipo de superpoder. Wyatt pediu para dormir na casa do melhor amigo, com o que concordei. Será mais fácil descobrir o que fazer sem ele aqui. Diversos amigos se ofereceram para levar Sutton também, mas ela ainda não dorme fora de casa sozinha. Meu pai disse que pegaria um avião de volta se precisássemos, mas eu odiaria obrigá-lo a fazer isso quando ele acabou de voltar para a própria casa.

A porta de vidro deslizante se abre. Andrew sai e para atrás de mim. O toque da sua mão nas minhas costas me faz estremecer e enrijecer.

— Desculpe — murmura ele.

Não consigo evitar; não quero que ele me toque. Fico tentando fingir que nada mudou, mas tudo em que penso toda vez que Andrew me toca é que meu marido está apaixonado por outra mulher.

— O tio Ross sugeriu pedir pizza. Quantas acha que devemos encomendar? — Andrew pergunta, superando rapidamente o constrangimento momentâneo.

— Isto não é uma festa! — vocifero.

— Há algo que eu possa fazer para ajudar? — Ele age do mesmo jeito cauteloso de quando estou com TPM, em guerra com os meus hormônios.

— Só preciso que todo mundo saia da minha casa.

Andrew arregala os olhos de surpresa.

— Sério?

— Estou tão cansada que mal consigo parar em pé. Pensar chega a doer, meus olhos ardem... Então, sim, eu gostaria que todos fossem para suas casas e parassem de vagar pela minha como se fôssemos uma atração de circo.

Andrew instintivamente faz menção de me tocar, mas logo desiste.

— Eles só querem ajudar, Lindsey. Só isso. — Ele enfia as mãos nos bolsos da frente da calça jeans. — Por que não vai dormir lá em cima no nosso quarto depois que todos forem embora e eu fico acordado com Jacob?

Eu balanço a cabeça. Não posso deixá-lo. Sou a mãe dele. Jacob precisa da mãe.

— Talvez você se sinta melhor depois de um banho, então. Quer tentar? — Andrew sugere, como se eu fosse um gato de rua que ele está tentando convencer a entrar.

Talvez um banho ajude. Não me lembro da última vez que tomei um.

— Acho que posso tomar um banho — admito, como se estivesse me preparando para uma tarefa importante.

Ele segura meu braço com cuidado e me leva de volta para dentro de casa.

* * *

Abro os olhos. Nossa cômoda de mogno aos poucos toma forma no escuro. A porta do *closet* entra em foco a seguir.

Então eu me lembro.

Sempre que acordo é assim. Naquele instante entre dormir e acordar, me esqueço de como minha vida foi destruída. É aquele breve instante que me destrói, pois me lembra de como eu era feliz, de como as coisas eram perfeitas – ele me lembra de tudo o que eu tinha, e aquela constatação é como perder tudo de novo. Passei a odiar acordar.

O lado de Andrew na cama está vazio. Vejo os lençóis esticados, intocados. Os dígitos vermelhos do despertador antiquado que ele se recusa a jogar fora marcam 3:12. A casa está silenciosa; todo mundo foi embora. Eu me delicio com o silêncio. Não quero ninguém aqui amanhã. Se alguém aparecer sem ser convidado ou sem avisar, será mandado embora. Não me importo com o que Andrew diz. Preciso de um ou dois dias para respirar e me recompor.

Levanto as cobertas e calço os chinelos que ficam debaixo da cama. Pego meu roupão florido da cadeira junto à janela. As páginas do livro que eu vinha lendo antes de tudo isso acontecer ainda estão marcadas e o livro está enfiado entre o apoio de braço e o assento. Não li mais uma palavra sequer desde então, não importando quantas vezes tenha tentado e quantas horas tenha passado me forçando, sobretudo no hospital. Ganhei um monte de livros diferentes para ocupar a mente. Adoro ler, mas meu cérebro está inquieto demais para se concentrar no que quer que seja. As palavras se misturam ou fico lendo as mesmas frases sem parar. Visto o roupão e amarro a faixa em torno da cintura.

Abro a porta do quarto e desço na ponta dos pés. As lâmpadas noturnas recém-adquiridas brilham nas tomadas, traçando um caminho até a cama de Jacob e lançando um brilho estranho em tudo que tocam. Elas vão da cozinha para a sala de estar e dali para o banheiro. Andrew dorme no sofá diante da cama de Jacob. Balanço de leve seu braço, e ele abre os olhos.

— Vá lá para cima dormir. Eu assumo daqui.

— Tem certeza?

Afirmo que sim e aponto para a escada.

— Vá.

Andrew pega o celular da mesinha de centro e sobe os degraus arrastando os pés. Eu me empoleiro na beirada do sofá, aquecido pelo calor de seu corpo. O sofá é novo. Pedi ajuda de um decorador com a sala de estar, pois é o primeiro cômodo que todo mundo vê ao entrar; eu queria que desse o tom da casa toda. O sofá azul-claro é firme e confortável. É a peça de mobiliário mais cara que já tive. Eu queria que fosse bonito, o que ele é, mas nunca esperei que alguém dormisse nele.

Selecionei a decoração meticulosamente para que o cômodo ficasse leve, elegante e arejado. Ele é repleto de tons suaves de cinza e branco. O sofá fica diante de uma bela lareira restaurada, com a grande mesa de centro de madeira na frente exibindo uma coleção de revistas de viagem, como se fôssemos tirar férias luxuosas. Há um enorme retrato de família na parede acima da lareira, e, na cornija, uma fileira de porta-retratos com fotos das crianças. Cada centímetro costumava ser familiar, mas agora nenhum deles aparenta ser. Penso na facilidade com que atravessei a vida e como eu considerava isso natural, o que me revira o estômago.

Fico olhando para a cama de hospital volumosa ocupando o espaço entre a mesa de centro e a lareira. Alguém trocou as meias de Jacob. Talvez Sutton.

Eu me levanto e me aproximo da cama. Passo a mão pela grade ao contorná-la. Todas as travas se encontram no lugar e o cinto de segurança adicional está engatado como se houvesse chance de Jacob se mexer e cair. Seus olhos estão abertos. Se ele estivesse lá, na certa olharia para o teto, mas ele não está olhando para nada. Seus olhos estão apenas abertos. Eles ainda não se fecharam; somente deram piscadas reflexivas. A dra. Gervais disse para esperarmos vê-lo no que parecem ser ciclos de sono-vigília, mas até o momento só houve vigília.

— Oi, querido. Como foi seu dia? — Debruço-me e beijo sua testa. A sensação de sua pele em meus lábios é como cera. — O meu foi exaustivo. Não sei como aguentei. Eu estava a um passo de virar a "mamãe na farmácia" de novo.

Foi assim que ele me chamou quando explodi com um atendente que me vendeu o remédio errado.

— Seu pai me obrigou a dormir um pouco e estou me sentindo muito melhor agora. E você? — Deslizo a mão por seu braço, que parece um peso morto ao lado do corpo. — Sente-se melhor?

Agora passo a mão por seus pés enquanto vou para o outro lado da cama e alcanço sua cabeça novamente.

Vejo o borrão rosa da minha mão estapeando seu rosto. Aquelas não são minhas mãos. Não podem ser. É quando as vejo fazendo aquilo outra vez, surpresa com o contato. Elas estão ligadas ao meu corpo, mas uma força que não controlo as assumiu. Não acredito no que elas fizeram. Como elas puderam agir assim? O luar entra pela janela e reflete em minha aliança de casamento. Os diamantes piscam para mim, zombeteiros, como se conhecessem meu segredo. Agarro as grades da cama e continuo a rondá-la, reprimindo a vontade de gritar.

CINQUENTA E QUATRO

DANI

Meu acesso a todas as minhas contas foi bloqueado. Fui ao caixa eletrônico pegar dinheiro para ajudar minha mãe com as compras e as contas. Somos uma despesa inesperada grande demais, e ela não deveria ter de lidar com tudo sozinha. Eu precisava dar um jeito de enfiar as cédulas na sua bolsa, já que ela é orgulhosa demais para aceitar de primeira, mas nada disso adianta quando não tenho nada com o que contribuir.

Liguei imediatamente para o banco, mas a funcionária do serviço de atendimento ao cliente ficou repetindo que meu nome havia sido retirado da conta e que eu precisava conversar com meu marido a respeito. Ela deve ter dito isso mais de dez vezes – "A senhora terá de falar com seu marido" –, com uma voz anasalada que me fez ferver de raiva.

Passei a maior parte da manhã pendurada no telefone com as operadoras de cartão de crédito e descobri que ele também bloqueou meu acesso a eles. Suponho que seja ilegal, mas como dar uma entrada para um advogado se não tenho dinheiro?

Bato no volante e solto um gemido desesperado.

— Exatamente! É isto aqui, esta é a parte que ninguém entende. Como sair de fato? Alguém na escuta?! Qualquer pessoa! O que eu faço?!

Mas não há ninguém para responder. Nunca há.

Lágrimas pesadas embaçam minha visão no caminho até a casa da minha mãe. A casa em que cresci. A casa onde meu maior problema era minha melhor amiga estar namorando o cara de quem eu gostava. Eu não deveria estar aqui. Esta não deveria ser minha vida. Eu não sou uma dessas mulheres.

Ah, eu sou, sim.

E eu estava certa. Bryan fará tudo o que ameaçou fazer caso eu o deixasse. Isto é apenas o começo.

* * *

Caleb e eu estamos sentados à mesa da cozinha, ele preenchendo as planilhas de Matemática que imprimi do *site* da escola. Eu adoraria poder ser mais útil com seu dever, mas me perdi desde que ele entrou na quinta série. Meu filho se mostra frustrado e agitado, mas não sei se é por causa das equações ou de seu estado emocional. Além disso, ele está tão atrasado na escola que não imagino como poderá colocar tudo em dia.

Nas últimas semanas, aprendi a apreciar seu silêncio. Assim ele não pode verbalizar as perguntas difíceis que não estou pronta para responder. Nem divagar com conversas sem sentido apenas para preencher a quietude que nunca percebi ser tão presente em nosso dia a dia até Caleb parar de falar.

Uma batida forte na porta nos faz pular de susto. Kendra aparece na janela da cozinha e acena, segurando um copo do Starbucks. Sorrio para ela, tentando esconder a irritação. Ela mandou uma mensagem mais cedo e eu respondi que Caleb e eu íamos pegar leve em casa hoje, implicando sutilmente que eu não queria ser incomodada. Agora que Paul está zangado com ela, Kendra parece descontrolada, se esforçando ainda mais para juntar as peças do acidente, como se fazê-lo fosse resolver tudo.

Eu me levanto para atender, mas me abaixo para sussurrar no ouvido de Caleb quando passo:

— Desculpe. Vou tentar despachá-la logo.

Kendra entra correndo assim que abro a porta sem nem me dar a chance de recusar e, agora que entrou, é impossível saber quanto tempo ficará. Não posso ouvi-la chorar o dia todo. Sei que isso me torna uma péssima amiga, mas tenho meus próprios problemas. Preciso conversar com Bryan sobre dinheiro, e isso me apavora.

— Oi, Caleb! — ela exclama. — Que bom ver que sua mãe está te deixando em dia com o dever de casa.

Kendra me faz lembrar quando minha colega de quarto da faculdade tinha seus episódios maníacos. Ela está falando tão depressa... É como se as palavras não saíssem rápido o suficiente.

Caleb mantém a cabeça baixa, sem parar de trabalhar. Ela me entrega um café, embora eu esteja com uma xícara de chá quente na mesa. Tanto faz. Cafeína nunca é demais.

— Eu estava voltando para casa, mas pensei em passar na Lindsey primeiro. Achei que você gostaria de vir comigo. Não vamos lá desde que o Jacob acordou e já fez um dia. Você sabe como ela fica.

— Mas Lindsey mandou uma mensagem hoje de manhã pedindo para todos darmos um tempo hoje. Ela disse que a família precisava de um dia para se acomodar ou algo assim.

Kendra dá um tapinha em meu braço.

— Ela não quis dizer nós duas, boba. Calce um sapato e vamos lá. — Minha amiga continua parada na entrada, cheia de expectativa.

Eu aponto para Caleb, mas ela dá de ombros.

— Leva junto. Ele não quer ver Jacob? — Kendra levanta a voz, como se ele não pudesse ouvi-la. — Caleb? Aposto que você também quer ver Jacob, não quer?

Eu me escondo atrás dela e lanço um olhar desamparado para Caleb, que dá de ombros, evasivo. Kendra se volta para mim.

— Viu? Caleb também quer ir, então deixa de ser estraga-prazeres e vamos logo.

— Tudo bem, mas vou com o meu carro — aviso. — Não quero que você precise voltar aqui para nos deixar depois. É muito trabalho.

Na verdade, estou só garantindo a possibilidade de voltar sem ela. Não aguento muito tempo com Kendra hoje.

CINQUENTA E CINCO

KENDRA

Dani me segue de carro até a casa de Lindsey. Fingi que minha visita era para arrastá-los comigo e assim não precisar ir sozinha, mas foi a única forma de garantir que Caleb viesse. Lindsey vem ignorando minhas mensagens há dois dias, mas ela não nos mandará embora se Caleb estiver conosco.

Mandei para ela o vídeo da festa no *Instagram*, mas a mensagem não teve confirmação do recebimento. Entendo que ela tem muito a fazer agora, mas Lindsey não é a única passando por problemas. Afinal, qual é? Meu filho morreu, e provavelmente foi o filho dela quem o matou. Eu deveria ser a mais abalada aqui, mas não sou. Só quero saber o que aconteceu para deixá-lo descansar. Por que é tão difícil entender isso? Ela faria a mesma coisa se estivesse em meu lugar.

Desacelero por hábito quando chego à Pike's Bend. Há sinais amarelos pontilhando a curva acentuada, alertando sobre quedas do penhasco, como aqueles que advertem sobre veados atravessando a estrada mais ao norte. Eles são feitos com os mesmos elementos. Bonecos de palitinho que, segundo Sawyer, pareciam estar dando estrela ou saltando. Ele se acabava de rir toda vez. Sinto falta de sua risada. É uma das coisas que mais me dão saudade. Ele nunca levava nada muito a sério, o que tornava suas notas um pesadelo contínuo, mas nossa casa, um lugar feliz. Eu precisava sair de lá hoje.

Paul continua mal se dirigindo a mim. Ele age como se eu tivesse dado heroína para Reese. Consigo entendê-lo, de verdade, mas o remédio foi receitado após um diagnóstico realizado por um médico que é pediatra do menino desde que ele tinha cinco dias. Além disso, sempre ministrei a droga exatamente conforme sua recomendação. Não estou dizendo que foi a coisa certa a fazer, e lamento muito mesmo por não ter contado, mas não é como se eu tivesse cometido o pior crime do planeta.

Não demora muito para chegarmos à casa de Lindsey e sairmos dos nossos carros. Corro pela calçada e bato na porta – não muito alto, para o caso de as pessoas estarem dormindo. É impossível não ver o aborrecimento no rosto de Lindsey quando ela atende. Ela mantém a porta ligeiramente entreaberta e o corpo bloqueando a entrada. Fica óbvio que as coisas não melhoraram desde a última vez em que a vi. Minha amiga parece até pior. Seus olhos estão vermelhos e lacrimejantes. A pele, cinzenta e amarelada como se estivesse ficando doente. Seu rosto está tão magro...

Olho discretamente para Dani, que está pensando a mesma coisa – são dez horas e Lindsey ainda está de roupão. Ela costuma se deitar às sete da noite. Acorda às cinco da manhã desde o nosso segundo ano no ensino médio. Seus cabelos castanhos, normalmente perfeitos não importa o que aconteça, estão soltos e lambidos. Talvez fazer esta visita tenha sido uma boa ideia.

— Oi, Lindsey. Estávamos passando e pensamos em parar aqui — diz Dani em um tom extremamente jovial, roubando a desculpa que usei com ela antes para aparecer em sua porta.

Lindsey aperta mais o roupão em volta da cintura.

— Obrigada, mas acho que não estamos em condições de receber visita. O dia está um tanto difícil.

— É justamente por isso que viemos. — Eu a contorno e entro na casa.

Abro mais a porta para permitir que os outros entrem também. Lindsey nem sempre sabe o que é melhor para ela.

CINQUENTA E SEIS

LINDSEY

Kendra invade a minha casa da mesma forma como invade tudo. Ela entra na sala de estar como se fosse a dona, e nós automaticamente a seguimos, como tantas vezes antes. Caleb entra com Dani, vermelho de vergonha, mantendo os braços prostrados desajeitadamente ao lado do corpo como se não soubesse o que fazer com eles.

Observo os três analisando a cena. Kendra olha pela sala, nitidamente evitando Jacob no meio do cômodo. Dani empalidece e engole em seco como se estivesse sufocando. Definitivamente tem algo acontecendo com ela. Dani não vai revelar do que se trata, mas está na casa da mãe com Caleb, então deve haver um motivo para tê-lo trazido. Os olhos de Caleb se enchem de lágrimas como sempre acontece quando ele está perto de Jacob. Por que ficam fazendo isso com ele? Não é justo, visto que é nítido o quanto aquilo o deixa desconfortável.

Paro ao lado dele e apoio a mão suavemente em suas costas.

— Pode se sentar ali, se quiser. — Aponto para o pufe de couro do outro lado do cômodo, o ponto mais distante de Jacob e com a visão mais obstruída da cama.

Ele me olha com gratidão e sem demora contorna a cama de Jacob, senta-se e se encolhe, envolvendo o corpo com os braços.

— Gostei de como você arrumou tudo — diz Kendra, como se tivéssemos redecorado a sala de estar, e não a transformado em um quarto de hospital.

— Obrigada.

Não quero que elas se sintam confortáveis demais. Só ofereci um lugar para Caleb porque fiquei com pena dele e acho que o garoto não deveria estar aqui.

—- Como vão as coisas? — A expressão de Dani revela compaixão e preocupação.

— Não tão bem como esperávamos. Não pensamos em nada antes, e há todos esses desafios... Por um lado... — Aponto para o espaço ao redor. — ... este é o único lugar onde podemos colocá-lo. A cama não cabe em nenhum outro cômodo. A casa não foi projetada tendo em mente o acesso para mobilidade reduzida, por isso não podemos levá-lo lá para cima. Nós mal podemos tirá-lo da cama. Existe um motivo pelo qual as pessoas treinam para isso.

Jacob é como um macarrão molenga com um metro e setenta de altura e sessenta e três quilos. Podemos virá-lo da esquerda para a direita no leito, mas não tirá-lo da cama com segurança nem movê-lo para qualquer outro lugar. Nós observamos as enfermeiras o transferindo muitas vezes, mas, quando tentamos reproduzir as técnicas que as vimos usar, quase o deixamos cair no piso de madeira. Não é como se houvesse uma forma rápida de aprender, então estamos assistindo a vídeos no *YouTube* e salvando os que parecem feitos por profissionais de confiança.

Kendra se vira e me encara.

— Posso perguntar o que levou vocês a decidirem deixar o hospital?

Odeio quando ela faz perguntas assim. É tão manipulador. Eu me esquivei daquela questão a maior parte do dia ontem, mas Kendra não vai desistir tão fácil, e Caleb provavelmente também quer saber. É maldade não contar a ele, mas o fato é que não sei o que deu em mim, e isso não ajuda a encontrar uma explicação.

— Sinceramente? Eu não sei.

Essa não é a parte da história que contamos quando os outros perguntam a respeito. Nós nos concentramos no que aconteceu depois que decidimos tirá-lo do hospital. Porém, quanto à decisão em si, não houve conversa, porque foi uma ideia tomada em uma fração de segundo e surgida do nada.

— Jacob tinha acabado de terminar uma tomografia e, enquanto o dr. Merck explicava o que viu, isto é, basicamente nenhuma mudança, senti uma necessidade irresistível de levá-lo para um lugar aberto, fora do hospital. Eu nem estava pensando naquilo antes, mas deixei escapar. A equipe permitiu. Assim que pisamos lá fora, não consegui mais voltar. Não sei por quê. Eu simplesmente não era capaz. Eu chegava à beira de um ataque de pânico toda vez que olhava para o prédio.

Imaginar o hospital agora me faz estremecer de repulsa.

— E Andrew? — pergunta Dani.

— Foi ele quem sugeriu isso.

As duas parecem tão surpresas que não consigo conter um sorriso.

— Pois é, eu também mal acreditei. No começo, não achei que aquilo fosse sério. Estávamos parados em um beco atrás do hospital, e eu estava pirando. Não dormia fazia dois dias. Então, quando o Andrew fez aquela sugestão, simplesmente aceitei. Nenhum de nós questionou.

Kendra e Dani balançam a cabeça de incredulidade. Somos as últimas pessoas que alguém imaginaria fazendo algo assim, portanto, estou no mesmo barco que elas. Seja lá qual tenha sido o impulso que tomou conta de mim dois dias atrás, ele já desapareceu, me deixando apenas com incerteza e medo. Por isso costumo pensar bem em tudo antes, é exatamente o que aconselho às crianças.

— O que vocês vão fazer agora? — Dani quer saber.

Essa é a pergunta que passa pela mente de todos: qual é o plano? No hospital, muitas vezes perguntamos o mesmo aos médicos, eram eles os responsáveis por responder. Agora, a responsabilidade recai exclusivamente em nossos ombros. Nunca me senti tão sobrecarregada. Não sabemos o que estamos fazendo. Somos dois cegos tentando conduzir um ao outro por um labirinto e ainda sou obrigada a trabalhar com alguém em quem não confio mais.

— Estão sentindo um cheiro ruim aqui? — Deixo escapar isso da mesma forma que deixei extravasar o meu desejo de levar Jacob para a área externa do hospital.

Kendra hesita com a aleatoriedade da pergunta.

— O quê?

— Digam a verdade, não mintam. Estava fedendo quando vocês entraram aqui? — Gesticulo para a sala e ergo o queixo, farejando o ar. — Lembram quando a Sandra teve câncer e sempre que a visitávamos sentíamos aquele cheiro na casa dela? A minha casa está com cheiro de morte?

As duas trocam olhares preocupados, como se eu estivesse tendo um colapso bem na frente delas. Elas não podem dizer que não sentem o cheiro. O fedor de Jacob se infiltrou em todos os cômodos. Está entranhado nas paredes. Minha casa cheirou a fraldas sujas por anos quando os meninos eram bebês, mas isso é diferente, de certa forma.

Dani é a primeira a se manifestar:

— Não, está tudo bem. Eu não senti nada.

Em outra situação, eu ofereceria algo às duas. Uma xícara de chá ou um café. Uma taça de vinho, se já passasse das cinco. Mas oferecer algo só fará com que elas fiquem mais e, se eu não tiver tempo para me recompor, não sei o que será de mim. A presença delas me irrita.

— Sei que você tinha um milhão de afazeres, mas recebeu minha mensagem sobre o vídeo que Paul encontrou no *Instagram*, do Jacob e do Sawyer em outra festa da Delta Tau? — Kendra põe a mão na cintura.

Ela não para de me enviar aquele vídeo idiota. Tudo o que não quero é assistir a um vídeo de Jacob vivo e sorridente. Isso dói demais. Por que Kendra não pode simplesmente deixar para lá?

Balanço a cabeça e respondo:

— Não tive tempo.

Kendra enfia a mão na bolsa e tira o celular antes de correr para o meu lado. Ela digita a senha e já há um vídeo esperando para ser assistido na tela. Sinto a raiva vindo à tona. Foi esse o motivo de sua visita. Tudo faz sentido agora. Eu já deveria ter imaginado que ela queria algo.

Passo por ela e começo a dobrar a barra das meias de Jacob sobre os seus tornozelos como se houvesse algo importante que eu precisasse fazer com seus pés. Ela me segue e fica atrás de mim.

— Você *tem* de ver isso. Definitivamente havia algo acontecendo com eles.

Kendra tenta me passar o telefone novamente. Eu a ignoro. Ela insiste, se aproximando mais, mas afasto sua mão.

— O que foi, Lindsey?

Eu me viro antes de gritar com ela:

— O meu filho é um vegetal, Kendra! Ou você não percebeu porque está tão imersa na própria dor que não consegue enxergar a de mais ninguém? Eu também perdi meu filho. O Jacob de antigamente morreu naquela noite... — A raiva corre pelas minhas veias, me fazendo tremer. — ...junto com Sawyer! É quase como se os tivéssemos enterrado juntos. Jamais o terei de volta, e agora estou com um bebê para criar pelo resto da vida. Já parou para pensar que pode ser por isso que estou evitando suas mensagens? Que por isso eu não quis mergulhar na sua mais recente investigação sobre o relacionamento entre Jacob e Sawyer?

Chacoalho a cabeça. Kendra recua e se espreme contra a parede como se eu fosse atacá-la.

— Não diga nada, eu já sei a resposta. Você não pensa em ninguém além de si mesma. Nunca pensou. Na noite do nosso baile de formatura, você poderia ter...

Dani dá um passo à frente e delicadamente coloca a mão em meu braço para me impedir. Nós nunca falamos sobre aquela noite, nem mesmo no dia em que aconteceu.

— Lindsey, não, por favor — ela pede baixinho.

— Não me venha com essa. Você sabe que tenho razão. Você mesma disse isso, mas não vai admitir na frente da Kendra, vai? Está secretamente feliz por ela ter dado um tempo para Caleb e começado a apontar o dedo para Jacob.

Dani parece horrorizada, como se eu a tivesse esbofeteado, e solta meu braço.

— Você sabe que é verdade. Qual é, não foi por isso que Kendra veio aqui? Tudo em nome da verdade? Encontrar a verdade? Bem, que tal esta verdade: Caleb tinha um péssimo gênio. Ele odiava ser deixado de fora ou que lhe dissessem o que fazer. Talvez vocês devessem parar de tentar escrever o próximo *Romeu e Julieta* e voltar a atenção para o garoto que sabemos ser o mais propenso a sair por aí atirando nos amigos.

A sala está paralisada. Acabei de ultrapassar todos os limites.

Dani corre para Caleb e joga os braços em torno dele, cobrindo seus ouvidos com as mãos para protegê-lo das minhas palavras. Kendra me encara como se nunca tivesse me visto antes. Eu sustento seu olhar, sem me desculpar. Se eu abrir a boca, vou apenas transbordar mais veneno. Elas nunca deveriam ter vindo aqui.

CINQUENTA E SETE

KENDRA

Tem que haver algo aqui, algo que perdi antes, qualquer coisa. Abro a gaveta da cômoda de Sawyer e vasculho suas camisetas, atirando-as para fora sem me importar com onde vão cair. Há montanhas de roupas dele já reviradas e empilhadas aos meus pés. Eu as chuto de lado e sigo para a escrivaninha, abrindo a gaveta de cima.

Paul me assusta ao perguntar por trás de mim:

— O que você está fazendo?

Ele está parado na soleira, me olhando com cautela, os braços cruzados. Deveria estar no escritório. O que faz em casa?

Eu o ignoro e abro as outras gavetas. Pego itens aleatórios e os deixo de lado, certificando-me de olhar cada centímetro e cada canto em busca de algo escondido ou fora do meu alcance.

— O que você está fazendo? — Paul repete, dessa vez mais alto.

— Procurando uma coisa.

Afasto-me da escrivaninha e me ajoelho ao lado da cama de Sawyer para olhar debaixo dela, como quando ficava à procura de monstros antes de apagar a luz para meu filho dormir. Só vejo poeira e meias emboladas.

Nunca fiquei tão furiosa com Lindsey. Como ela ousa insinuar que estou sendo egoísta por tentar reconstituir a morte de Sawyer? Eu deveria me sentir mal quando o filho dela provavelmente matou o meu? Mereço saber o que aconteceu com ele. Tenho feito um favor a ela por ser legal e gentil, mas chega.

Tive que sair dali antes de fazer alguma besteira. Não sei como dirigi até minha casa sem me envolver num acidente. Em um minuto, eu estava na casa dela, tremendo de ódio. No minuto seguinte, entrava na minha garagem. Venho revirando o quarto de Sawyer desde então, determinada a encontrar alguma pista que possa fazer justiça a ele. Quando eu encontrar, vou voltar lá e jogar na cara dela.

— Procurando o quê?

— Não sei. — Fico de pé e olho os pôsteres colados nas paredes do quarto.

— Como assim não sabe? — Ele dá um passo para dentro do quarto.

Corro até o pôster de uma banda na parede ao lado da porta do banheiro e puxo um canto, arrancando-o. Partes do papel ficam grudadas na parede e eu raspo os últimos pedaços com as unhas, freneticamente.

Paul corre até mim.

— Para com isso! O que você tá fazendo?!

Atiro o pôster no chão e passo a mão sobre a parede como se houvesse um esconderijo atrás dela. Meu marido segura meus pulsos para me impedir e me puxa para seu peito. Em seguida, ele passa os braços com força ao meu redor.

— Calma...

Eu me contorço contra ele. Não quero me acalmar; quero saber o que houve com meu bebê. Paul continua me segurando forte, se recusando a me soltar.

— Tudo bem. Só tenta se acalmar — repete ele com uma voz tranquila e reconfortante.

Meu corpo treme contra o dele e minha voz sai quebrada quando digo:

— Preciso saber o que aconteceu com Sawyer. Não me importo com o que Lindsey ou qualquer outra pessoa pense. Não me importo se todo o mundo está tipo "Ah, foi apenas um acidente". Ninguém quer dizer isso em voz alta, Paul, mas e se não tiver sido?

Começo a chorar, e as perguntas vão saindo.

— E se Jacob tiver atirado em Sawyer de propósito?

— Eu me importo com o que aconteceu com Sawyer.

Eu me apoio nele, que continua firme.

— Sinto muito. Sei que se importa. É que todos ficam pisando em ovos como se não houvesse nenhuma possibilidade disso, mas tenho certeza de que Jacob matou o nosso filho. Por mais terrível que seja, é a única explicação que faz sentido. A única hipótese de Jacob ter atirado em si mesmo é se atirou depois de disparar contra Sawyer.

Paul afaga minhas costas.

— Eu sei — sussurra ele contra a minha testa.

— Por que Lindsey não consegue admitir isso e seguir em frente? Não é como se nada fosse acontecer com Jacob. Nenhum juiz ou júri vai mandá--lo para a prisão. Ele já perdeu a vida.

Ao contrário da maioria daqueles que perdem familiares para crimes violentos, eu sei que o responsável pela minha perda receberá a punição e o sofrimento que os outros só conseguem imaginar em seus pensamentos mais sombrios.

— É muito difícil para ela ou qualquer outra pessoa pensar nele como um assassino. O garoto era praticamente perfeito. Ele não deveria ser o tipo de jovem que faz algo tão abominável. Portanto, se ele é capaz de algo assim, qualquer um é, e isso é assustador demais para as pessoas imaginarem. Sem contar que Lindsey provavelmente não quer que se lembrem assim do filho.

Ela não quer que se lembrem dele como um assassino, e eu não quero que se lembrem de Sawyer como um atleta desmiolado que ficou bêbado e cometeu um erro estúpido. É assim que ele será lembrado se eu não provar o contrário.

— Obrigada por entender. — Minha respiração está lentamente voltando ao normal.

— Acredite, eu entendo totalmente. Podemos sair daqui agora?

Observo a destruição que causei no quarto.

— Eu devia recolher tudo isso do chão.

Os olhos dele se enchem de ansiedade com a ideia de ter que ficar neste quarto por mais tempo.

— E você devia descer e preparar algo para a gente comer. Estarei com fome quando terminar.

* * *

Encaro o celular, perplexa. Eu estava limpando a bagunça que fiz e arrumando as coisas após revirar o quarto de Sawyer do avesso quando o aparelho caiu de uma caixa de roupas velhas empilhadas no fundo do *closet*. Primeiro, tento a senha de desbloqueio do iPhone dele na esperança de que seja a mesma, mas o telefone vibra e acusa que não. Como não encontrei isso antes? A culpa sobe por meu estômago e abre caminho até a garganta. Eu só entrava no *closet* para procurar garrafas tarde da noite na época em que estava tomando aquelas pílulas. Há cinco dias não tomo nenhuma, e até hoje não tinha mexido ali. Talvez, se eu não estivesse tão debilitada na época, pudesse ter encontrado o celular antes, mas não tenho tempo para arrependimentos. Isso é importante demais.

Desbloquear o iPhone dele foi fácil porque sei as senhas de Sawyer e de Reese. Os meninos só podiam ter celular se tivéssemos acesso às senhas. Obviamente, ainda existem maneiras de esconder as coisas, mas pelo menos eles sabiam que nós os monitorávamos. Prossigo tentando diferentes combinações possíveis, tomando cuidado para dar os intervalos adequados entre senhas erradas e o aparelho não ser bloqueado, mas não tenho sorte. Tento pensar em tudo, mas as possibilidades são infinitas. A desesperança começa a se instalar quando, de repente, tenho uma ideia. Digito a data de aniversário de Jacob e observo a tela ser desbloqueada.

Há apenas um contato com o qual ele se comunica por aquele celular. Não reconheço o número, mas provavelmente é de Jacob. Aposto que, se Lindsey vasculhasse o quarto dele, encontraria um aparelho semelhante. Minhas suspeitas são confirmadas quando vou até o início das mensagens e descubro que as primeiras são sobre a compra em conjunto dos celulares pré-pagos. Suas referências a *Breaking Bad* me fazem rir.

Começo a ler a troca de mensagens entre os dois como se fosse o diário de Sawyer. Eles arranjaram os aparelhos há nove meses, logo depois de começarem a namorar, pois não queriam que ninguém soubesse sobre o relacionamento. Há um nível de intimidade que nunca imaginei que eles tivessem e certamente nunca vi, caso contrário eu teria tocado no assunto. Eles falam sobre a pressão que sofrem no campo de futebol. Eu nem imaginava que Sawyer sentia aquele nível de estresse ou que Jacob tinha uma bolsa parcial. Lindsey nunca disse uma palavra a respeito. Será que sempre foi assim? Há toneladas de conversas de cunho sexual, pelas quais passo rapidamente, desejando que houvesse uma maneira de filtrá-las.

O relacionamento deles era um segredo. Ninguém sabia, nem mesmo Caleb. Eu me pergunto o que ele acha agora. Muito embora nas mensagens os garotos não chamem aquilo de relacionamento. Assim que Jacob se refere aos dois como um casal, o recuo de Sawyer é imediato e evidente, apesar de estar claro que Sawyer também sentia alguma coisa. Jacob está perdidamente apaixonado por Sawyer e não se importa com quem possa descobrir. Suas mensagens vão de abreviações e erros ortográficos, *emojis* e vídeos a frases compridas e cuidadosamente elaboradas.

> Sei que a gente falou que não queria que as coisas ficassem sérias porque somos muito novos, mas não podemos controlar o que sentimos. Não entendo do que você tem tanto medo.

Eu não sou gay.

> Você não pode controlar quem você ama.

Quem falou em amor?

As palavras dele me apunhalam o coração. O que elas devem ter feito no de Jacob? Ele não responde depois disso, e há um intervalo de duas semanas entre as mensagens de texto e chamadas pelo *FaceTime*. Pego o iPhone de Sawyer para ver se, na época, eles pararam de se comunicar nele também. Curiosamente, os meninos se falaram nos *chats* em grupo, mas não em particular. Então Sawyer quebra o silêncio com o truque mais antigo do mundo:

Você estava gostoso com aquele jeans hoje.

Jacob morde a isca em segundos como se estivesse esperando o contato.

> Valeu!

Não demora muito para ambos estarem naquela dança que conduz o relacionamento de quase toda adolescente com o menino de quem gosta: *se aproximar, se afastar, se aproximar, se afastar.* Apesar de Sawyer ser meu filho, me surpreendo torcendo por Jacob naquele cabo de guerra emocional. Fico frustrada por, além de ser o estereótipo de um atleta, Sawyer também ser o clássico fanfarrão, ainda por cima à custa de alguém de quem ele claramente gosta. Então acontece algo, e a raiva de Sawyer na mensagem seguinte é palpável:

> O que você fez hoje foi errado. Pra mim, chega.

O que Jacob fez? Não há menção do ocorrido em lugar nenhum. Jacob não responde. Eles ficam mudos por duas semanas, e depois Jacob começa a descarrilar. Ele é o retrato da angústia e de um coração adolescente partido.

> Não consigo dormir à noite pensando em você.

> Eu não sei respirar sem você.

> Por favor, fala comigo.

> Não posso continuar assim.

Sawyer não responde. Ele ignora Jacob por mais nove dias. A última mensagem de Jacob para Sawyer foi enviada um dia antes do acidente. O meu sangue gela quando leio as palavras:

> Tive vontade de te matar quando te vi chegando naquelas meninas no almoço.

CINQUENTA E OITO

LINDSEY

Qual é o meu problema? Como pude dizer essas coisas na frente de Caleb? Não importa se era tudo verdade; ele está abalado demais para ouvir. Fico ajeitando os lençóis de Jacob, contornando sua cama e dobrando os cantos meticulosamente para me ocupar. Depois da minha explosão, Kendra foi embora furiosa, mas Dani ainda está aqui, remexendo na bolsa como se procurasse algo importante. Ela não quer ficar presa nesta sala comigo assim como eu não quero ficar com ela, mas não temos muita escolha. Caleb chorou por mais de uma hora antes de finalmente o sentarmos no sofá com Wyatt. Não faz sentido tirá-lo dali e arriscar perturbá-lo de novo.

Foi Wyatt quem o fez parar de chorar. Caleb não queria nada comigo ou com Dani, nenhuma palavra nossa o acalmava ou proporcionava qualquer alívio. Ele apenas ficou sentado onde estava, colado à poltrona com uma expressão de sofrimento no rosto, enquanto soluços altos e angustiantes sacudiam seu corpo. O barulho levou Wyatt a descer e ele convenceu Caleb a ir para a sala de TV. Wyatt sinalizou para ficarmos longe, então o assistimos da sala de estar, sussurrando fervorosamente para Caleb como se os dois estivessem prestes a entrar em uma partida de futebol. As palavras surtiram efeito, e não demorou muito para Wyatt convencê-lo a assistir a um filme dos Vingadores.

— Olha, eu não devia ter atendido à porta. Eu não estava em condições de falar com ninguém hoje — explico, mantendo as mãos ocupadas enquanto falo para não ter que olhar para Dani. — Por isso enviei aquela mensagem pedindo que todos ficassem longe.

Dani pode ficar com raiva o quanto quiser, mas tanto ela quanto Kendra receberam minha mensagem. As duas me escreveram no privado perguntando se havia algo que pudessem fazer para ajudar, e respondi a ambas a mesma coisa que aleguei para todo mundo:

> Eu estou bem. Só preciso descansar.

Minha amiga mantém os olhos fixos na bolsa.

— Sei que você não queria ninguém aqui hoje. Kendra apareceu na minha casa e nos arrastou com ela.

E Dani aceitou, como fazemos desde os dez anos de idade. Algum dia vamos parar? Kendra só se sentiu confiante o suficiente para invadir minha casa como invadiu algumas horas atrás porque sabia que eu não tentaria impedi-la, assim como Dani não a conteve quando ela entrou à força em sua casa.

— Lamento ter dito todas aquelas coisas horríveis.

— Por que se desculpar? É tudo verdade. Acha que eu não sabia que você e Kendra consideravam Caleb "muito agressivo" quando os meninos eram mais novos? — Dani faz aspas no ar. — Vocês mal podiam esperar que eu fosse embora dos encontros das três para poderem fofocar sobre todas as coisas que Caleb fazia aos seus filhos e como fracassei miseravelmente em controlá-lo.

— Dani, nós...

Ela ergue a mão para me impedir.

— Por favor, nem tente. Tudo bem. Sempre fui a que fazia vocês se sentirem melhor a respeito de suas próprias habilidades como mães.

— Bem, você com certeza retribuiu depois que tive Sutton.

Eu não consigo evitar. Kendra e ela passam tanto tempo me criticando sobre como crio Sutton quanto Kendra e eu falávamos sobre Caleb quando os meninos eram mais novos. No entanto, existe uma diferença entre antes e agora. Ficávamos legitimamente preocupadas com Caleb porque ele sempre machucava nossos filhos; portanto, tínhamos que conversar sobre as coisas. Elas, porém, estão julgando e sendo ignorantes ao sussurrar pelas minhas costas sobre como educo meus filhos. Quando tivemos os meninos, não sabíamos metade das coisas que sabemos sobre educar uma criança. Entendemos muito mais acerca de como falar e agir com nossos filhos hoje em dia. Não tenho direito – aliás, obrigação – de criá-los com base no que as pesquisas mais recentes mostram ser a melhor abordagem?

Ela não responde porque sabe que estou certa. Ouvimos os sons do filme ao fundo, cada uma perdida nos próprios pensamentos.

— Deixei o Bryan — confessa Dani.

— Do que você está falando? Quando?

— Quatro noites atrás.

Ela está à beira das lágrimas, mas tenta se controlar a todo custo.

Contorno a cama de Jacob e seguro seus braços, olhando-a nos olhos.

— Você está bem? Ele te fez alguma coisa?

Estou pronta para este momento há mais de uma década – o momento em que Dani aparece com um olho roxo ou um lábio inchado no meio da noite depois de Bryan bater nela. No entanto, nenhum preparativo me equipou para a intensidade da raiva tomando conta de mim agora.

Dani balança a cabeça. Ela sempre foi pequena, com pouco mais de um metro e meio, e parece ainda menor quando está triste.

— Ele acertou a Luna.

— Meu Deus...

— É...

— Ah, querida. — Eu a puxo para meus braços. — Você fez a coisa certa. Vai ficar tudo bem.

— Estou tão apavorada... Tipo o tempo todo. A cada segundo. Não tenho ideia do que estou fazendo. Se ele vem atrás de mim, se vai machucar a mim ou às crianças... Bryan já me emboscou no estacionamento do hospital. — Suas palavras começam a sair com mais rapidez. — Mas ele é o pai delas. Eu tenho que vê-lo. Nossos filhos precisam vê-lo. Não há como fugir dele. Eu...

Uma batida forte na porta interrompe a conversa.

CINQUENTA E NOVE

DANI

Lindsey e eu nos separamos rapidamente. Seco as lágrimas de meu rosto enquanto ela corre até a grande janela saliente atrás da cama de Jacob e espia lá fora. Ela tem uma visão perfeita da varanda principal.

— Ah, meu Deus, é a Kendra de novo...

Kendra bate na porta de novo, desta vez mais alto.

— Ela deve ter vindo se desculpar — sugiro, embora as pancadas não soem amigáveis de forma alguma, e sim raivosas.

— O que a gente faz? — Lindsey se vira para mim, perplexa.

Eu me levanto do sofá, agradecida pela distração.

— Deixa que eu cuido disso.

Destranco a porta e abro uma fresta. Kendra, parada na calçada, bate os pés no chão, ansiosa. Baixo a voz para um sussurro como se houvesse um bebê dormindo dentro da casa:

— Ei, nós finalmente acalmamos os ânimos e estamos tentando não voltar a agitá-los. Pode voltar mais tarde? Talvez amanhã?

— Não acredito que você não foi embora — sibila ela por entre os dentes. — Como pode estar aqui após ela dizer aquelas barbaridades sobre Caleb?

— Agora não é a hora — retruco, começando a empurrar a porta, que ela bloqueia com o pé. — Sério, Kendra?

Ela agita um celular diante de mim.

— Não saio daqui até ela ver isto. — Os olhos dela estão alucinados.

— Francamente, pare. Por favor. Ela já disse que não quer assistir ao vídeo.

Kendra foi longe demais. Nenhuma de nós consegue lidar com mais um embate.

— Não se trata daquele vídeo, mas de tudo que está neste celular. — Ela empurra a porta e passa por mim como se eu não pesasse nada, correndo para dentro.

Lindsey fecha as cortinas e corre ao seu encontro antes que ela possa entrar na sala de estar.

— Você é ridícula. Isso já foi longe demais. Não pode entrar à força na minha casa. — Lindsey aponta para a porta. — Saia!

Kendra balança a cabeça.

— Não. Eu não vou a lugar algum até você ver isto; e não estou falando de nenhum vídeo. — Ela agita o aparelho freneticamente mais uma vez. — Estou falando sobre os celulares secretos de Jacob e de Sawyer. Celulares com os quais eles enviavam mensagens particulares. E adivinha só! Havia também bastante sexo nelas.

Lindsey tapa os ouvidos com as mãos.

— Para, Kendra. Por favor, para. Não quero ouvir sobre a vida sexual do meu filho.

— Não é a vida sexual dele. Nunca se tratou só de sexo. Por que não consegue entender isso? Jacob estava apaixonado. Ele amava loucamente Sawyer. Não acredita em mim? — Kendra rola pela tela do celular, para e lê em voz alta: — "Eu nunca amei ninguém assim antes. Não consigo parar de pensar em você." — Rola novamente. — Ou que tal isto? "Nós nascemos para ficar juntos. Sei que todo mundo diz isso quando é jovem, mas com a gente é para valer." Não parece amor para você? Diz que não.

— Você precisa ir embora. — Pego Kendra pelo braço e a puxo de volta. Ela está invadindo o espaço de Lindsey. Isso não é nada bom.

— Me deixa em paz, Dani. — Ela se afasta e dá mais um passo na direção de Lindsey. — Apenas admita para podermos seguir com as nossas vidas: o seu filho matou o meu.

Kendra verbaliza o que todo mundo está pensando desde a semana passada – desde que as insinuações sobre o relacionamento de Sawyer e Jacob ganharam vida –, mas ainda é chocante ouvir alguém dizer em voz alta.

Lindsey se aproxima até estar a centímetros do rosto de Kendra. O peito das duas quase se toca, como se fossem dois homens se preparando para uma briga.

— O meu filho não machucou o seu, assim como não machucou a si mesmo. O que aconteceu naquela noite foi um acidente, e ambos se feriram. Lamento que tenha acontecido e realmente lamento que você não consiga superar isso.

A voz dela não soa de modo algum como a de alguém que lamenta. Lindsey parece raivosa daquele jeito calculado que revela como alguém pensou no assunto e concluiu ter justificativa – o que torna esse alguém quase mais perigoso do que quando perde as estribeiras.

— Parem com isso! — O grito de Caleb atravessa a sala. Ele está em pé na entrada da sala de estar. Mãos ao lado do corpo. Punhos cerrados. — Apenas parem. Por favor.

A sala congela. Ninguém se mexe. Ninguém fala. Wyatt está ao lado dele, mas todos os olhares se fixam em Caleb. Com o peso de suas primeiras palavras em mais de um mês, suas pernas tremem como as de um filhote de cervo. Corro em direção a ele, mas meu filho se afasta rápido. Paro exatamente onde estou, tomando cuidado para não o assustar mais.

— Eu sinto muito, meu bem. Não queríamos aborrecê-lo. Nós vamos parar.

Ele começa a se balançar para a frente e para trás, esfregando os braços.

— Está tudo bem, Caleb. Você está bem — digo, tentando tranquilizá-lo como Luna faz.

— N-não... Não... Não está... Mãe... Está... — choraminga.

Seu rosto se contorce como se ele estivesse sofrendo fisicamente. Meu filho dá mais um passo para trás, para a porta.

— Por que não volta para a sala com o Wyatt? — sugere Lindsey atrás de mim.

As palavras, porém, só parecem perturbá-lo mais, e ele agora começa a balançar a cabeça para a frente e para trás.

— Apenas o deixe em paz, Lindsey — ordeno, sem nem me virar.

Há algo estranho nos olhos dele.

— Fui eu. — Sua voz está hesitante, insegura. — Eu matei Sawyer.

Os olhos de Caleb varrem furtivamente a sala até pararem em mim, à procura de uma conexão. Estou com a boca seca demais para falar. Pernas e braços congelados demais de choque para ir até ele. Meu filho. A pessoa confessando um assassinato na minha frente. Não estou pronta para o que vem depois, mas não consigo desviar o olhar.

— Eu não queria, mãe. Eu não queria. — Cada palavra é proposital, lenta e deliberada.

Fico apenas acenando com a cabeça, porque ainda não consigo falar. Minhas palavras foram arrancadas de mim assim como as dele. Tenho certeza de que meu menino não fez isso. Ele não poderia. Ele não faria. Não o meu Caleb.

Meu garoto lentamente volta sua atenção para Lindsey e engole em seco algumas vezes.

— Jacob atirou em si mesmo. — Ele engole de novo. — Não fui eu. Eu não tive nada a ver com isso.

Lindsey concorda com a cabeça rapidamente como se tentasse compreender o que ele está lhe dizendo. Kendra e Lindsey se abraçam, apoiando-se uma na outra como se pudessem cair no chão se não o fizessem. A briga de segundos atrás foi deixada de lado. Nada importa além deste momento.

— Por que você faria isso com Sawyer? — A emoção na voz de Kendra é tão crua que meus olhos se enchem de lágrimas.

Por muito tempo, esperei que Caleb falasse, mas agora só quero que ele fique quieto. Não sei se consigo aguentar ouvir o que o fez atirar no melhor amigo, não importa o quanto eu deseje respostas. A voz de Bryan pipoca em minha cabeça sem ser convidada, como se eu estivesse sendo arrancada de um sono profundo: *Não o deixe falar com ninguém sem a presença de um advogado.* Dou um passo à frente.

— Caleb, querido, acho que você não devia dizer mais nada.

— Dani, não, por favor, não... — O desespero de Kendra me atinge como um soco. — Deixe que ele fale comigo. Não importa o que ele vá dizer. — Ela balança a cabeça como um animal selvagem, tão perto da verdade que pode sentir o cheiro. — Ninguém que não esteja nesta sala precisa saber. Não temos que contar a ninguém. Só a gente. Por favor.

Caleb me olha como se pedisse permissão, as advertências do pai para ele tão presentes quanto para mim, como se Bryan estivesse ali conosco.

E então eu me lembro: não vivo de acordo com as regras de Bryan.

— Caleb, não vamos mais manter nada em segredo. Estou farta de segredos. Portanto, seja lá o que tiver a dizer para Kendra e para Lindsey, saiba que terá que repetir exatamente a mesma coisa para os detetives e a polícia. Entende isso?

Caleb concorda, mas não sei se de fato entendeu. Ele está confessando um assassinato e tem dezesseis anos. Dezessete em cinco meses. Ele é meu filho, mas o tribunal só o verá como um homem, disso eu tenho certeza. A dor é como uma punhalada no coração. *Por favor, que tenha sido um acidente.*

— Eles nunca se comportaram como se estivessem apaixonados. Nunca. Era tudo normal. Mas eles mentiram. O tempo todo. Eu fiquei tão bravo... Furioso.

Sua entonação é mais grave do que eu me lembrava. Ele se esforça para encontrar mais palavras.

— Não porque eles estavam saindo juntos sozinhos. Eles me afastavam o tempo todo. Eu estava acostumado com isso. Pensei que eles estivessem me deixando de fora. De novo. Como todas as outras vezes. Você não sabe como é isso. — Ele desvia os olhos, envergonhado.

Ah, eu sei, sim. Sei exatamente como é isso. Kendra e Lindsey podem não ter se apaixonado, mas era eu que ficava de lado em qualquer situação em que só havia lugar para duas.

— Eu estava tão irritado por eles ficarem mentindo para mim a respeito de tudo... Era isso que estava me deixando tão louco.

Seus olhos estão vidrados como se meu filho estivesse prestes a desaparecer. Ele não pode desaparecer de novo.

— Aquela noite, Caleb. Conte-nos sobre aquela noite. — Há um toque de pressão no pedido de Kendra. Ela também percebe o afastamento dele.

Caleb vai lentamente até o sofá e se senta. Nós três o seguimos e pairamos ao redor em um semicírculo, com Jacob deitado na cama atrás de nós. Wyatt não saiu de onde parou, na porta.

— Nós mentimos sobre o que íamos fazer. Não sobre tudo. Eu tinha o videogame e a gente ia jogar, mas só depois de voltarmos da festa. Os dois tiveram a maior briga antes mesmo de sairmos. Achei que era por causa do Adderall. Sawyer estava furioso porque o fornecedor de sempre dele tinha enganado a gente. Mas acho que era mentira. Aposto que a briga deles era por algum assunto que só tinha a ver com os dois. De qualquer forma, começamos a beber em casa. — Ele me olha de novo. — Desculpa, mãe.

— Está tudo bem — digo.

Mas não está. Minha resposta é automática só para ele continuar. Nada disso está bem.

— Sawyer ficou bêbado rápido, tipo, muito rápido. — Ele torce as mãos no colo. — Estávamos todos bêbados, essa é a verdade, até Jacob, e ele nunca bebia assim. Talvez fossem os comprimidos.

Minhas pernas estão tão fracas que preciso me sentar ao lado dele, senão elas não vão me sustentar mais. Sento-me e logo percebo como parece que estou apoiando Caleb, mas não tenho certeza se estou.

— Entramos numa briga feia na festa da Delta Tau, e aí fomos expulsos. Luna apareceu e chamou um Uber para voltarmos para casa. Só me lembro de muita discussão no carro. Todos gritavam. Tão alto... — Ele se encolhe como se ainda pudesse ouvir. — Sawyer ficava tentando provocar nós dois. Assim que chegamos em casa, as coisas pioraram ainda mais. Ele passou a xingar a gente de um monte de palavrões.

Eles brigaram por causa de xingamentos? Tudo isso por palavrões? Meu cérebro não consegue processar o que meu filho está dizendo.

— Que tipo de palavrões? — pergunta Kendra, como se isso importasse.

Caleb hesita. Seu lábio inferior estremece. Ele quer parar, mas não é capaz. Cada terrível detalhe precisa sair.

— Ele ficava me dizendo para parar de tratá-lo como uma bicha. Eu não entendi aquilo. — Seu rosto fica vermelho. — Ele entrou em detalhes sobre coisas que faria com Luna para provar, e foi aí que me descontrolei. Nem sei o que aconteceu, mas era nojento, e ele não parava. Só me lembro de que ele não calava a boca.

Seus olhos ficam vidrados.

Por favor, não vá agora. Coloco uma das mãos em seu joelho.

— Não me lembro de pegar a arma, só de ficar irado e correr escada acima. Eu estava com muita raiva. A próxima coisa que recordo é de estar lá embaixo com o revólver. Sawyer ainda esbravejava. Ele gritava com Jacob, e Jacob estava chorando. Foi o choro mais triste que eu já ouvi. E Sawyer não o deixava em paz. Ele estava em cima dele. Gritei para ele parar. Ele não parava. Ele simplesmente não parava.

Há um distanciamento assustador em sua entonação. A dor parece profunda demais para dar espaço às lágrimas.

— Eu o ameacei com a arma e... e... ele disse que eu era covarde demais para atirar. — A tristeza contorce seu rosto conforme ele se lembra. — Aí eu empurrei a arma na barriga dele. Eu não queria que disparasse. — Ele engasga com os soluços. — Não era para disparar.

Caleb apoia a cabeça entre as mãos, atormentado demais para continuar. Ele curva os ombros, agarra a barriga como se estivesse com dor e se põe a soluçar.

Lindsey interrompe, falando baixo, como se estivesse com medo de perguntar:

— E Jacob?

Caleb ergue a cabeça. Seu rosto está coberto de manchas vermelhas, com coriza em ambas as bochechas.

— Eu sinto muito. — Ele arfa algumas vezes, ofegante. — Larguei a arma e comecei a tentar ajudar Sawyer. Gritei para Jacob chamar a polícia. Era muito sangue. Nunca vi tanto sangue. — A cor se esvai de seu rosto conforme ele repassa a cena na mente. — Fiquei tentando estancar o sangramento. Coloquei a almofada do sofá em cima, mas ela ficou encharcada. O sangue encharcou a almofada, mãe. — Sua voz falha. Ele se esforça para prosseguir: — Aí, ouvi um disparo... Não fui eu quem atirou... Jacob... Jacob deve ter pegado a arma quando a deixei cair e simplesmente atirou em si mesmo.

Observo Lindsey se virar para onde Jacob está em coma, numa cama de hospital, entendendo que ele fez aquilo consigo mesmo. Ela jamais considerou a possibilidade, assim como eu nunca considerei a possibilidade de Caleb ter atirado em qualquer um deles. Lindsey engole a verdade como um veneno. Ele deve deixar o mesmo gosto horrível em sua boca como deixou na minha.

SESSENTA

LINDSEY

Kendra e eu estamos na minha garagem, muito sem jeito uma ao lado da outra, observando os faróis traseiros do carro de Dani desaparecerem na esquina do quarteirão. Eles estão indo para a delegacia. Bryan e seu advogado vão encontrá-los lá. Eu nunca a vi tão assustada.

Andrew está dentro de casa com as crianças. Eu liguei para ele e pedi que voltasse com Sutton assim que Caleb terminou a confissão. Quando Kendra for embora, vamos nos sentar com as crianças e contar o que aconteceu. Um único ato de impulsividade e a vida de Jacob acabou. Como ele pôde estar em um relacionamento com Sawyer sem me contar? E não um relacionamento qualquer – ele estava apaixonado e de coração partido. Ele teria amado muitas outras pessoas, mas não sabia disso. Eu poderia ter dito isso ao meu filho se ele tivesse me dado a chance. Por que Jacob não me deu uma chance? Eu poderia tê-lo salvado. Como não enxerguei isso? Minha cabeça está a mil por hora de tanta incredulidade.

Não faz sentido voltar lá para dentro. Paul está vindo buscar Kendra e deve chegar em breve. Ele ainda não faz ideia do que houve. Kendra não quis contar por telefone. Ela pressionou tanto em busca de respostas... Será que se sente satisfeita com o que conseguiu? Nenhuma resposta trouxe Sawyer de volta, e a intensidade de sua tristeza pesa no rosto. Ela envelhece a cada minuto.

— Dani deixou Bryan — anuncio, esperando mudar o clima.

Não aguento tanta tristeza. Talvez Dani se libertar seja uma luz em meio a toda essa escuridão.

— O quê? Sério? É por isso que ela está hospedada na casa da mãe?

— Sim.

Observo Kendra começando a ligar os pontos.

— Deus, como sou idiota... Nem perguntei por que ela estava lá.

— Tudo bem — digo, desculpando-a pelo que parece ser a milésima vez pela mesma coisa.

— Tudo bem nada. Não mesmo. Lamento ser uma amiga tão ruim. Eu não sou uma babaca egoísta assim de propósito. Juro que não. — Seus olhos se enchem de lágrimas.

Sei que ela não é. Kendra ama suas amigas. Ela me defende sempre que não sou capaz, desde que éramos crianças. Colocou todos os valentões para correr e enfrentou todas as meninas malvadas que se atreveram a me ameaçar.

Passo o braço em torno dela.

— Eu ainda te amo.

Ela solta um gritinho de alívio e me aperta de volta.

— Eu também te amo. — Kendra me abraça por mais um segundo antes de se afastar. — Pelo menos, tudo foi finalmente revelado. Essa parte é boa, não é?

Não tudo.

Andrew está apaixonado por outra mulher, mas ainda não consigo dizer isso em voz alta. Nem para Kendra nem para ninguém. Estou envergonhada demais. Embora eu não tenha feito nada de errado, o pecado dele já se tornou meu. Nunca percebi nada de errado com meu marido, assim como nunca percebi nada de errado com Jacob. Há quanto tempo minha vida inteira é uma farsa?

Apesar da angústia dentro de mim, sorrio para Kendra.

— Sim, essa parte é boa.

* * *

A casa finalmente está silenciosa, quieta. Todos já foram embora e minha família dorme. Andrew se deitou na cama com Sutton. Ele adormeceu de pura exaustão depois de terminarem de ler. Wyatt está enroscado com o cachorro em seu quarto, no andar de cima. E eu, na cabeceira da cama de Jacob, com o peito pesado, olho para seu corpo, segurando o celular pré--pago que encontrei em seu quarto esta tarde. Não consigo me sentar e me preparar para dormir.

Jamais pensei em vasculhar o quarto de Jacob, a não ser para dar ao detetive Locke seu celular e o *notebook*. Julguei que qualquer pista sobre o que acontecera estaria escondida em seu mundo *on-line*, não no real, mas foi a primeira coisa que fiz depois que Kendra saiu. Revirei o quarto como se fosse o FBI. Minha busca revelou uma caixa de papelão escondida embaixo da cama, repleta de lembranças do seu relacionamento com Sawyer: ingressos de cinema e de shows, flores secas e bilhetinhos trocados durante as aulas. Encontrei o celular enfiado dentro de um cobertor velho que reconheci imediatamente como o que Sawyer ganhou quando tinha duas semanas. Ele o chamava de seu *mimi*, e o nome pegou. Sawyer o carregava quando ia brincar e dormir na casa dos amigos até ficar com vergonha demais para andar com o cobertor em público, mas ainda dormiu agarrado a ele todas as noites até os treze anos. Achei o bilhete de quando ele deve ter dado o cobertor para Jacob: "Assim você pode me abraçar quando eu não estiver".

Kendra tinha razão.

Jacob estava loucamente apaixonado por Sawyer, e não resta dúvida de que era recíproco, embora Sawyer vivesse afastando Jacob, alegando não estar pronto para um relacionamento. Eu achava impossível Jacob estar namorando alguém e não me contar a respeito, mas Sawyer o fez jurar segredo. De alguma forma, me sinto melhor por não ter sido apenas por ele julgar que não podia conversar comigo.

— Eu gostaria que você tivesse me contado sobre Sawyer — sussurro, embora não haja ninguém lá para me ouvir. — Eu poderia ter te ajudado.

Seguro sua mão, reparando em como as unhas estão ficando pretas, a pele, enrugada e sem volume como das mãos de um homem idoso. Não há mais calor nelas. Seus olhos escancarados afrontam meu coração destroçado sem se conectarem a ele. Sinto um odor estranho que não estava lá antes. Ele passou de corpo a fantasma.

Fito a lareira, e ali está nossa foto de família emoldurada em dourado no centro. Jacob tem um sorriso largo estampado no rosto e um braço em volta de cada irmão. Andrew e eu, atrás deles, sorrimos da mesma forma. Tiramos aquela fotografia no ano passado, em uma viagem ao Havaí, e é uma das minhas favoritas porque a felicidade em nossos sorrisos é real, não representada. Todos concordam que foi nossa melhor viagem em família. Os dias de sol e de praia nos deram um alívio muito necessário de nossos dias ocupados demais e a chance de fortalecermos nossos laços sem tantas distrações.

O rosto de Jacob é puro amor e luz. Posso sentir vindo do retrato, mais vivo na foto do que nesta sala.

— Você quer partir? — pergunto, mas no instante seguinte me ocorre que ele já se foi.

Pela primeira vez, minha mente compreende o que lutou tanto para aceitar: ele não está aqui.

Sua respiração superficial faz o peito subir e descer, seguida por um som de chocalho, visto que cada expiração dá trabalho. Durante aquelas horas esperando-o falecer no hospital, Andrew me contou que leu em algum lugar que as pessoas muitas vezes esperam para morrer sozinhas porque não querem que seus entes queridos passem por essa dor. Ou aguardam até todas as pessoas mais próximas terem a oportunidade de dizer adeus e aceitar.

Talvez este dia seja hoje.

— Era isso o que você estava esperando?

Volto minha atenção para seu rosto, quase irreconhecível quando comparado ao garoto na foto. Minha garganta aperta com um soluço.

Nunca consegui lhe dar permissão para partir como Andrew deu. Não quando tudo o que eu queria era que ele ficasse. Eu não podia me imaginar vivendo com o buraco que ele deixaria em meu coração ao morrer. Eu assistira à tristeza da perda de um filho levar Kendra a lugares aos quais eu não estava disposta a ir.

Só que meu filho se foi. Essa é a realidade. A única realidade que me encara ao observá-lo lutando para engolir o catarro acumulado na garganta. Seu cérebro é incapaz de completar tarefas básicas.

Passo a outra mão por sua bochecha. Desde que ele nasceu, eu o orientei por todos os marcos importantes – desde ensiná-lo a amarrar os sapatos até dirigir um carro e preencher os formulários de inscrição para faculdade, mas não sei se consigo fazer isso. Não sou forte o suficiente. Levanto os olhos para os dele na foto mais uma vez; eles estão gravados em minha alma.

E se ele estiver esperando por mim?

— Você não precisa mais ficar.

A tristeza deixa minha voz grossa.

— Eu vou ficar bem — garanto, embora não saiba como conseguirei viver sem ele. — Eu te amo muito, Jacob.

Soluços profundos tomam conta de mim e leva tempo para eles diminuírem antes que eu possa voltar a falar. Observo seu peito enquanto ele luta para respirar. Pego o cobertor de Sawyer do sofá e coloco ao lado de seu rosto, para ele sentir a maciez e qualquer cheiro que lhe traga alguma segurança que ainda possa restar lá.

— Pode ir agora. — Esfrego o cobertor suavemente em sua bochecha. — Não precisa ter medo. Sawyer te espera. Vá até ele.

O tempo congela enquanto observo seu peito subir e descer. Não deixo a cabeceira até o sol começar a espreitar pelas cortinas, lançando os primeiros raios em nossa sala de estar. Jacob solta uma longa expiração, e eu espero pela próxima inspiração, mas, desta vez, ela não vem. Seu peito não se mexe mais. Uma calma preenche o ambiente. Eu o imagino caminhando em direção à luz e Sawyer acenando e dizendo para ele andar logo.

Então, me debruço e fecho seus olhos.

EPÍLOGO

DANI

Duas semanas depois

Fecho a porta ao entrar e me sento à mesa da minha mãe. Arrasto todas as suas contas e correspondências para o lado, junto com sua detalhada lista de compras. Balanço o *mouse*, ativando o computador. Preciso me apressar antes que ela volte. Ela buscou Luna no caminho do supermercado para casa, e vamos preparar o jantar juntas. Mamãe tem sido uma ponte incrível entre nós.

Caleb está com Bryan esta noite. Elaboramos um cronograma de visitas temporárias para ele até chegarmos a algo mais permanente. A confissão de Caleb resultou em uma grande mudança na atenção de Bryan. Seu único foco é garantir que nosso filho não cumpra pena. Ele se livrou de Ted e contratou um advogado de defesa implacável para libertá-lo. Mas Caleb matou o melhor amigo porque estava bêbado e com raiva – não sei se ele deveria.

Se dependesse de Caleb, ele seria enviado para o corredor da morte. Seu terapeuta diz que ele sente uma "intensidade desproporcional de culpa" quanto àquela noite. Meu objetivo é garantir que ele faça o máximo possível de sessões de terapia antes do julgamento. Não existe atendimento especializado para traumas na prisão. Qualquer inocência que ele ainda possui será arrancada. A ideia de ir visitá-lo lá me embrulha o estômago.

Enquanto o *site* carrega, pego o celular para responder à mensagem que Lindsey enviou no grupo mais cedo sobre marcarmos um jantar. Ela quer nos contar algo sobre Andrew. Minha amiga foi toda enigmática a respeito ao telefone. Disse que era importante, mas que não quis nos sobrecarregar quando havia tanta coisa acontecendo, antes. Não consigo imaginar o que ela tem a dizer. Eu mal a vi desde o funeral de Jacob. Sua jornada está apenas começando, mas ela vem encontrando uma forma de viver um dia após o outro, assim como todos nós.

Kendra começou a frequentar grupos de apoio para pais com filhos do outro lado, o que é, ao mesmo tempo, a coisa mais triste e mais assustadora que já ouvi. Ela fez vários amigos novos nos grupos e fala sobre eles como se os conhecesse desde sempre, não há apenas algumas semanas. Suponho que seja assim quando se perde um filho. Ninguém mais pode entender como é. Kendra tentou convencer Lindsey a acompanhá-la, mas ela ainda não está pronta.

As coisas entre Paul e Kendra estão melhorando aos poucos. Eles se uniram desde que encontraram um inimigo comum contra quem lutar – um inimigo que, por acaso, é meu marido. Uma grande parte da defesa que Bryan e seu advogado elaboraram para Caleb é direcionada aos dois terem permitido acesso à bebida alcoólica naquela noite. A defesa também afirma que o comportamento imprevisível e violento de Caleb era culpa do Adderall que ele tomava regularmente. Também querem culpar Paul e Kendra por isso, visto que, às vezes, Caleb o arranjava com Reese. É um caso bem complicado, mas ambos estão empenhados em atravessar tudo isso, renovando o compromisso um com o outro. Pelo menos por enquanto. É complicado tentar apoiar Caleb e Kendra ao mesmo tempo, mas minha amiga e eu concordamos em não falar sobre o caso juntas, o que já ajuda.

A página inicial preenche a tela. O Wi-Fi da minha mãe é lento como um dinossauro. Há semanas não faço *login*, mas verifiquei minhas mensagens ontem e havia uma nova esperando na caixa de entrada. Meu coração deu um salto quando vi que era dele, enviada há dois dias. Seleciono a mensagem e fico olhando para o cursor piscando, me preparando para digitar a resposta.

Encontrei o *site* por acaso alguns anos atrás, depois de uma das minhas brigas com Bryan, quando eu estava em meu pior. Nunca me senti tão sozinha, só queria alguém para conversar. Criei um perfil baseado na pessoa que sempre imaginei que seria se nunca tivesse conhecido Bryan: uma mulher de sucesso que morava na Costa Leste, com um marido que me adorava em vez de me machucar, filhos que me respeitavam e minha própria empresa de *design* de interiores. Aquilo me permitiu ser a pessoa que nunca consegui ser. Jamais esperei encontrar alguém de quem eu gostasse ou sentir o que comecei a sentir no relacionamento.

Às vezes, passávamos semanas sem conseguir coordenar nossas agendas para estarmos *on-line* ao mesmo tempo. Então, no início, a maioria de nossas trocas eram por longos *e-mails* que pareciam cartas antigas enviadas pelo correio. Eu amava tudo naquilo, algo só meu pelo qual ansiar – um prazer no final do dia, uma fuga das paredes sufocantes de minha casa. Criei a conta com um *e-mail* antigo de Luna em vez do meu. Bryan sabia como eu era paranoica e diligente quanto a monitorar as atividades das crianças na internet, então ele deixava essa parte comigo e parou de prestar atenção a qualquer coisa relacionada a Luna depois que ela se mudou. Eu estava tão orgulhosa de mim por exercer a primeira independência que tive em anos...

É estranho gostar tanto de alguém cujo rosto nunca vi, mas eu gosto. Poderia imaginá-lo como quem eu precisava que ele fosse no momento. Isso me fez continuar quando quis desistir e me permitiu encontrar a Dani que descartei anos atrás. Agora que a achei, nunca mais vou deixá-la escapar.

Sentirei saudade, mas não preciso dele como precisava, pois não tenho mais nada do que fugir. Finalmente li a carta de Luna; uma das coisas que ela descreveu foi como viver uma mentira era a parte mais difícil de estar em nossa família. Não posso fazer nada sobre o passado, mas posso agir diferente daqui para a frente, e prometi a ela uma vida autêntica. Isso é tão importante para ela quanto para mim.

Este é um novo começo. E está na hora de abrir mão de qualquer coisa que esteja atrapalhando isso. Espero que ele entenda.

L,

Também senti sua falta e espero que você esteja bem. Podemos conversar em breve? Preciso te contar uma coisa.

Com amor,
May.